KB111313

스크리밍 케이브

스크리밍 케이브

발행일	2020년 12월 21일		
지은이	윤준필		
펴낸이	손형국		
펴낸곳	(주)북랩		
편집인	선일영	편집	정두철, 윤성아, 최승헌, 배진용, 이예지
디자인	이현수, 한수희, 김민하, 김윤주, 허지혜	제작	박기성, 황동현, 구성우, 권태련
마케팅	김회란, 박진관		
출판등록	2004. 12. 1(제2012-000051호)		
주소	서울특별시 금천구 가산디지털 1로 168, 우림라이온스밸리 B동 B113~114호, C동 B101호		
홈페이지	www.book.co.kr		
전화번호	(02)2026-5777	팩스	(02)2026-5747

ISBN	979-11-6539-528-5 03810 (종이책)	979-11-6539-529-2 05810 (전자책)

이 도서의 국립중앙도서관 출판예정도서목록(CIP)은 서지정보유통지원시스템 홈페이지(http://seoji.nl.go.kr)와
국가자료공동목록시스템(http://www.nl.go.kr/kolisnet)에서 이용하실 수 있습니다.
(CIP제어번호: CIP2020052688)

남한 원전을 탈취하라

스크리밍 케이브
A Screaming Cave

윤준필 장편소설

북랩 book Lab

머리말

원래는 영화 시나리오로 준비했었습니다. 그것도 현재 진행형의 한반도를 둘러싼 정세와 사건들을 중심으로, 그에 교합되는 스토리를 고민해봤습니다. 그러다 보니 프랑스 작가 기욤 뮈소(Guillaume Musso)식의 영상기법과 같이 복잡하고 난해한 퍼즐 조각들이 정교하게 꿰맞춰져 한 편의 잘 짜여진 영화를 보는 듯한 느낌을 받게 될 것입니다. 그의 소설처럼 다이내믹한 사건 전개와 반전을 독자들은 경험하게 될 것이고요.

자신들 앞에 주어진 난제(難題)를 해결하기 위해 좌충우돌하는 남북 신세대 장병 간의 경쟁과 협력, 계급을 뛰어넘는 남녀 간의 썸과 사랑, 거기에 번뜩이는 재치와 위트를 더해 팬데믹으로 고생하시는 독자들에게 스트레스를 날려버리고 훈훈한 웃음을 선사하고 싶었습니다.

한반도를 둘러싼 국제정세가 급박하게 돌아가고 있는 요즘입니다. 북핵의 평화적 해법을 찾기 위한 남북미 정상들의 전례 없는 만남도 이루어지며 평화 통일이 꼭 먼 일만은 아니라는 느낌입니다. 따라서 분단을 극복하고 평화적 통일과 민족 대번영의 새로운 시대로 나아가기 위해 우리의 마음가짐도 새로워져야 되지 않을까 하는 생각이 듭니다. 과거와 같은 냉전 시대적 대결만이 능사가 아닌, 한겨레라는 공동체 의식과 형제애로 좀 더 포용적 자세를 취함으로써 긴장을 완화하고 한반도의 운명을 민족 스스로 결정하는 데 본 소설이 조그마한 역할을 할 수 있다면 더할 나위 없겠다는 생각입니다.

감사합니다.

2020년 12월
윤준필

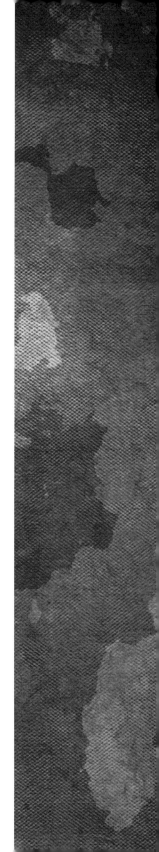

CONTENTS

평양의 하늘

4월도 중순을 넘어 말일을 향해 가고 있음에도 평양의 하늘은 여전히 차가운 기운이 감돌고 있었다. 중국 내몽골에서 발원한 황사가 중국 내 미세 먼지와 합쳐 며칠째 한반도를 뒤덮으며, 희뿌연 하늘은 더욱 을씨년스러워 보였다. 태양도 그 빛을 잃고 방황하는 듯했다.

창가에는 북한의 최고위급 군 간부들이 입는 의전용 제복을 차려입은 노년의 사내가 팔짱을 낀 채 그런 평양의 하늘을 무심히 바라보고 있었다. 그의 낯빛은 어딘지 모르게 어둡고 초조해 보였다. 그의 한 손에는 꽁초만 남은 담배가 들려 있었고, 창틀에 놓인 재떨이에는 이미 꽁초가 수북이 쌓여 있었다.

습관적으로 입으로 가져간 담배가 꽁초만 남아있자 테이블 위에 놓인 담뱃갑으로 눈길을 돌렸다. 그가 테이블로 돌아가 의자에 털썩 주저앉고는 담뱃갑을 집어 들었다. 하지만 안에는 한 개비도 남아있지 않았다. 그는 빈 담뱃갑을 신경질적으로 찌그러뜨려 휴지통에 던져 버렸다.

"누구, 담배 있으면 한 까티 가져오라!"

그가 분주히 박스에 물건을 담고 있는 일단의 병사들을 향해 소리치자 한 병사가 달음질하여 와 담배 한 개비를 건네고는 불까지 붙여줬다.

한 모금을 깊게 들이마신 그는 찬찬히 주위를 살폈다. 고급스러운 소파와 장식장 그리고 자신의 앞쪽 벽면에 자리한 백두산 전경의 그림은 아직 남아있었다.

병사들은 분주히 움직이며 장식장의 책들과 기념물들을 박스에 담고 있었다. 집무실 한쪽 구석에는 제법 많은 박스가 쌓여 있었다.

그가 담배를 입에 문 채 테이블 위에 놓인 명패를 집어 들었다. 그 명패에는 '인민군 총정치국장 차수 황기룡'이라 쓰여 있었다. 명패를 집어든 노년의 사내가 바로 이 집무실의 주인인 인민군 총정치국장 황기룡이었다. 불행히도 그의 직책은 오늘로써 끝이었다.

그가 손도 안 대고 입가에 물린 담배를 힘껏 빨자 담뱃불은 필터에까지 타들어 갔다. 누린 맛이 나자 바닥에 신경질적으로 뱉어 버리고는 일어나 짐을 싸고 있는 병사들을 향해 다시 한 번 소리쳤다.

"너희들 모두 잠깐 나가 있으라!"

"예, 알갔습네다."

병사들은 하던 일을 멈추고 즉각 밖으로 향했다.

그들이 다 나간 것을 확인한 황기룡은 수화기를 집어 들었다.

"나 황기룡이야, 박정남 부국장 바꾸라."

그의 톤과는 다르게 수화기를 집어 든 그의 손은 미세하게 떨리고 있었다.

———

"부국장은 잘 들으라. 내래 여기가 끝인 거이 같애."

———

"기렇다고 가던 길을 멈출 수는 없디. 우리에게 남은 시간이 별로 없어. 준비해 온 일이나 간단없이 밀어 붙이라우. 동무도 알다시피 북남 간 긴장이 고조되지 않는 한, 우리에겐 다시 기회가 없어. 기래서 하는 말인데 예전에 논의됐다 중단된 공작을 하루속히 실행해야 되갔어."

───

"기건 내가 만들 기야. 어느 정도 희생은 불가피하갔디."

───

"생각해 둔 곳이 있어. 나를 그곳에 배속시키라우. 내래 자네들의 허물은 다 묻고 갈기야. 무슨 뜻인디 알갔디?"

───

"기밀 유지에 만전을 기하라우. 이만 끊갔어."

전화를 끊은 황기룡은 재떨이에서 장초 하나를 골라 입에 물고는 길게 한 모금 들이마셨다.

그날 오전, 평양 인민군 총정치국

평양의 인민군 총정치국 입구에는 북한 최고의 권력 기관답게 정문 양쪽으로 멋을 한껏 부린 정복 차림의 병사가 권총을 찬 채 경비를 서고 있었다.

싸이카가 맨 앞에서 요란한 소리를 내며 안내하고, 그 뒤를 따라 검은색 벤츠 승용차와 군용 트럭 3대가 그 정문을 향해 다가왔다. 3대의 군용 트럭에는 무장한 병사들이 빼곡히 타고 있었다. 그들은 호위사령부 소속이었다.

이들이 정문 앞에 다다르자 가까운 경비병이 손을 들어 제지했다.

"정지!"

다른 경비병이 벤츠 승용차 옆으로 다가갔다.

"무슨 일이십네까?"

벤츠 승용차의 운전석 옆자리에서 인민복을 차려입은 젊은 사내가 내리며 무엇인가를 경비병에게 제시했다. 이를 살펴본 경비병은 즉각 거수경례를 한 후 바리케이드를 올려 주었다.

싸이카가 다시 앞장을 서고 벤츠 승용차와 군용 트럭이 진입로를 따라 총정치국 본관 건물을 향해 나아갔다.

이곳에도 정복을 차려입은 경비병 둘이 건물 양옆에서 부동자세를 취하고 있었다. 경비병 한 명이 이들에게 다가섰다. 벤츠의 앞좌석에 타고 있던 젊은 사내가 먼저 내리고는 뒷좌석의 차문을 열어 주었다. 부관으로 보이는 그 젊은 사내는 좀 전과 사뭇 다르게 이곳 경비병에게 전혀 신경 쓰지 않는 분위기였다.

뒷좌석에 타고 있던, 역시 인민복을 차려입은 나이 지긋한 사내가 내리며 앞장을 서고 부관이 그 뒤를 따랐다. 이어 3대의 군용 트럭에서 내린, 소총으로 무장한 일단의 병사들도 밀착 호위하듯 그 둘을 바짝 붙어 따랐다.

다른 경비병 하나가 이들 앞으로 뛰어나와 막아서려 하자 부관은 들고 있던 다이어리로 경비병을 거칠게 밀쳐 내고는 뒤따르던 무리와 함께 건물 안으로 쏟아져 들어갔다. 그들의 위세는 마치 진압군 같았다.

이들이 밀고 들어간 곳은 총정치국의 국장실과 연결된 부속실 중

하나인 참모실이었다.

이들이 거칠게 문을 열고 들어오는 모습에 한동안 참모들은 망연자실 쳐다만 보았다.

"이건, 뭐이가?"

이내 정신을 다잡은 참모진의 수장으로 보이는 자가 나서서, 제일 먼저 문을 박차고 들어온 인민복의 중년 사내에게 권총을 겨누며 짜증스러운 표정으로 내뱉었다.

멍하니 지켜보던 다른 참모들도 일제히 권총을 뽑아 들었다. 이에 중년 사내와 함께 온 병사들도 일제히 소총을 집어 들었다. 분위기는 험악했고, 양측은 일촉즉발의 위기로 치달았다. 곧이어 한 무리의 무장 병사들이 또 쏟아져 들어와서는 인민복의 사내들과 호위사령부 소속 병사들을 에워쌌다. 이들은 총정치국의 직속 부대원들이었다.

이에 고무된 듯 참모의 수장이 나서서 험한 표정으로 쏘아붙였다.

"이 간나새끼들, 여기가 어딘 줄 알고, 죽고 싶어 환장했네? 느그들, 어드메서 온 놈들이야?"

무리의 수장인 듯한 중년의 사내가 자못 뻣뻣한 기세로 말을 받았다. 그는 당 조직지도부 간부였다.

"우리는 황기룡 국장을 모시러 왔소. 총국장 동무는 어디 계시오?"

참모실의 수장은 조직지도부 간부의 위아래를 마치 깔보듯이 훑어보고는 말을 이었다. 여전히 그의 표정은 험했다.

"모시러 온 놈들이, 본새가 이게 뭐이네? 너희들 뭐 하는 놈들이야?"

바로 그때였다. 국장실의 문이 열리며 다소 신경질적인 말투가 들려왔다.

"뭔 일인데 이리도 소란스럽네?"

황기룡 총정치국장이었다.

조직지도부 간부가 황기룡을 향해 거수경례를 올렸다. 이에 호위총국 병사들도 소총을 내리고 부동자세를 취했다. 그제야 총정치국 참모들도 권총을 거두며 부동자세를 취했다. 총정치국 직속 부대원들만 총을 겨눈 상태 그대로였다.

"조직지도부에서 나왔습네."

간부가 정중한 태도로 입을 열었다.

"조직지도부? 조직지도부가 여긴 어인 볼일이네?"

황기룡은 짐짓 대수롭지 않다는 듯 물었지만, 조직지도부란 말에 속으로는 몹시 뜨끔했다.

지금으로부터 십수 년 전, 인민군 총정치국은 당 조직지도부로부터 검열을 한 번 받은 적이 있었다. 그때도 지금과 같이 병력이 동원됐었다. 그리고 별 탈 없이 넘어갔다. 그도 그럴 것이 북한 권력 구조의 특성상 군에 대한 당의 우위 차원에서, 당에 의한 군부의 핵심 통제 기관이라 할 수 있는 총정치국에 대해 다시 당—조직지도부—이 검열하는 것은 특정 집단에 권력을 집중시키지 않으려는 북한 최고 지도자의 복심이 깔려 있다고 할 수 있었다. 따라서 검열이 수치스럽기는 하나, 어쩌면 요식 행위로 간주될 수도 있는 사안이었다. 황기룡도 바로 이 점을 생각하고 있었다.

"차 부장 동지와 제1부부장 동지께서 황 국장 동무를 정중히 모셔 오라는 명령을 받고 왔습네."

조직지도부 간부가 답했다.

"명령?"

황기룡은 불쾌한 듯 미간을 찌푸렸다. 그러면서도 한편으론 머리를 갸우뚱하고 말았다.

'차 부장은 기렇다 치고, 김 부부장은 왜 나를……?'

조직지도부 간부가 말한 '차 부장'은 차해성 조직지도부 부장을 말한다. 그와는 중앙위 상임 위원으로 막역한 사이니 문제가 될 것은 없었다. 문제는 제1부부장이었다. 그 직책은 북한 최고 지도자의 친여동생이 맡고 있었기 때문이다. 황기룡은 이 점이 몹시 거슬렸다. 그가 미간을 찌푸릴 수밖에 없는 또 다른 이유였다.

당장 호출 이유를 알아볼 수는 없었다. 일개 당 간부가 당 서열 3위인 중앙위 상임 위원에 대해 단순 심부름을 수행하며 그 이유나 내용까지 알 리는 만무했기 때문이다.

황기룡은 일단 부딪혀 보기로 마음먹었다. 다른 선택의 여지 또한 없기에…….

"알갔어. 가 보자우."

"저희들이 모시갔습네다."

조직지도부 간부가 대꾸했다.

그날 오후, 평양의 노동당 중앙당사

조직지도부 간부는 황 국장을 노동당 중앙당사 내 중앙기율위원회실로 안내했다.

황기룡은 몹시 당황했다. 당 중기위가 무슨 일을 담당하는지 모를 리 없는 그였다. 그곳은 당정군 고위급 관료들의 비리를 심리하고 판결하는 곳이었다. 또한 그곳은 사실상 1심으로 모든 것이 종결되는데 그 결과는 최고 지도자의 의지가 아니면 결코 번복될 수도 없었다. 따라서 심리는 요식 행위일 뿐 대부분은 심리 전 결론이 나 있는 경우가 대부분이었다.

"중기위는 무슨……?"

황기룡이 애써 담담한 표정을 지으며 물었다.

황 국장의 의도를 알아차린 조직지도부 간부가 그의 말을 가로채듯 대꾸했다.

"차 부장 동지와 김 부부장 동지께서 회의가 있다며 이쪽으로 모시라 했습네다."

회의라고는 하지만 황기룡은 뭔가 심상치 않음을 이미 직감하고 있었다. 병력까지 동원된 마당에 자신이 심리의 대상임은 두 말할 필요도 없었다. 헛된 희망임을 알면서도 자신이 대상이 아닌, 중기위에 자신이 함께 심리해야 할 사안이 있기를 고대하며 그는 천 근 같은 발걸음을 옮겼다.

회의는 일사천리로 진행되었다. 그리고 위원장의 판결문 낭독과 함께 모든 것이 끝이 났다.

"…… 이 시간부로 총정치국장 황기룡의 모든 보직을 해임한다. 그의 계급은 차수에서 상좌로 강등하며, …… 무기한 사상교화형에 처한다. 피고 총정치국 제1부국장 강운형은……."

오늘 이 자리에 최고 지도자의 여동생인 제1부부장은 참석하지 않았다.

　모든 위원들이 퇴장하고 중앙기율위원회실에는 황기룡과 조직지
도부 부장 차해성만이 남았다.

　황기룡은 테이블에 앉아 있었는데 그 자리는 바로 피고인석이었
다. 그는 심각한 표정으로 연신 담배만 피워 댔다. 차해성 부장은
테이블 맞은편에서 황기룡과 마주하고 있었다. 그의 옆에는 따로 옮
겨다 논 듯한 의자가 있었지만 테이블에 한 손을 지지한 채 약간 구
부정한 자세로 서 있었다. 그의 테이블 한쪽에는 서류가 수북이 쌓
여 있었고, 그의 서너 걸음 뒤쪽으로는 권총을 찬 정복의 북한 병사
둘이 부동자세를 취하고 서 있었다.

　차해성이 병사들을 돌아보며 명했다.

　"가서 재떨이 하나 가져오라!"

　황기룡이 담뱃재를 그냥 바닥에 털고 있었기 때문이었다.

　병사가 재떨이를 들고 오자 받아들고는 황기룡에게 디밀며 말했다.

　"나이도 적디 않은데 건강 잘 챙기시라요."

　"이 마당에 건강은 무슨……, 당이 내게 이럴 수 있는 거이네? 차
부장 동무, 우리는 같은 식구 아니네?"

　황기룡의 말에서 분노와 섭섭함이 동시에 묻어 나왔다.

　차해성은 순간 찔끔했다. 뒤로 돌아 두 병사에게 명했다.

　"너희들은 잠깐 나가 있으라!"

　병사들이 밖으로 나가자 차해성이 다시 입을 열었다.

　"총국장 동무, 짐작하시겠디만 이거이 어디 조직지도부만의 의지

겠습네까?!"

차해성의 말에 황기룡이 한쪽 눈꼬리를 치켜뜨며 반문했다.

"기거이 기럼……, 위원장 동지?"

차 부장이 대답 대신 고개를 끄덕였다.

황기룡은 담뱃갑에서 담배 한 개비를 꺼내 입에 물었다. 라이터로 불을 붙이는 그의 손은 미세하게 떨고 있었다.

"이거야 원, 기래서?"

대드는 투였다.

"총국장 동무도 아시다시피 군은 우리 공화국의 마디막 보루디요. 기런데 하루 한 끼니조차도 보급이 이루어디디 않은 거이 벌써 몇 년째인디……, 총국장 동무는 기억이나 할 수 있는디 모르갔소?"

차해성은 자신의 양 손가락을 펴 몇 개를 구부려 보이는 시늉을 하며 빈정거리듯 말했다.

"기거이 강위력한 공화국의 핵 무력 위엄을 드높이기 위해 모든 군과 인민이 하나로 허리띠를 졸라맨 결과디, 어드렇게 기거이 내 허물이갔네? 차 부장 동무, 공화국의 핵 무력 위엄을 드높이는데 세 끼니가 아니라 열 끼니를 굶으면 어떻소?"

"기거이는 총국장 동무만의 바램이갔디요."

차해성 부장의 대답에는 지극히 냉소적인 기운이 서려 있었다.

황기룡도 물러서지 않겠다는 기세로 맞섰다.

"우리 군부는 미제와 국제 사회의 대조선 압살 정책에 굴복하여 핵 무력을 포기하려는 당을, 끼니 굶는 거보다 더 못마땅하게 여기고 있다는 생각은 해보디 않으셨소?"

차 부장은 찌푸린 얼굴을 앞으로 디밀며 반문했다.

"황 국장 동무! 국장 동무는 이제 당의 령도력조차 부정하겠다는 것이오?"

"설마 기런 뜻이겠소?! 내래 군부의 일원이기에 앞서 동무와 한솥밥을 먹는 당의 일꾼이 아니오. 말이 나왔으니 말이디만 내래 한마디만 더 하갔소. 정 부위원장 동무의 숙청과 함께 우리 군부의 모든 대내외적 경제권은 당과 주석궁이 모두 강탈해 간 거이 아니오? 기렇게까디 한 마당에 내게 무슨 허물이란 말이오?!"

황기룡의 말에는 서운함이 짙게 배어 있었다. 여기서 황기룡이 언급한 정 부위원장은 사적으로는 북한 최고 지도자의 고모부이기도 했다. 그는 오랫동안 국내외 수익 사업을 암암리에 운영해 왔다. 그리고 그 수익의 일부가 군부에 흘러들고 있었다. 이는 그의 군부 내 영향력을 강화시키는 역할도 했지만 군부 내 불만을 해소하는 데도 상당한 역할을 하고 있었다. 따라서 정 부위원장의 숙청은 군부의 불만을 더욱 증폭시키는 역할을 했다.

차해성은 일 없다는 듯 자신 앞에 쌓여 있는 서류에 손을 얹어 탁탁 치며 대꾸했다. 서류들은 이번 심리 때 쓰이지 않은 것들이었다.

"그동안 은밀한 내사를 통해 밝혀진 사실들이 모두 여기에 적시되어 있디요. 일선에 나가야 할 보급은 중간에서 사라디고, 기러면서도 상급 간부들은 상납으로 자신들의 배때지나 채우며 호의호식하고……."

차해성 부장은 말하다 말고 담배를 끼우려는 듯 검지와 중지를 세운 손을 앞으로 내밀며 말했다.

"내래 담배를 끊었디만 한 까티만 주시디요."

황기룡은 담뱃갑에서 한 개비를 꺼내 차 부장에게 건넸다.

차해성은 허리를 굽혀 황기룡이 켜준 라이터에 불을 붙인 뒤, 옆에 있는 의자를 끌어 자신도 자리에 앉았다. 눈을 지그시 감고는 한 모금 길게 빨아 마신 뒤 허공에 날렸다.

"물론 총국장 동무와 제1부국장 동무가 비리에 직접적으로 연루되었다는 보고는 없었소. 하디만 기렇다고 군 조직의 특성상 연대 책임으로부터 자유롭다고는 할 수 없디요. 기렇디 않소, 총국장 동무?"

"기렇다면 정 부위원장 사변 이후 근래에 이르기까지 단 한 번이라도 당이 나서서 우리 군부에 쥐꼬리 보상이라도 해준 적이 있소?"

"기럼 이 모든 걸 당의 책임으로 돌리자는 것이오?"

차해성이 화가 난 표정으로 언성을 높이자 황기룡은 결연한 표정으로 자신의 목덜미를 움켜쥐는 시늉까지 하며 대꾸했다.

"차 부장 동무, 기거이 이런 상황에서 그들의 허물을 틀어쥐고 불만을 통제할 수 있는, 그 무엇이 될 수도 있다는 생각은 아니 해보셨소?"

이는 실제 황기룡의 군부 통제 방식이기도 했다. 불만을 해소해 주지 못하는 이상 적절히 비리를 눈감아 주면서 그들의 불만을 누르고, 이를 빌미로 충성을 담보하는 자신만의 묘책이었다. 이 점에 대해서는 차 부장도 충분히 이해하고 있으리라 믿었다.

하지만 돌아온 대답은 심히 엉뚱했다.

"기렇게 생각하십네까? 기렇다면 스스로 직무유기를 인정하겠다는 뜻으로 내 귀에는 들리요만!"

차해성은 황기룡의 말을 충분히 이해하고 있었다. 그럼에도 말을 이리 한 것은 이제는 더 이상 돌이킬 수 없다는 사실을 황기룡에게 알릴 필요가 있어서였다. 지금 사사로이 얼굴을 대면하고 있는 것도 그동안의 정 때문이었다.

황기룡은 자신의 담배 연기에 얼굴을 찡그리며 탄식했다.

"이거야 원!"

차 부장이 말을 이었다.

"아시다시피 일선의 불만이 림계치를 넘어선디 이미 오래요. 따라서 당은 희생양이 필요하다는 데 결론이 도달한 거이디요."

황기룡은 화가 났다. 그는 자세를 돌려 삐딱하게 앉으며 냉랭한 어조로 대꾸했다.

"기래서? 그 희생양이 나와 제1부국장이네? 난 절대로 받아들일 수 없네."

차 부장이 담배를 끼고 있는 손을 머리 위로 들어 올리며 심각한 표정으로 말을 받았다.

"이는 최고 지도자의 의지라고 이미 밝혔디요? 황 국장 동무, 바붑네까? 기것두 아니면 나이를 너무 먹어 실성이라도 한 겝니까? 예전 한윤철 인민무력부장이나 림경호 총참모장 동무 꼴처럼 사지가 고사총에 갈기갈기 찢겨져 봐야 후회할 겝니까?"

순간 홀 안의 분위기는 싸늘했다.

사실, 이 말까지는 차해성도 꺼내지 않으려 했다. 하지만 어쩔 수 없었다. 입 밖으로 낸 것이 후회스럽기는 하지만 현실이 그러한 것은 황기룡이 더 잘 알고 있을 터였다.

차해성 부장이 거의 꽁초만 남은 담배를 마지막 깊게 들이마신 후 허공에 내뱉고는 말을 이었다.

"내 있는 힘을 다해 목숨만은 부지케 하디요. 조용히 지내다 보면 또 좋은 날이 오지 않갔소."

황기룡은 비딱하게 앉아 고개를 떨군 채 담배만 빨아 댔다.

어떻게든 이 상황을 돌파할 궁리를 하며…….

특임여단

아침 해도 뜨기 전, 기상나팔 소리가 요란하게 울려 퍼졌다.

성호는 괴로운 표정으로 침상에서 상체를 일으켰다.

"아 씨, 뭔 또 비상이야, 잠 잔지 두 시간도 안 됐구먼."

그는 눈도 제대로 못 뜬 채 투덜거렸다.

이때, 문을 열리며 들어오는 이가 있었다. 일일 점호관인 김수혁 중사였다. 그는 상체만 일으킨 채 눈도 못 뜨고 있는 윤성호 일병에 게 모포를 뒤집어씌우고는 장난스레 헤드뱅을 시켰다.

"정신 차려, 짜샤!"

"아아아!"

성호는 답답한 듯 모포 속에서 소리쳤다. 이윽고 모포가 벗겨지 자 놀란 토끼 눈이 되어 물었다.

"또 비상입니까?"

성호는 지금 아침 점호가 아닌 비상 출동 상황으로 착각하고 있 었다. 그도 그럴 것이 요즘 들어 비상 대기나 출동이 잦은 데다 창 문엔 등화관제용 커튼이 쳐져 있어 아직 깊은 밤이라 느끼고 있었 던 것이다.

"비상은 무슨? 아침 점호다, 짜샤. 빨랑 일어나!"

성호는 반사적으로 일어나 모포를 정리하며 혼잣말로 중얼거렸다.

"벌써 그렇게 됐나! 두 시간도 안 잔 거 같은데……."

성호는 취침나팔 소리와 함께 잠에 빠져들었지만 하루가 멀다 하고 반복되는 훈련과 비상 출동으로 피로가 말이 아니었다.

김수혁 중사가 복도에서 외치는 소리가 들려왔다.

"기상, 기상! 모두 침상을 정리하고 5분 내로 연병장으로 집합합니다!"

연병장에는 확성기에서 흘러나오는 군가가 크게 울려 퍼지고 있었다.

알파팀 대원들이 하나둘 연병장으로 모여들었다. 알파팀의 홍일점 한송이 하사가 자신이 늦은 것이 미안한 듯 서둘러 뛰어왔다. 대원들과 송이 하사 간 인사를 주고받았다. 남자 대원들은 모두 전투복 하의에 소매 없는 러닝셔츠를 입고 있었지만 송이 하사의 경우엔 러닝셔츠 대신 탱크톱형의 여성용 셔츠를 입고 있었다. 그녀의 아름다운 볼륨감이 돋보였다.

그녀는 여느 때와 마찬가지로 맨 끝의 성호와 짝이 되어 줄을 섰다.

"잘 주무셨습니까?"

성호가 작은 소리로 인사를 건넸다.

"덕분에. 성호도 잘 잤나?"

"네, 덕분에."

구보가 시작되었다. 연병장을 가로지른 대원들은 양옆으로 포플러가 하늘 높이 뻗어 있는 길을 따라 일일 점호관 김수혁 중사의 구호에 맞춰 군가를 부르기 시작했다.

아름다운 이 강산을 지키는 우리 / 사나이 기백으로 오늘을 산다. 총탄의 불바다를 무릅쓰고서 / 고향 땅 부모 형제 평화를 위해 / 내 나라 내 조국은 내가 지킨다…….

행복한 아침 식사 시간.

구보를 마치고 샤워를 끝낸 대원들이 즐거운 마음으로 부대 식당으로 향했다. 뷔페식으로 차려진 대대 식당에는 이미 많은 대원들로 가득했다. 식사 때면 팀원 중 가장 빠른 면모를 보인 성호와 정기영 하사가 역시 기대를 저버리지 않고 중간 줄에서 환한 표정으로 대화를 나누며 차례를 기다리고 있었다. 끝에서는 이제야 알파팀 대원들이 하나둘 모습을 드러냈다.

둘은 식판 가득 음식을 담아 자리를 잡았다. 성호는 예비 그릇에 자기가 좋아하는 음식을 골라 더 담아왔다.

정 하사가 그 모습을 보고 한마디 했다.

"야, 너 그거 다 먹을 수 있어? 짜구 나겠다."

"걱정하지 마시지 말입니다. 이렇게 먹어도 훈련 한두 시간이면 배에서 꼬르륵 합니다. 양으로 봐서는 정 하사님도 만만치 않은데 말입니다."

"하기야, 너는 아직도 클 나이지. 나도 네 나이 때는 먹어도 먹어도 배가 고팠다."

"에이, 정 하사님도, 부러우면 부럽다고 하시지 두 살 차이 갖고 세대 차이 나는 말씀을 자꾸 하십니까?"

"그래 부럽다, 짜샤! 근데, 나 진짜 세대 차이 나나?"

"솔직히 말하면, 세대 차이를 넘어 아주 쉰내가 납니다."

성호의 농담에 정 하사는 자신의 전투복 상의를 열어 냄새를 킁킁 맡아보고는 마치 진짜 쉰내가 나는 양 인상까지 써가며 코에 손부채질을 해댔다. 성호가 박장대소를 하자 정 하사도 함께 웃음을 터뜨렸다.

그렇게 둘이 정신없이 웃을 때였다.

"나 여기 앉아도 돼?"

어느새 알파팀의 홍일점 송이 하사가 식판을 들고 성호 곁에 서 있었다.

"아 예, 베리 환영이지 말입니다."

성호가 답하고는 자신은 한 칸 옆으로 옮겨 송이가 앉기 편하게 자리를 양보해 주었다.

"고마워."

송이가 식판을 테이블에 내려놓고 자리에 앉았다. 송이의 식판에는 성호의 삼분의 일도 안 되는 음식이 담겨져 있었다. 그것도 대부분이 야채였다.

"한 하사님, 그렇게 드시고 훈련은 제대로 소화할 수 있겠습니까?"

성호가 걱정스럽다는 듯 말을 꺼냈다.

"그러게……."

정 하사도 송이의 식판을 바라보며 호응했다.

"요즘 내 옆구리 살이 삐져나오려고 안달이다."

"에이, 송이 하사님도, 삐져나올 살이 어디 있다고……."

"야, 나 살쪄서 시집 못 가면 성호, 네가 책임질 거야?"

송이의 거침없는 언사에 성호는 자신의 식판에 공손히 머리를 조아리며 답했다.

"영광입니다."

"햐, 이 자식이!"

송이가 주먹을 쥐고 꿀밤을 먹이려는 시늉을 하자 성호는 장난스레 몸을 피하며 대꾸했다.

"진담입니다."

"아휴, 내가 이래서 울 성호를 이뻐 안 할 수가 없다니깐. 야, 윤성호!"

"예, 일병 윤성호."

"이 누나가 시집 못 가면 성호, 네가 책임지는 거다. 이건 계급장의 높낮이가 아니라 하늘의 운명이 내리는 긴급 명령이다, 알겠나?"

송이가 검지를 곧추세워 하늘까지 가리키며 장난스레 말했지만 표정만큼은 자못 진지했다.

성호도 송이 쪽으로 허리를 곧게 하여 거수경례를 붙이며 이에 호응했다.

"옙, 명 받들겠습니다."

한바탕 둘은 유쾌한 웃음을 터뜨렸다.

조용히 이를 지켜보던 정 하사가 뽀로통한 표정으로 입을 열었다.

"나는 왜 이렇게 성호가 부럽지?!"

"정 하사님, 부럽습니까? 부러우면 지는 거 아시죠?"

"아주 염장을 질러라, 짜샤!"

송이는 둘의 대화에 싫지 않은 표정으로 눈을 흘기며 말했다.

"어쭈, 이것들이……!"

송이의 거침없는 농담.

성호도 그것이 농담임을 알고 있었다. 그럼에도 그녀의 한마디 한마디에 내면으로부터 솟아오르는 벅찬 감정은 성호도 어찌 할 수 없었다. 그리고 언제나 그렇듯 그 감정을 억제하느라 애를 먹어야 했다. 이 때문인지 그의 마음 한구석에는 알 수 없는 공허감도 함께하고 있었다.

보통 특수부대는 부사관이 주를 이루는 만큼 성호는 특임여단의 지역대는 물론이고 대대의 유일한 특전병이었다. 그가 특수전 요원 양성 과정과 소정의 주특기 교육을 마치고 알파팀에 합류한 것은 불과 5개월 전이었다.

성호는 군 입대 전 명문대 의대에 재학 중이었다. 부모님 성화에 못 이겨 의대를 진학하긴 했지만 당시 그의 관심은 오직 음악뿐이었다. 고등학교 때는 입시 준비로 많은 활동을 못했지만 대학에 들어와서는 자비로 그룹사운드까지 결성하여 리드 보컬로 활동했다. 얼마 전 드라마로도 큰 인기를 끌었던 '태양의 후예'가 성호가 결성한 그룹의 이름이기도 했다. 대학가에선 꽤 알려지며 축제 때마다 초청을 받기도 했고, 그룹의 정기 발표회 때에는 성황을 이루며 아이돌 못지않은 인기를 누리기도 했다.

이에 반비례하여 그의 성적은 바닥을 기었다. 낙제를 겨우 면하는 수준이었다. 할 수만 있다면 음악과 수업을 병행하고 싶었지만 말처럼 쉽지가 않았다. 예과에서는 그럭저럭 해왔다지만 본과에서는 어림도 없는 일이었다. 그래도 성호에게 둘 중에 하나만 고르라면 그는 역시 음악이었다. 때문에 의사가 되기를 바라는 부모님과의 불화는 이루 말할 수가 없었다.

그러던 어느 날 불상사가 발생하고 말았다. 그의 성적표를 받아든 부모님이 음악을 끊지 않으면 등록금을 대 주지 않겠다고 선언한 것이다. 많은 고민과 함께 나름의 타협점을 찾아보려 애썼지만 뜻대로 되지 않았다. 이 때문에 그가 어쩔 수 없이 선택한 것이 시간을 갖는 것이었다. 그 시간이 바로 군 입대였다.

보통 의대에 다니는 대한민국 남자라면 대학을 졸업하고 의사 국가시험에 합격한 후 군의관으로 입대하는 것이 일반적인 수순이었다. 하지만 성호만큼은 쫓겨나듯 밀려온 곳이 군대였다.

그는 특수 부대를 자원했다. 자신의 그룹사운드 이름에 걸맞기도 하고, 무엇보다도 육체를 고되게 하여 복잡한 생각을 정리하고 싶은 조그마한 바람 때문이기도 했다. 또 다른 이유를 굳이 든다면 부모님에 대한 반항심이 작용한 면도 없지 않았다. 비록 예과만 수학했지만 의대 전공자여서 의무 주특기를 부여받는 것은 그리 어렵지 않았다.

드센 남자들의 세계인 군대에서, 그것도 특전사 중에 특전사만 모여 있다는 특임여단에 여전사가 있을 거라고는 생각하기 쉽지 않다. 설사 있다 해도 여군들만의 생활 공간에 그녀들만의 특화된 병과 업무를 수행하는 것으로 생각하기 쉽다.

성호 또한 그리 생각하고 있었다.

요즘 들어 남녀 간 병과 구별이 많이 사라진 것은 사실이지만 그래도 금녀의 벽은 엄연히 존재하고 있었다.

성호가 부대에 배속되어 전입 신고를 마치고 팀장님으로부터 팀원들을 소개받을 때 그는 깜짝 놀라고 말았다. 자신과 동갑인 듯한 미모의 여군이 팀원으로 함께하고 있었다. 그것도 일반 전투병과인 이곳에서.

그녀가 바로 한송이 하사였다. 최소한 한 가지 이상의 무술 유단 자격증을 갖고 있어야 지원할 수 있었던 만큼, 그녀는 중고등부 시절 태권도 청소년 국가대표 상비군에 든 적이 있는 고수였다. 건강을 위해 어릴 적부터 태권도를 수련해 왔다고 한다.

* * *

"안녕, 한송이라고 해. 환영한다."

"예, 이병 윤성호, 잘 부탁드립니다."

송이는 자신을 소개하며 살짝 윙크까지 했다.

그녀가 얘기해 준 바로는 그 당시 성호는 군기가 바짝 든 신병의 모습 그대로, 목소리만 크게 내질렀다고 한다. 웃음기 하나 없이. 그 얘기를 듣는 순간 성호는 낯이 몹시 화끈거렸었다. 이와 달리 송이는 성호의 그런 모습이 너무 귀여웠단다. 달리 표현하면 신삥 티가 팍팍 났다는 얘기일 것이다.

그녀는 한국 나이로 24살이다. 성호보다 두 살이 위였다. 그녀의 군 생활도 이제 두 해에 다다르고 있었다. 그녀는 명문여대 영문과에 재학 중인 대학 2학년 때 군에 지원하게 되었단다. 그녀가 군에, 그것도 특수 부대에 지원하게 된 것도 성호만큼이나 사연이 깊었다.

그녀의 말에 의하면 자신의 출중한 외모 덕분에 중고등학생 때부터 대학생 오빠들, 특히 교회 오빠들로부터 프러포즈에 시달렸다고 한다. 물론 그 미모는 성호도 인정하는 바이다. 그녀의 소문은 대대를 넘어 여단 전체에까지 자자하니까.

고등학교 1학년 때, 그녀는 같은 교회 오빠로부터 정식 프러포즈를 받았다고 한다. 그 오빠는 당시 대학생이었고, 교회에서 성서 지도교사로 송이의 담임을 맡게 되며 둘은 가까워졌다고 한다. 물론 그 오빠의 눈물겨운 헌신과 노력은 신파극 김중배의 다이아몬드에 뒤지지 않았을 것임을 미리 짐작하여 어렵지 않을 듯했다.

각설하고, 그 결과가 어떠했는가는 한국 젊은 남녀 청춘들의 틀에 박힌 로맨스의 막장이라고나 할까. 남자가 군대에 가면 여자 친구가 고무신 바꿔 신고 여자가 수절하여 기다려 주면 남자가 차버린다는, 송이 하사의 경우엔 크게 후자의 범주에 속한다고 볼 수 있겠다.

송이는 그 오빠와 제대 후에도 한동안 좋은 관계를 유지했다고 한다. 그런데 그 오빠가 돌이킬 수 없는 실수를 저지르고 만다. 바로 같은 과 여학생을 임신시킨 충격적인 변고였다. 그는 술 때문이었다고 강변했지만 이미 그에게서 마음이 떠난 그녀는 결별을 선언하였고 그 충격으로 학교까지 휴학하게 되었단다. 나중에 들려온 소식으로는 그 후배가 임신한 것은 아니었다고 한다. 그 오빠를 좋아한 그녀가 일을 크게 만든 것이었지만 그와 그 후배 간에 오간 썸은 분명히 존재했던 것으로 그녀는 믿고 있었다. 그리고 그 오빠에게서 지긋지긋하게 들어온 군대 얘기를 상기하며 자신도 군 입대를 생각하게 되었고, 그 오빠보다 훨씬 힘든 부대를 경험하리라 다짐하여 특수 부대에 지원하게 되었단다. 이것이 술이 많이 된 어느 날 그녀가 성호에게 들려준 로맨스의 한 조각이었다.

성호가 보컬 출신이라는 사실은 부대 내에 익히 알려진 바였다.

영내에는 각종 위락 시설이 완비되어 있었다. 그중에 부대원들이 즐겨 찾는 곳이 바로 노래방이었다. 그곳에서 성호는 마음껏 노래 실력을 뽐내곤 했다. 한 가지 더할 사실은 송이 역시 수준급의 노래 실력을 자랑하고 있었다는 점이다. 성호와 송이는 동료들과 함께 또는 단 둘이 노래방에서 힘든 군 생활의 여흥을 즐기곤 했다.

그러던 어느 날, 성호와 송이는 서로 간에 미묘한 감정을 확인하는 계기가 있었다. 둘이 노래를 잘한다는 건 대원들 모두 잘 아는 사실이었고, 둘은 대대 노래자랑 대회에 알파팀 대표로 출전하게 된다. 이 대회는 곧 있을 여단 대회에 나갈 대대 대표를 뽑는 자리이기도 했다. 당연한 얘기지만 둘은 독보적인 실력과 비주얼로 우승을 차지했다.

여단 대회를 앞두고 둘은 시간이 날 때마다 연습을 했다.

휴일인 어느 날, 그들은 노래 연습도 할 겸 함께 외출을 하게 되었다. 송이의 제안에 따라 며칠 전부터 약속된 일이었다. 그날 둘은 가까운 시내에 나가 영화도 보고, 노래 연습도 하고, 저녁에는 술도 한잔 하며 많은 이야기를 나눴다.

성호가 생각하기에 그녀와 교회 오빠와의 사연을 들은 것도 이때였지 싶다. 그 당시에는 그녀가 왜 자신에게 그런 비밀스러운 얘기를 털어놨는지 이해할 수 없었다. 그저 부대 내에서 편하게 얘기할 수 있는 것이 자신밖에 없기 때문이 아닐까 하는 정도였다. 그리고 그런 비밀을 알고 있는 것도 자신뿐일 거라 생각되었다.

물론 성호도 그녀에게 호감을 갖고 있었다. 그것은 단순한 호감 정도를 넘어서는 것이었지만 군이라는 특수한 환경으로 인해 더 이상의 진전을 이룰 수가 없었다. 그때까지는 말이다. 아니, 좀 더 정확히 말하면 그날 그녀를 숙소에 바래다주기 전까지라고 하는 것이 옳을 것 같다.

* * *

그녀는 과거의 회한 때문인지 아니면 성호와 함께여서 그런 건지 그날 평소보다 술을 많이 했다.

"한 하사님, 너무 많이 마시는 거 아닙니까?"

복귀 시간이 가까워지자 성호가 걱정이 되어 물었다.

"성호, 네가 있잖아. 설마 이 누나 두고 가진 않겠지? 자, 건배!"

그녀의 약간 꼬인 말투가 귀여웠다.

그렇게 몇 순배 잔이 돌고 급기야 술이 송이를 먹어 버리고 말았다.

그녀는 성호에게 얘기해 준 지난 일들이 순간순간 생각나는 듯했다. 쓴 잔을 입에 털어 넣고는 무심하게 욕을 내뱉곤 했다.

"나쁜 자식."

"예?"

성호는 그때마다 자신에게 하는 말인 줄 알고 이런 대꾸를 했다. 이에 대해 송이는 따로 말을 잇지는 않았다. 그러다 한 번은 성호를 향해 눈을 크게 뜨고는 진지하게 말했다.

"성호, 너는 그러면 안 돼, 알았지? 나쁜 자식."

"예? 아하, 예, 당연하죠. 저는 절대 그러지 않습니다."

"어이구, 우리 이쁜 성호, 그렇지? 자, 건배!"

송이는 성호의 볼을 톡톡 어루만지고는 또 건배를 외쳤다.

그날 성호는 일병 월급의 삼분의 일을 술값과 택시비로 지출해야 했다. 원래는 송이 하사가 내기로 했었다.

부대에 다다르도록 송이는 깨어나지 못했다.

군에서는 독신 부사관들을 위한 별도의 숙소(BEQ)가 마련되어 있었다. 영내뿐만 아니라 영외에서도 거주가 가능했는데, 당시 송이는 영외가 아닌 영내의 숙소에 머물고 있었다.

택시는 규정상 부대 안으로 들어갈 수 없었다. 어쩔 수 없이 성호는 택시에서 내려 그녀를 업고 부대 정문으로 향했다.

부대 정문의 위병소에 이르자 당직 사관의 모습이 보였다. 다행스럽게도 당직은 성호와 같은 팀원인 김수혁 중사였다. 이번 주 위병소의 당직 순번이 성호가 속한 지역대에서 맡게 된 덕분이었다.

"어떻게 된 거야?"

김수혁 중사가 위병소 창문을 열고 놀란 표정으로 물었다.

"오늘 송이 하사님 술이 좀 과하셔서……."

성호는 말을 잇지 못했다.

"야, 누구 보기 전에 빨리 움직여!"

"출입자 명부 작성해야 되지 않습니까?"

"야, 지금 그럴 상황이냐? 그건 내가 대신 할 테니까, 빨리 움직이기나 해!"

"예, 감사합니다. 단결!"

성호는 본능적으로 거수경례를 하려고 한 손을 뗐다가 자칫 송이를 떨어뜨릴 뻔했다. 성호는 두 손으로 받쳐 송이를 겨우 추켜올렸다. 그 충격이 송이에게도 전달된 듯했다. 등에 업힌 송이의 뺨이 반대로 돌려지는가 싶더니 이내 자그마한 소리가 들려왔다.

"힘들지?"

송이가 깨어난 듯했다. 하지만 혀는 여전히 꼬인 말투였다.

"아뇨, 괜찮습니다."

"성호야."

"예, 일병 윤성호."

"내가 좋아해도 될까, 이 누나가?"

의외의 한마디였다. 그녀의 뜬금없는 한마디에 성호는 술이 확 깨고 말았다. 같이 술을 마실 때에도 이런 내색은 조금도 없었다.

아직 술이 덜 깬 걸까, 자신을 놀리려는 건 아닐까, 당연하죠, 라고 말하기엔 감동이 없어 보이고 저도 좋아해요, 라고 말하기엔 너무 앞서가는 느낌이 들었다. 이런저런 생각으로 머뭇거리다 대답할 기회를 놓치고 말았다.

"성호 등이 참 따뜻하네!"

겨울의 매서운 추위는 지났다지만 4월 초의 밤기운은 여전히 차가웠다.

그녀가 등에 기댄 뺨을 다시 다른 쪽으로 돌리며 말을 이었다.

"성호 너 복학하면 의대 수업에 충실해, 부모님을 생각해서라도. 그런 다음 음악을 할 건지, 의사의 길을 갈 건지를 선택해도 늦지 않다고 봐."

그동안 성호 자신도 이 문제에 대해 많이 고민해 왔다. 자신의 결론도 송이와 크게 다르지 않았다. 성호가 대답하려 할 때 그녀의 뺨이 바뀌며 재차 말을 이었다.

"나도 알아, 네가 날 좋아하고 있다는 거. 고맙기도 하고, 미안하기도 하고……."

그녀가 주절대듯 말하고는 느닷없이 자신의 팔에 힘을 주어 성호의 목덜미를 힘껏 안아 주었다. 숨이 막힐 지경이었다.

"송이 하사님, 목, 목!"

술에 취해 두서없이 너스레를 떠는 듯이 보이지만 취중 진담이라고 그녀가 그냥 내뱉는 소리가 아님을 성호는 충분히 느낄 수 있었다. 말로 표현할 수 없는 감동이 다시 한 번 밀려왔지만 그런 감정에 비추어 성호는 무슨 말을 해야 할지 머리가 텅 빈 느낌이었다.

성호는 내려진 송이의 엉덩이를 재차 받쳐 올렸다. 그 충격이 송이에게 전달된 듯 그녀가 다시 뺨을 바꾸었다.

"내가 좀 전에 얘기한 대로……."

갑자기 딸꾹질을 하는 바람에 말이 끊겼다가 이어 나갔다.

"그렇게만 한다고 약속하면 나 너한테로 시집갈 수도 있어."

"네, 꼭 그리 할게요."

성호는 이 기회만큼은 놓치고 싶지 않았다. 이번엔 반사적으로 즉시 대답이 튀어나왔다.

"아휴, 귀여운 자식!"

송이는 성호의 목을 또다시 꽉 끌어안고는 목덜미에 키스까지 해줬다.

"송이 하사님, 목, 목."

성호는 마치 구름 위를 걷는 느낌이었다. 그런 감정에 비추어 성호는 이상스러울 만큼 무슨 말을 해야 할지 떠오르지 않았다. 그 어떤 말도 이 분위기를 깰 것만 같았다.

송이 또한 그녀의 숙소에 이르기까지 아무 말이 없었다. 그것이 꼭 술에 취해서나 잠든 때문만은 아닌 것은 그녀가 성호의 등에 기댄 뺨을 종종 바꾸고 있었다.

부대 정문에서 그녀의 숙소까지는 거의 3, 4백 미터에 달했다. 그럼에도 성호는 조금도 힘들다는 생각이 들지 않았다. 그녀의 몸무게가 가벼워서도 또한 그의 술기운 때문만은 아닐 것임은 분명했다.

그녀의 숙소에 도착했을 때 성호는 난감하지 않을 수 없었다. 그곳은 엄격한 금남의 집이었기 때문이다. 당직실에는 여부사관이 지키고 있었다. 그녀가 송이의 상태를 확인하고는 출입문을 열어주며 그녀의 방까지 안내해 주었다. 송이의 방은 2층에 자리하고 있었다.

당직 여부사관은 비상 예비 열쇠로 현관문을 따 주며 말했다.

"얼른 들여보내고 내려와!"

"예, 알겠습니다."

그녀는 송이의 상태를 힐끗 한 번 더 살펴보고는 곧바로 1층 당직실로 내려가 버렸다.

성호는 어쩔 수 없이 군화를 신은 채로 실내에 들어가야 했다. 깔끔하게 정돈된 조그마한 거실에는 두 사람이 나란히 앉을 만한 소파가 놓여 있었다. 성호는 송이를 일단 그 소파에 조심히 내려놓았다. 그녀는 옆으로 쪼그려 누운 자세가 되었다.

성호는 자신과 그녀의 군화를 벗겨 현관에 가져다 놓았다. 그리고 그대로 나가려 했다. 하지만 그녀에게로 다시 돌아와야 했다. 소파에 쪼그려 누워 있는 그녀의 불편한 모습이 자꾸 눈에 밟혔기 때문이다.

그녀를 침실로 옮기기 위해 목에 손을 집어넣으려는 순간이었다. 그녀가 성호의 목덜미를 잡고 딥 키스를 해 왔다. 성호는 그대로 무릎을 꿇은 채 그녀의 키스를 받았다. 머리가 멍해지며 형언할 수 없는 달콤함이 온몸을 감싸 왔다.

그러기를 얼마 후, 송이는 성호의 목을 둘러 감쌌던 팔을 살짝 풀고는 말했다.

"사랑해."

그녀의 약간 풀린 듯한 눈빛이 너무도 아름다웠다.

"저도요."

대답이 떨어지기 무섭게 그들은 또다시 서로의 입술을 탐닉했다. 성호의 한 손은 자연스레 송이의 소담한 가슴을 탐하고 있었다. 비록 까칠한 전투복에 가로막혀 있지만, 손끝에 느껴지는 그 달콤한 부드러움은 그 무엇으로도 견줄 수 없을 것만 같았다.

그녀도 연인의 부드러운 손길을 응원하기라도 하듯 사내의 건장한 팔뚝을 어루만지고 있었다.

꿈같은 순간.

성호는 이 순간이 영원했으면 하는 마음 간절했다. 하지만 그런 바람은 오래가지 못했다. 그녀의 팔이 풀리며 성호의 가슴을 살짝 밀쳐 내고 있었다.

"이제 그만. 너도 어서 돌아가야지. 난 여기서 좀 누웠다 들어갈 거야. 성호야, 잘 가."

이것이 그날 있었던 로맨스의 전말이었다.

성호는 그녀와 헤어진 날 밤 잠을 한숨도 이루지 못했다. 그녀와 아침 인사는 어떻게 해야 할지, 무슨 말을 꺼내야 할지, 그녀의 반응은 어떤 모습일지 자못 궁금했다. 거기에 무엇보다도 성호의 마음을 불안하게 하는 것은 군대라는 이 닫힌 공간에서, 그것도 여단 내 내로라하는 모든 총각 장교들과 부사관들이 그녀에게 잘 보이려고 애쓰는 마당에, 앞으로 어떻게 그녀와의 사랑을 키우고 지켜 나갈지 등 온갖 걱정과 잡생각들로 날을 세우고 말았다.

자신의 팀장인 박대규 대위도 총각이었다. 그조차도 송이 하사에게 관심이 많음을 성호는 잘 알고 있었다. 그가 사무실을 지나칠 때 근무 중인 송이 하사에게 눈길이 머무는 것을 자주 경험하기도 했다.

어느 날 송이 하사의 테이블에 놓인 그녀의 휴대폰으로 온 문자를 우연찮게 보게 된 적이 있었다. 박 팀장으로부터 온 문자였는데 그녀는 다른 용무로 잠시 자리를 비운 상태였다. 휴대폰의 바탕 화면에 팝업으로 일부가 보였는데 영화 티켓이 생겼다며 주말에 같이 갈 수 있는지를 묻는 내용이었다. 그녀가 돌아와 자신의 휴대폰을 들여다보는 모습을 성호는 주의 깊게 살폈다. 송이 하사는 무표정하게 몇 마디의 답장을 보내는 듯 보였다.

그날 저녁, 성호가 물었다.

"송이 하사님, 이번 주말에 뭐 하실 건가요?"

"글쎄, 특별한 일은 없는데, 왜?"

"아, 아닙니다."

주말이 되기까지 성호는 멍한 나날을 보냈다. 그리고 주말이 되어 성호는 한 번도 하지 않던 일을 하게 된다. 송이에게 전화를 거는 일이었다. 얄궂게도 그녀의 휴대폰은 온종일 꺼져 있었다. 그로부터 성호는 박 팀장과 한 하사가 서로 좋아하는 사이라는 것을 인정하지 않을 수 없었다. 성호는 그날 온종일 아무것도 입에 대지 않았다.

참으로 행복한 고민이었다. 하지만 다음날 아침 점호 때 만난 송이의 모습에서 그의 환상은 여지없이 깨지고 말았다. 그녀에게선 조금의 흐트러짐도 찾아볼 수 없었고 무엇 하나 달라진 것이 없어 보였다.

"안녕, 부사감님한테 얘기 들었다. 데려다줘서 고마워."

그녀에게서 나온 첫마디이자 반응이었다. 냉랭하고도 지극히 사무적인 말투였다. 억양이나 분위기로 보아 어제 무슨 일이 있었나, 정도로 해석하면 정확할 것 같았다.

그날 하루 종일 그녀에게선 남녀라면 느낄 법한 감정 따위는 눈 씻고 찾아봐도 찾아볼 수 없었다. 성호는 몹시 혼란스럽고 야속했다. 그렇다고 계급이 깡패인 군대에서 이를 두고 따져 물을 수도 없는 노릇이었다. 성호로서는 말 그대로 어느 한 봄날의 꿈이었다.

그 이후로 지금까지 그녀와는 아무 일 없이 그렇게 지내오던 터였다. 그녀의 진심이 어디까지인지 알지 못한 채……

바로 그 여인이 성호의 가슴을 설레게 하는 농담 한마디를 던지고는 여느 때와 마찬가지로 아무렇지도 않은 듯 자기 일에 열중하고 있다.

가만히 돌이켜 보건대, 이 같은 농담도 지금과 같이 제삼자인 누군가가 옆에 있을 때에만 하고 있다는 사실이다. 그날 숙소에서의 일 이후에 그녀와 단둘이 할 기회는 많았다. 하지만 이런 유의 농담은 고사하고 그와 비슷한 분위기조차 느낄 수 없었다. 그녀의 이러한 농담이 싫지는 않지만 언제나 그때뿐, 냉정하게 제자리로 돌아가 버리는 그녀의 태도에 성호는 몹시 혼란스럽고 불만스러운 것도 사실이었다.

식사를 하면서도 성호는 그녀의 식사하는 모습에 자꾸만 눈이 갔다. 힐긋힐긋 돌아보지만 그녀는 눈길 한번 주지 않고 자신의 식사에만 열중하는 모습이었다. 속상하고 야속하지만 이 또한 어쩔 수 없는 일이었다.

그렇게 각자 식사에 열중하고 있을 때였다. 식당 벽면에 설치된 대형 TV 화면에 일제히 불이 들어오며 서라운드처럼 소리가 울려 퍼졌다. TV에서는 오늘 새벽에 발사된 북한의 탄도 미사일 발사 속보가 하단에 커다란 띠 글씨와 함께 발표되고 있었다.

"…… 북한이 6차 핵 실험을 감행한 지 75일 만에 또 장거리 미사일을 발사하는 도발을 감행하였습니다. 합참은 오늘 03시 17분에 평

안남도 평성에서 동쪽 방향으로 미상의 탄도 미사일 한 발이 발사되었으며, 비행 거리로 보았을 때 기존 화성 14형을 능가하는 준 ICBM급 새 미사일 가능성이 높다고 발표하였습니다. 비행 거리는 960킬로미터에 최대 고도는 무려 4,500킬로미터에 달했다고 합니다.

이런 가운데 북한은 대류 간 탄도 로켓의 성공적 발사로 국가 핵무력 완성의 역사적 대업을 달성하게 되었다며 자랑하고 있습니다. 북한의 발표도 잠시 들어 보시겠습니다."

화면은 백두산 천지를 배경으로 한복을 곱게 차려입은 중년의 아나운서가 등장하며 언제나 그렇듯 그녀의 카랑카랑한 목소리가 전해지고 있었다.

"조선로동당의 정치적 결단과 전략적 결심에 따라 새로 개발한 대류 간 탄도 로켓 화성 15형 시험 발사가 성공적으로 진행되었다. 대류 간 탄도 로켓 화성 15형 무기 체계는 미국 본토 전역을 타격할수 있는 초대형 중량급 핵탄두 장착이 가능한 대류 간 탄도 로켓으로서, …… 우리가 목표한 로켓 무기 체계 개발의 완결 단계에 도달한 가장 위력한 대류 간 탄도 로켓이다.

최고 지도자 동지께서는 새 형의 대류 간 탄도 로켓 화성 15형의 성공적 발사를 지켜보시면서, 오늘 비로소 국가 핵 무력 완성의 력사적 대업, 로켓 강국 위업이 실현되었다고 긍지 높여 선포하시었다.

대류 간 탄도 로켓 화성 15형 시험 발사의 대성공은 미제와 그 추종 세력들의 악랄한 도전과 겹쌓이는 시련 속에서도 추호의 흔들림

없이 우리 당의 병진로선을 충실하게……."

　식당에는 북한 아나운서의 목소리가 계속 울려 퍼지는 가운데 모든 시선이 TV 뉴스 속보에 쏠려 있었다.
　사실 뉴스에 그녀의 모습이 등장할 때마다 한국은 말할 것도 없고 세계 경제는 요동을 쳐야만 했다. 그녀가 뉴스에 모습을 드러냈다는 것은 필시 북한 내에 핵 실험 내지 미사일 도발을 감행했다는 의미로 받아들일 정도였다.
　"이것들이 진짜 끝을 보자는 건가?"
　열심히 지켜보던 송이 하사가 한마디 뱉었다.
　"앞으로 일과가 빡세질 것 같습니다."
　"그러게 말입니다."
　정 하사의 말에 성호가 한숨을 내쉬며 호응했다.

　한국 정부는 북한의 계속되는 핵 실험과 미사일 도발에 전쟁 지휘부는 물론 핵무기 등 대량 살상 무기를 제거하기 위해 비밀리에 특수임무여단을 창설하기에 이른다. 최고의 정예 요원들만을 별도로 선발하여 강도 높은 훈련을 해 오고 있었다.
　정부는 함경북도 길주군 풍계리에서 발생한 5.7 규모의 인공 지진을 계기로 사실상 북한이 핵 개발 완료 단계에 접어든 것으로 파악하고 대북 압박과 국민을 안심시키는 차원에서 특임여단의 창설과 활동을 뉴스 형식을 빌려 공개하기에 이른다.
　한편, 미국은 북한의 도발에 핵잠수함과 항공모함 그리고 일명 '죽음의 백조'라 불리는 B1B 전략 폭격기를 한반도에 수시로 전개시키는 맞대응으로 한반도의 위기는 정점을 향해 치달았다. 마치 치킨 게임과도 같은 양상으로, 전쟁밖에는 다른 해결 방법이 없어 보일 정도였다.

그런 남북 및 북미 관계에 뜻하지 않는 훈풍을 맞게 되었으니, 바로 평창 동계 올림픽의 북한 참여 결정과 주요 인사의 방한이었다. 이는 곧바로 남북 정상 회담으로 이어졌다. 분단의 상징인 판문점에서 역사적인 만남을 이룬 남북의 두 정상은 종전 선언과 함께 핵과 전쟁이 없는 한반도, 항구적인 평화 체제 구축을 위해 노력하기로 합의하였고 이를 공동 성명서 발표 형식으로 전 세계에 천명하기에 이른다.

나아가 비록 우여곡절은 겪었지만 서너 차례에 걸친 북미 간 정상 회담까지 성사되며 북한의 핵 폐기와 체제 보장이라는 상호 간 이익의 간극을 좁혀 나가려는 노력은 꾸준히 이어지고 있었다.

이런 가운데 북한 서열 2위로 간주되는 인민군 총정치국장 황기룡이 공식 석상에서 사라진지 몇 달이 넘어서자 정보 당국에서는 휴민트와 여러 채널을 통해 그에 대한 정보 수집에 나서게 된다. 정보 당국이 파악한 내용으로는 이들이 처형된 것은 아니며 강운형 제1부국장은 노동교화형을 받고 지방의 한 집단 농장에서 복역 중인 것으로 파악되었고, 황기룡 국장은 왕별인 차수 계급에서 상좌로, 우리로 치면 대령과 중령의 중간 정도에 해당하는 계급으로 여섯 단계나 계급이 강등된 채 지방의 한 야전군에 배속되어 사상 교육을 받고 있다는 것 그리고 당 조직지도부 주도로 군부 핵심인 총정치국에 대해 대대적인 검열이 이루어졌고 이 과정에서 어떤 중대한 과오가 드러났거나 권력 투쟁에서 밀려난 정도로 파악하고 있었다.

여기에 한윤철 인민무력부장과 림경호 총참모장을 비롯하여 한때 북한 공식 서열 2위로 사적으로는 최고 지도자의 이모부이기도 한 정 부위원장을 처형했듯 공포 통치가 계속되고 있는 것이 아니냐는 일반적인 관측과 김 위원장의 북한 군부에 대한 장악력이 겉으로 보이는 것과 달리 확고한 수준은 아니지 않느냐는 조심스러운 관측만 더해졌을 뿐이었다.

재회

개성의 특수정찰대 대대장실

특수정찰대대는 인민무력부 산하의 정찰총국 소속으로 이곳의 책임자는 대대장 오동길 상좌였다.

집무실에는 그와 황기룡 전 총정치국장이 서로 얼굴을 마주하고 있었다. 그는 황기룡의 갑작스러운 방문에 몹시 놀란 표정이었다. 그도 그럴 것이 부대의 책임자인 자신에게조차 황 국장의 부대 전입에 대해 그 어떤 사전 통보도 받지 못한 상태였다.

그가 거수경례로 옛 상관을 맞이했다.

"상좌 오동길, 황기룡 총정치국장님께 인사 올립네다."

황 국장은 답례 대신 반갑게 악수를 청했다.

"이야, 오동길이! 이게 얼마 만이네?"

"네, 이렇게 다시 뵙게 될 줄은 꿈에도 몰랐습네다."

"기래, 기리티."

"총국장님 소식은 들어 알고 있습니다만, 이번 일로 우리 군의 사기가 이만저만이 아닙네다."

"내래 부덕한 탓이갔디."

황 국장은 쓸쓸한 웃음을 지어 보였다.

그가 오른손을 들어 자신의 왼쪽 견장 계급장을 툭툭 치며 장난스레 말을 이었다.

"지금은 별두 떼였어야. 자네와 같은 상좌야, 상좌. 말 놓으라우."

오동길이 정색을 하며 대꾸했다.

"그 무슨 당치도 않은 말씀을……, 꼭 복권되실 겁네다."

"암, 기래야디. 긴데, 우리가 함께했던 시절이 언제였디?"

오동길이 시선을 높이 들어 잠시 뜸을 들이고는 대꾸했다.

"제가 중위로 임관하여 첫 배속된 인민군 특수8군단 시절이니까니, 아마도 일천구백구십육 년이 맞을 겁네다."

"기렇게 되었나?! 벌써 20여 년이 훌쩍 지났구만……. 참, 초급 간부치고는 발군이었는데 말이야."

황 국장이 말하고는 기쁜 듯 활짝 웃었다.

"일 없습네다."

오동길도 멋쩍게 따라 웃었다.

황 국장은 잠시 회상에 잠긴 듯 웃음을 멈추고는 혼잣말 투로 중얼거리듯 말했다.

"그때가 참 좋았는데 말이야, 이거야 원!"

"좋은 날이 꼭 오갔디요."

"당연히 기래야디."

오동길의 위안에 황 국장은 다소 고무된 표정으로 고개까지 끄덕이며 말을 받았다. 하지만 과거의 회한이 일시에 밀려 온 듯 이내 심각한 표정으로 낯빛을 고치고는 혼잣말 투로 투덜거렸다.

"간나새끼들, 당 조직지도부가 내게 이럴 수 있는 거이네? 위원장 동지와 부부장 동지한테 알랑방귀나 뀔 줄 알디, 직바른 소리 한 번 못하는 주제에……. 두고 보라우, 내래 너희 간나들을 어드렇게 만드는지."

황 국장이 생각에 잠긴 듯 말이 없자 둘 사이엔 잠깐의 어색한 침묵이 흘렀다.

"이봐, 동길이!"

침묵을 깨는 황 국장의 소리. 친근하면서도 진중한 부름이었다.

"예, 총국장 동무."

"이렇게 지금 자네가 내 곁에 있어 다행이라는 생각이야. 자네가 날 위해 좀 나서 줘야 되갔어."

"언제든 하명만 하시디요. 뼈가 으스러지는 한이 있어도 총국장님의 한을 풀어 드리고, 우리 군의 사기를 고양시키기 위해서라면 무엇이든지 해 보갔습네다."

오동길은 황 국장의 의도와 계략을 전혀 읽지 못하고 있었다. 순진한 그는 옛 상관의 복권을 위해 진심으로 무엇이라도 하고 싶었다. 그렇다고 일선 부대의 대대장밖에 되지 못하는 자신이 독자적으로 나서서 할 수 있는 일도 없는 만큼, 일면 거창한 의지의 표명처럼 비칠 수도 있겠지만 그저 곤란한 처지에 놓인 옛 상관에 대한 상투적인 위안 정도로 받아들이면 될 일이었다.

하지만 황 국장은 오동길의 말에 크게 고무되어 있었다. 자신이 제대로 선택했다는 안도감이 밀려왔을 정도였다.

사실, 추락할 대로 추락한 황기룡으로서는 속된 표현으로 똥오줌 가릴 처지가 아닌 것처럼, 일을 도모함에 있어서 오동길이 진심이든 아니든 그것이 문제가 될 것은 없었다. 언제나 그렇듯 그는 말로 안 되면 강제적 수단을 동원해서라도 그 진심을 끄집어 낼 생각이었기에.

황 국장은 환한 표정으로 말을 받았다.

"자네는 여전하구만. 내가 이런 자네를 요런 꼭다리 말단에서 고생하게 두었으니 나도 참……, 미안하이."

황기룡은 환한 표정으로 부동자세로 서 있는 오동길에게 다가가 그의 두 어깨를 다정스레 토닥여 주었다.

도통골의 전설

울산광역시 울주군 소재의 대운산 도통골 계곡

한 무리의 젊은 남녀들이 왁자지껄하며 계곡 물에 얼굴을 씻기도 하고 물장구를 치기도 했다.

"와, 시원하다!"

짓궂은 한 남학생이 계곡물이 흐르는 물가로 몰래 들어서는 세수하는 남녀 학생에게 물세례를 퍼부었다.

"야아!"

양측 간에는 물싸움이 벌어졌고 입고 있던 옷들이 모두 젖고 말았다. 그래도 그들의 표정은 한없이 즐거워 보였다.

이들 바로 위쪽에서는 빛바랜 회색의 개량 한복에 나무지팡이를 든 노인 하나가 계곡물을 향해 내려오고 있었다. 그는 허름한 배낭과 광주리 하나를 메고 있었다. 노인은 배낭과 광주리를 내려놓고는 계곡물에 세수도 하고 물도 마셨다.

"젊은이들은 어디에서 왔노?"

노인이 학생들을 돌아보며 물었다.

"부산에서요."

한 여학생이 대답했다.

"동아리 야유회 나왔습니다."

옆에 있던 남학생이 부연했다.

이때 좀 떨어진 곳에서 한 여학생이 외치는 소리가 들려왔다.

"김밥 먹자!"

그녀의 손엔 알루미늄 포일로 싼 김밥이 잔뜩 들려 있었다.

"할아버지, 김밥 좀 드실래요?"

그녀는 위쪽에 있는 노인에게도 권했다.

"아이고, 나야 고맙지. 학생들 모자라지 않겠어?"

"아니에요, 많이 싸왔어요."

여학생은 노인이 내려오자 김밥 한 줄을 건네주었다.

"여기요."

"아이고, 고마워요, 학생."

그녀는 작은 페트병 생수도 들어 보이며 말했다.

"물도 필요하시면 말씀하세요."

노인은 손으로 계곡 물을 가리키며 대꾸했다.

"아니, 괜찮아. 여기 많은데 뭐."

"물이 진짜 맑네요."

한 남학생이 호응했다.

"그렇지? 이 계곡이 도통골이라는 계곡이야. 이 계곡에 얽힌 전설이 있는데, 학생들은 들어봤나?"

"아니요."

"말씀해 주세요."

김밥은 건네준 여학생이었다.

"이렇게 맛있는 김밥도 얻어먹었으니 당연히 얘기해 줘야지. 이 계곡의 이름이 도통골이 된 건 신라 시대 원효대사와 관련이 있지만

이 지역 민간에서 내려오는 또 다른 전설이 하나 있지. 옛날에 이 계곡에 커다란 이무기 한 마리가 살았대요. 그 이무기는 용이 되기 위해 천 년 동안 도를 닦았대. 하지만 그 뜻을 끝내 이루지 못했지. 이에 화가 난 이무기는 이 마을 저 마을을 돌아다니며 어린 아이들을 닥치는 대로 꾀어 이곳 도통골 지하 세계로 숨어들었대. 아이를 잃은 부모들이 아이들을 구하려고 이무기를 찾아 나섰지만 끝내 찾아내지 못하고 비 오는 날 밤 이무기가 내는 소리만 이 계곡에서 들을 수 있었다고 전해지지."

한 여학생이 몸서리치는 시늉까지 하며 너스레를 떨었다.

"애구, 비 오는 날 밤에 여기 오면 안 되겠다."

한 남학생이 황당하다는 듯 이를 받았다.

"야! 비 오는 날, 그것도 야심한 밤에 여길 왜 와?"

"그런가?"

여학생이 말하고는 멋쩍게 웃자 일행도 한바탕 웃음꽃을 피웠다.

"할아버지도 혹시 그 소리 들어 보신 적 있으세요?"

김밥을 건네준 바로 그 여학생이었다. 큰 기대 없이 물어본 것이었지만 노인으로부터 뜻밖의 답변이 돌아왔다.

"그럼, 젊었을 때는 종종 들었지."

"예에! 진짜요?"

학생들은 놀라면서도 믿기지 않는 표정들이었다.

"우리는 심마니라 이 산 저 산 돌아다니며 약초도 캐고 야영도 자주하는 편인데, 특히 이 계곡에서 비 내리는 야심한 밤이 되면 그 소리가 종종 들렸지. 전설에 의하면 그 소리가 이무기가 잠에서 깨어날 때 내는 소리라고도 하고, 잡혀간 아이들이 엄마가 보고 싶어 울 때 이무기가 호통 치는 소리라고도 하지.”

“에구, 무섭다!”

여학생이 무섭다는 듯 몸을 움츠리는 시늉까지 하며 말하자 남학생이 이번에도 나무라듯 대꾸했다.

“야, 전설이라잖아, 무섭기는⋯⋯.”

“할아버지, 혹시 그 소리 요즘에도 들어보셨어요?”

김밥을 건넨 여학생이 또 호기심 가득한 얼굴로 물었다.

“아니. 지금은 나이를 먹어서 눈도 어둡고 귀도 잘 안 들리는 걸. 그런데 말이야. 저 밑자락에 있는 내원암 암자 스님들은 지금도 그 소리를 종종 듣는다더군.”

“아아, 그래요?!”

노인의 말에 학생들은 꽤 놀란 표정을 하면서도 이내 고개를 갸우뚱하며 믿기지 않는다는 반응도 보였다.

“그럼, 할아버지도 그 이무기가 여기 산다고 믿으세요?”

호기심 어린 질문이 또 이어졌다. 김밥을 건넨 바로 그 여학생이었다.

“글쎄, 누구도 본 적이 없으니⋯⋯ 그게 뭔지, 어떻게 생겨 먹은 건지는 모르겠지만 아마도 그 소리 때문에 이런 전설이 생기지 않았나 싶기도 해.”

“아하, 그렇겠네요.”

노인의 깔끔한 정리에 학생들이 고개를 끄덕이는 가운데 한 남학생이 자신의 시계를 바라보고는 깜짝 놀라며 말했다.

"우아, 벌써 시간이 이렇게 됐나?!"

또 다른 남학생도 자신의 시계를 확인하고는 대꾸했다.

"그러게. 이러다 우리 늦겠다. 할아버지, 저희들은 그만 일어나야 겠어요. 재밌는 얘기 잘 들었습니다."

"재밌었어?"

"예."

학생들의 재밌다는 대답에 노인의 입가엔 미소가 가득했다.

학생들이 풀어놓았던 등산 배낭을 하나 둘 짊어지자 노인도 채비를 했다.

"할아버지, 정상까지 가려면 여기서 머나요?"

한 남학생이 물었다.

"아니야, 거의 다 왔어. 학생들 걸음으로 3, 40분 정도면 족하지 싶은데."

"아아, 고맙습니다."

"고맙긴, 김밥 잘 먹었네, 학생들."

"별말씀을요."

"나는 사람들이 다니지 않는 길을 찾아 나서야 하니, 계곡 저편으로 가야 돼."

"아 네, 조심히 가세요."

"심 많이 보시구요."

학생들을 뒤로하고 노인은 계곡 건너편으로 향했다. 노인은 산등성이를 오르다 비교적 완만한 비탈이 나오자 나무지팡이로 수풀을 이리저리 헤치며 본격적으로 삼을 찾기 시작했다.

얼마 지나지 않아 수풀 사이에 난 산삼 줄기가 눈에 들어왔다. 다섯 개로 벌어진 삼 특유의 잎 모양에 줄기가 대여섯 개나 나 있고, 뇌두의 길이가 10센티는 되어 보이는 것이 백 년은 너끈해 보였다.

그가 100년 근 산삼을 본 것은 무려 십여 년만이었다. 십여 년 전, 노인은 지리산 중턱에서 100년 되는 천종산삼 두 뿌리와 새끼 삼 여럿을 한 곳에서 캐는 횡재를 맛보았다.

노인은 만면의 미소를 머금고 손으로 잡초를 훑으며 산삼 주위를 정리했다. 이어 나무지팡이를 들어 산삼 주변의 수풀을 헤쳐 나가기 시작했다.

산삼의 성장 특성상, 100년이 넘는 산삼이 발견되면 그 주변으로 씨앗이 퍼져 새끼 삼이 자랄 가능성이 높았다. 이에 노인은 비탈진 산등성이 이곳저곳을 지팡이로 휘저으며 새끼 삼을 찾는 중이었다.

그러기를 얼마, 노인은 그만 발을 헛딛고 말았다. 미끄러지듯 넘어지며 비탈진 등성이를 구르다 그대로 가파른 절벽으로 떨어졌다.

"어이쿠!"

다행이 노인은 한 평 남짓한 비교적 평평한 곳에 몸이 걸치며 목숨을 구했다.

'휴우, 하마터면 큰일 날 뻔했군!'

밑을 내려다본 노인은 그 끝을 알 수 없는 깎아지른 절벽에 가슴을 쓸어내려야 했다. 옷을 털고는 자신이 떨어진 위쪽 절벽을 살펴보기 위해 돌아섰다. 2미터는 족히 되어 보였다. 나이도 나이니 만큼 어디 크게 다치지 않은 것만으로도 다행으로 여겨야 했다.

너무 놀란 데다 다시 올라갈 생각만으로 주변을 둘러볼 겨를이 없었던 노인은 처음엔 미처 발견하지 못했지만 자신의 왼편으로 곰 같은 큰 동물 두셋도 너끈히 드나들 수 있는 동굴이 자리하고 있었다.

'이런 게 다 있었네!'

노인은 동굴 안을 살펴보기 위해 입구 쪽으로 다가갔다. 끝을 알아볼 수 없는 천혜의 자연 동굴이었다.

노인은 여기 대운산 일대를 밥 먹듯이 오르내린 장본인이었다. 그조차도 대운산에 이런 동굴이 자리하고 있을 거라고는 꿈에도 생각지 못했다. 그도 그럴 것이 동굴 입구 쪽으로는 절벽에 뿌리내린 잡목 가지들이 가리고 있어 계곡 반대편에서도 발견하기 어려웠다.

노인은 커다란 자루를 짊어지고 힘겹게 산에 오르고 있었다. 하루에도 두세 차례, 며칠에 걸쳐 이어진 작업이었다. 노인은 힘에 겨운 듯 아예 자신이 굴러 떨어진 산비탈로 자루를 굴렸다. 자루는 구사일생으로 목숨을 구할 수 있었던 절벽 바위 터울에 떨어졌고, 노인은 다시 자루를 집어 메고는 동굴 안으로 향했다. 자루는 동굴 입구 한쪽 구석에 내려졌다.

작업은 그렇게 며칠에 걸쳐 반복적으로 이어졌다.

그곳에는 많은 자루와 상자들이 차곡차곡 쌓여갔다.

저도어장과 광명호

강원도 고성의 앞바다

해도 떠오르지 않은 이른 새벽, 일대에는 속초 해경으로부터 점호를 받은 어선들이 엔진을 켜놓은 상태로, 마치 출발선에 선 육상 선수들처럼 길게 늘어서 있었다. 이들은 동해안 최북단 어로 한계선인 저도어장에서 조업을 위해 출항 대기하고 있는 중이었다.

저도어장은 평상시 민간인 선박이 들어갈 수 없는 바다의 민통선—민간인 통제 구역—이다. 단, 조어기 한 철 해경의 경비정 호위 아래 일출과 일몰 시간 내에 신고된 선박만이 조업을 할 수 있는 구역이다.

줄지어 선 어선들에서 뿜어져 나오는 엔진 소음이 장관을 이루고 있었다. 그중에는 '광명호'라고 쓰인 고깃배도 함께하고 있었는데 그 배의 선장은 며칠은 깎지 않은 듯 입과 턱 주변이 온통 덥수룩한 털로 뒤덮인 건장한 사내였다. 선장은 배의 키를 잡은 채 벽에 걸린 시계를 초조하게 들여다보고 있었다.

이윽고 6시를 기해 출항을 알리는 해경 경비정의 사이렌 소리가 울려 퍼졌다. 모든 배들이 일제히 저도어장을 향해 질주를 시작했다. 이들보다는 약간 늦은 감이 있었지만 광명호도 이내 속도를 내며 열심히 그 뒤를 쫓았다.

강원도 고성, 저도어장

목적지인 저도어장 수역에 도착한 배들은 경쟁하듯 그물을 펼치거나 어구를 바다에 투척하는 등 조업 준비에 여념이 없었다. 해저의 어패류를 채취하는 일명 '머구리'라고도 하는 잠수부들이 물질에 나서기 위해 공기 주입선이 달린 둔중한 잠수복을 착용하고 수중에 들어가기 전 마지막 점검을 하는 모습도 보였다.

이에 반해 광명호는 어떠한 움직임도 없이 그냥 물 위에 떠 있는 태평한 상태였다. 선장은 그저 배에 부착된 GPS 수신기를 통해 자신의 위치를 반복적으로 확인할 뿐이었다. 그런 가운데에도 머구리 조업 선박에 대해서만큼은 눈여겨보며 그 위치를 꼼꼼히 수첩에 기록하고 있었다.

광명호에 승선한 예닐곱 명의 동남아계 선원들은 명령이라도 기다리는 듯 선장실 주변을 서성이며 멀뚱히 선장만 바라보고 있었다. 하지만 그로부터는 어떠한 지시나 조치도 내려지지 않았다. 가끔 선장은 자신들을 내다보기만 할 뿐이었다.

광명호 선장실의 어군 탐지기에는 이미 많은 물고기가 탐지되고 있었다.

"젠장, 가는 날이 장날이라고 이런 날은 고기도 많네!"

선장은 푸념 섞인 한마디를 내뱉었다.

광명호가 이곳에 도착한지도 서너 시간이 흘렀다. 선장은 여전히 어떠한 지시도 하지 않은 채 초조하게 선장실에 부착된 GPS 수신기와 시계만을 반복적으로 확인할 뿐이었다.

"선장님, 우리 고기 아니 잡습니까?"

기다리다 못한 동남아계 선원 하나가 선장을 향해 어눌한 말투로 물어왔다.

선장이 짜증을 내며 대꾸했다.

"아, 기다려 봐! 고기가 안 온다."

선장은 안 되겠다 싶었는지 이내 배의 시동을 걸고는 다른 배들이 조업을 하지 않는 곳으로 자리를 옮겼다. 하지만 그뿐이었다. 선장은 여전히 GPS와 시계만 바라볼 뿐이었다. 이런 행동이 서너 차례 이어지자 동남아계 선원들도 이젠 포기한 듯 갑판 여기저기에 걸터앉아 낮잠을 자거나 끼리끼리 모여 담소를 나누고 있었다.

그렇게 또 얼마의 시간이 흐르고, 무슨 생각인지 선장은 시동을 걸자마자 빠른 속도로 배를 몰아갔다. 광명호가 향하는 나침반의 방향은 북쪽을 가리키고 있었다.

얼마 지나지 않아 요란한 사이렌 소리가 들려왔다. 어선단의 남쪽 구역에서 경계를 서고 있던 해경 경비정으로부터 울리는 소리였다.

"빌어먹을!"

광명호 선장은 입술을 질끈 깨물고는 속도를 더욱 높였다.

광명호가 속도를 줄이지 않자 해경 경비정은 요란한 사이렌 소리와 함께 일정 거리까지 따라 붙으며 경고 방송을 날렸다.

— 광명호, 더 이상 북쪽으로 올라가면 위험합니다. 빨리 내려오세요!

이와 동시에 광명호 선장실에는 경비정으로부터 무전이 날아들었다.

— 광명호! 광명호!

"예, 여기는 광명호입니다."

— 광명호, 광명호는 지금 안전 수역을 벗어나 있습니다. 위험하니

속히 내려오세요!

"아, 그랬나요? 죄송합니다. 고기를 쫓다 보니 제가 GPS를 확인하지 못한 거 같습니다. 어구를 올리는 대로 바로 내려가도록 하겠습니다."

선장은 능청스럽게 무전 답신을 보내고는 광명호를 멈춰 세웠다. 시간을 다시 한 번 확인한 선장은 광명호의 선수를 서서히 남쪽으로 돌렸다.

광명호 아래 바다 수중에는 북에서 갓 내려온 잠수정 한 척이 조용히 따르고 있었다.

해가 뉘엿뉘엿 수평선을 향해 다가설 무렵 해경의 경비정으로부터 사이렌 소리가 울려 퍼졌다. 하루의 조업을 마감하는 신호였다. 고깃배들이 떼를 지어 시원스레 동해 바다를 내달리고, 그 밑으로는 북한 잠수정이 유유히 따르고 있었다.

먼 바다 쪽으로 해상 경계 중인 한국 해군의 대형 초계함정의 모습도 보였다. 함정의 레이더 스코프에는 이들 소형 어선들의 모습이 조그마한 점들로 나타나고, 머리에 커다란 헤드셋을 두른 정탐병들은 적 잠수함 탐지를 위해 애쓰고 있었다. 하지만 이들 소형 어선단으로부터 뿜어져 나오는 엔진 소음은 잠수함 탐지용 소나(SONAR)의 기능을 거의 마비시키고 있었다.

어느덧 해는 수평선을 넘어서며 하늘을 아름다운 석양으로 물들이고 있었다. 광활한 바다를 시원스레 내달리는 고깃배들 사이에 광명호의 모습도 보였다. 키를 잡은 선장은 어깨까지 들썩이며 흥겹게 휘파람을 불어 대고 있었다. 갑판에 옹기종기 모여 앉은 동남아계 선원들은 그런 선장을 허탈한 표정으로 바라볼 뿐이었다.

선장이 라디오를 틀었다. 좀 더 흥을 돋우고 싶어서였다. 라디오에서는 바라는 노래는 안 나오고 일기예보가 발표되고 있었다. 곧이어 JSA를 넘어 남한으로 귀순한 북한 병사의 소식이 속보로 전해졌다.

오늘의 날씨입니다. 저녁부터 전국이 기압골에 들며 차차 흐려지다 밤부터 제주도를 시작으로 전국에 많은 비를 뿌리겠습니다. 예상 강우량은……, 방금 들어온 속보를 먼저 전해 드리겠습니다. 합참은 오늘 오후 4시 45분 경 판문점 남북 공동경비구역을 통해 북한군 병사 한 명이 귀순하였다고 밝혔습니다. 북한군 병사는 귀순 과정에서 이를 저지하려는 JSA 북한군 경비대의 무차별 총격을 받아 심각한 부상을 당한 것으로 알려졌습니다. 수술을 집도한 의사의 말에 의하면 현재 한고비를 넘긴 상태이긴 하나, 총탄에 의한 장기 손상이 심해 회복을 장담할 수 없는 상태라고 밝혔습니다. 따라서 이 북한 병사에 대한 정확한 신원 확인 및 귀순 동기 등을 파악하기 위한 우리 측 합동 심문은 이 병사의 건강이 좀 더 회복된 이후에 가능할 것으로 보입니다.

다시 오늘의 날씨를……

국가정보원 합동 심문조 팀장실

합동 심문조 팀장실에는 팀장과 다른 3명의 정보 요원이 길쭉한 타원형의 테이블을 사이에 두고 앉아 있었다. 한쪽 벽면에는 위성

호출 및 수신이 가능한 커다란 스크린이 설치되어 있었고, 팀원들은 엘리트 요원답게 말쑥한 정장 차림으로, 각자의 앞에는 노트북과 다이어리가 테이블 위에 펼쳐져 있었다.

팀장 맞은편 중앙에 앉은, 요원들 중 가장 연장자로 보이는 자가 먼저 입을 열었다.

"이번에 JSA를 통해 귀순해 온 북한군 병사는 초급 사병으로 보입니다. 1차 수술이 잘 진행되어 생명에는 지장이 없지만 총상이 워낙 깊어 완전히 회복되기까지는 상당한 시일이 소요될 것으로 보입니다."

팀장이 고개를 끄덕이며 물었다.

"앞으로 수술은 어떻게 진행되나?"

"이삼 일 경과를 지켜본 후에 2차 수술이 진행될 예정입니다만, 그때 가 봐야 합동 심문 여부와 날짜를 잡을 수 있을 것 같습니다."

팀장은 말없이 고개만 끄덕였다.

"그리고 이것……."

중앙의 선임 요원은 팀장에게 북한군에게 통상적으로 지급되는 손바닥만 한 수첩을 펼쳐 보였다. 수첩의 겉면에는 옅은 군청색 바탕에 '병사 수첩'이라는 검은 글씨가 쓰여 있었는데 한국의 70년대에나 볼 법한 수첩과 같이 인쇄나 질이 조악했다. 수첩에는 병사의 이름은 물론 다른 어떠한 필기의 흔적도 찾아볼 수 없었다. 다만 중간쯤에 (35°10'09.64"N) (129°14'33.17"E)이라고 쓰인 숫자와 문자가 조합된 글자만이 조그맣게 적혀 있었다.

"그게 뭔가?"

팀장이 물었다.

"예, 그 북한 병사의 주머니에서 나온 수첩입니다만, 다른 내용은 전혀 없고 오직 수첩 중간에 이런 게 조그맣게 쓰여 있었습니다."

팀장은 손을 내밀어 요원으로부터 수첩을 건네받고는 겉과 펼쳐진 부분을 번갈아 살펴보며 물었다.

"이것이 무언가?"

"위성 좌표 같습니다."

팀장이 고개를 끄덕이며 호기심 어린 눈으로 물었다.

"그래, 위치는 파악되었고?"

오른쪽에 앉은 정보 요원이 자신의 노트북을 켜고 일어나 벽면에 설치된 대형 스크린에 연결하자 GPS 위성 좌표와 함께 해당 위성 사진이 나타났다. 리모컨을 조작하자 점점 화면의 피사체가 확대되며 민가의 모습이 확연하게 드러났다.

"이곳은 경남 기장군에 위치한 해발 고도 659m의 불광산 자락 외딴 독립가옥으로 파악되었습니다."

팀장은 대답 대신 담담하게 고개를 끄덕였다.

침투

북한 잠수정 내부

고깃배를 따라 남하하고 있던 북한 잠수정 내부의 조그마한 밀폐 공간에는 오동길 대대장과 김철환 부대대장이 함께하고 있었다. 그들은 자그마한 붙박이 테이블을 사이에 두고 마주 앉아 있었다.

오동길이 자신의 주머니에서 담뱃갑을 꺼내 김철환 소좌를 향해 한 개비만 나오게 하고는 말을 꺼냈다.

"담배 한 대 태우지 않갔네?"

"내래 안 태우는 거 아시면서 그러십네까? 말 돌리디 마시구, 하실 말씀 있으면 진솔하게 털어 보시디요."

오동길은 멋쩍은 표정으로 튀어나온 담배를 빼어 불을 붙이고는 다소 뜻밖의 말을 꺼냈다.

"김철환 동무는 정치국 세포 동무 맞디?"

'정치국 세포 동무'란 북한군에서 널리 사용되는 은어로, 군부에 대한 당의 통제와 이를 위한 방안으로써 군부대 감시와 교육, 불순분자의 색출을 위해 각급 단위 부대에 침투시킨 정치국 비밀 요원들을 말한다. 이들은 100% 엘리트 당원들로서 일반 장교들보다 훨씬 파워가 있었다. 지역 및 각 군 제대 단위 정치국을 총괄하는 곳이 총정치국으로써 그 총책임자가 바로 이번에 경질된 황기룡이었다.

김철환은 자신의 비밀이 들춰졌음에도 오동길의 솔직한 질문이 차라리 고마웠다. 이미 오동길 대대장이 알고 있을 거라 짐작하고 있던 터였다. 자신도 기회가 되면 사실을 밝히려고 맘먹고 있었다. 단지 그런 자연스러운 기회가 주어지지 않았을 뿐이었다.

"알고 계셨습네까?"

오동길은 대답 대신 고개를 끄덕였다.

"송구합네다, 미리 말씀드리지 못해서."

김철환의 사과에 오동길은 손사래까지 쳐가며 만류했다.

"아니, 아니야. 동무는 당이 부여한 임무가 있으니 당연한 게지."

"이제 와서리 말씀드리지만 대대장 동무와 함께한 시간들이 제게는 소중한 기억으로 남을 겁네다."

"빈말이라도 그렇게 말해주니 고맙구만."

멋쩍은 듯 오동길이 어색한 미소까지 지어 보였다.

김철환 소좌는 오동길을 진심으로 존경하고 있었다. 김철환이 여러 부대를 거쳐 오 대대장 밑으로 온지는 몇 년밖에 되지 않았지만 여러모로 그의 리더십과 인성에 자신이 동화되고 있음을 느끼고 있었다. 그의 탁월한 리더십은 자신이 꼭 닮고 싶은 롤 모델이기도 했다. 자신이 오 대대장을 감시하고 비리를 적발하여 상부에 보고하는 위치에 있었지만 김철환은 오동길의 진급에 누가 되는 일은 비록 사소한 것이라도 보고하지 않았다. 사실상 오동길의 진급을 위해 무던히 애썼다고 하는 표현이 옳을 것이다. 하지만 그의 진급은 뚜렷한 이유 없이 번번이 좌절되었다. 그의 탁월한 재능으로 비추어 볼 때, 알 수 없는 그 무엇이 존재하고 있음을 김철환 자신도 느끼고 있었다.

오동길이 군관학교를 최우등으로 졸업하고 최초로 부임한 곳이 특수8군단이었다. 북한 특수8군단은 우리에게 익히 잘 알려진 1.21 청와대 습격 사건을 실행했던 124군 부대를 기반으로 1969년에 창설한 북한의 특수 부대로 우리의 특전사와 비슷하다고 보면 된다. 오동길은 바로 이곳에서 전설과도 같은 활약을 펼쳤다. 특수 교육을 이수하고 세 차례에 걸친 실전 대남 침투 훈련을 수행함에 있어서 유일하게 임무를 완수하고 복귀한 이가 바로 그였다. 하지만 자신의 공작조인 친구의 목숨을 구하기 위해 부여된 마지막 임무 한 가지를 포기한 것이 전도양양한 그의 군 이력에 걸림돌이 될 거라고는 그 자신조차 예상하지 못했다. 의리를 저버린 친구 때문이었다.

"빈말이라니요? 천만에. 기간 고마웠습네다, 진심으로."

김철환은 담담하게 자신의 솔직한 심경을 밝혔다.

"아이구, 이 사람! 시작도 하기 전에 작별 인사부터 하려는가?"

오동길의 다소 살가운 대꾸에 김철환이 멋쩍게 웃으며 말을 받았다.

"아하, 기렇게 되는 겁네까?"

둘은 한바탕 웃음을 터뜨렸다.

작전 중 긴장감이 조금은 누그러지는 듯했다. 그럼에도 오동길의 심중은 여전히 착잡했다. 그는 담배 한 대를 길게 빨아 내뱉고는 말을 이었다.

"자네 말마따나 이번 작전은 결코 쉽다만은 않을 기야."

"당과 인민을 위해서라면 언제든 죽을 각오가 되어 있습네다."

입술을 굳게 다문 오동길은 고개를 떨군 상태 그대로 몇 번을 끄덕이고는 대꾸했다.

"자네는 언제나 직바른 사람이었디."

오동길은 심호흡을 하듯 담배 한 모금을 깊게 들이마셨다 내뱉고는 말을 이었다.

"기렇디 않아도 어려운 작전에 수정 명령이 하달되었다네. 작전의 성공률을 높이기 위해서라며……."

그의 심경을 대변이라도 하듯 오동길의 손에 들린 담배는 이미 꽁초가 되어 있었다. 그는 버릇처럼 재떨이를 찾아 이리저리 둘러보다 이내 이곳이 잠수정이라는 사실을 깨닫고는 바닥에 비벼 껐다.

잠시 둘 사이에는 어중된 침묵이 흘렀다. 그리고 그 침묵을 깬 이는 오동길이었다.

"자네들은 이번 작전을 위해 미끼가 될 기야. 한마디로 사지로 가게 된다, 이 말이디."

"이미 죽을 각오가 되어 있습네다. 너무 류념티 마시라요."

김철환의 결의에 찬 대답이 오히려 오동길의 가슴을 후벼 왔다. 그는 말없이 애꿎은 담배만 빨아댔다.

북한 잠수정 무전/정탐실

김철환 부대대장과 미팅을 마친 오동길은 서둘러 잠수정의 무전/정탐실로 향했다. 마지막 교신을 위한 시간이 다가왔기 때문이다. 이미 잠수정의 부력 와이어 안테나가 해수면 위로 띄워진 상태였다.

비좁은 무전/정탐실의 후면으로는 칸막이로 가려진 가운데 무전병과 두 명의 정탐병이 머리에 커다란 헤드셋을 쓰고 근무에 열중하고 있었다. 무전병의 바로 옆에는 이들이 근무하는 책상과 나란히 조그마한 붙박이 탁자가 놓여 있었고, 의자들은 한쪽에 쌓여 있었다.

오동길은 의자 하나를 들어 탁자 옆으로 내려놓고는 한 팔을 탁자에 걸친 상태로 등을 잠수정 벽에 기대며 의자에 털썩 주저앉았다. 한 손으로 자신의 군복 앞주머니의 단추를 풀고 담배 한 개비를 꺼낸 그는 라이터로 불을 붙인 후 한 모금을 깊게 들이마셨다. 그러고는 무의식적으로 재를 털 만한 곳이 있는지 이리저리 주위를 살폈다. 당연히 재떨이는 없었다. 잠수정에서는 절대로 담배를 피울 수 없기에.

어느새 앳된 무전병이 조그마한 플라스틱 컵 하나를 들고 와 오동길 앞에 내밀며 수줍게 웃고 있었다. 이를 받아들며 오동길은 가벼운 웃음으로 화답했다. 무전병이 목례를 하고는 자신의 자리로 돌아갔다.

"리철진!"

오동길이 무전병을 부르는 소리였다.

"예, 대대장 동무."

무전병은 끼려던 헤드셋을 내려놓고 허리를 젖혀 칸막이 밖으로 고개를 내밀고는 대답했다.

"니 올해 몇 살이디?"

"스물두 살입네다."

오동길은 고개를 끄덕이며 혼잣말처럼 중얼거렸다.

"음, 우리 진석이하고 같구만……"

철진은 무슨 말인지 못 알아들었는지 오동길 대대장 쪽으로 고개를 쭉 내밀고는 되물었다.

"네?"

"아, 아니야. 일 보라우!"

"네, 알갔습네다."

무전병 리철진은 무전기와 연결된 헤드셋을 머리에 쓰고 근무에 들어갔다.

오동길은 입에 문 담배를 손도 대지 않고 한 모금 길게 들이마셨다 내뱉고는 뜬금없이 허리춤에 찬 권총을 꺼내어 탄창을 확인했다. 탄창에는 탄환이 꽉 차있었다. 탄창을 재결합한 그는 담배 연기에 얼굴까지 찌푸려가며 바지 주머니에서 주섬주섬 뭔가를 꺼냈다. 다름 아닌 소음기였다. 이를 권총과 결합시킨 후 무슨 생각인지 장전까지 하여 탁자에 올려놓았다.

오동길은 마치 힘이 다 빠진 사람처럼 몸을 축 늘어뜨린 채 머리를 잠수정 벽에 기대고는 조용히 눈을 감았다. 개성에서의 일들이 주마등처럼 스쳐 지나갔다. 옛 상관이었던 황 국장이 대대 집무실에 나타난 이후로 모든 것이 엉망이 돼버린 것 같았다. 무엇보다 그의 지시를 거부하지 못한 것이 못내 후회스러웠다. 그의 머릿속은 온통 타다 남은 재로 가득한 느낌이었다.

뭔가 대책을 세워야 했다. 하지만 대책이라는 게 부하 몇이라도 살리려면 희생은 불가피하다는 얄팍한 명분뿐이었다. 그건 자신이 생각해도 대책이라기보다 자신을 짓누르는 양심의 가책을 조금이라도 덜어 보려는 얄량한 자기 합리화에 불과했다. 이런저런 생각에 오동길의 머릿속은 어느덧 모든 화근의 근원이 된 황 국장과의 만남을 회상하고 있었다.

* * *

개성의 오동길 대대장 집무실

짧은 첫 대면 후 며칠이 되지 않아 황 국장이 다시 부대를 찾아왔다. 오동길은 부리나케 연병장까지 뛰어나가 그를 영접했다. 집무실에 들어선 그는 마치 자신의 방이라도 되는 양 다짜고짜 오 대대장의 자리에 몸을 던지듯 털썩 주저앉았다.

"동길이, 담배 한 대 태우라!"

황 국장이 담배를 꺼내 피우려다 먼저 오동길에게 권했다.

오동길이 담배를 받아 입에 물고는 황 국장이 켜 준 라이터에 허리를 굽혀 불을 받았다.

황 국장도 한 개비를 꺼내 불을 붙이고는 의자 깊숙이 허리를 묻고 눈을 지그시 감은 채 한 모금을 길게 빨아 허공에 내뱉었다. 깊은 생각에 잠긴 듯 그러한 행동은 몇 모금에 걸쳐 계속되었다. 이윽고 눈을 뜬 황기룡은 재를 턴 후 담배를 낀 손 그대로 머리를 몇 번 긁적거리고는 입을 뗐다.

"이봐, 동길이!"

"예, 총국장 동무!"

오동길은 입에 가져가려던 담배를 급히 내리며 대답했다.

"지난번에 얘기했듯이 자네가 나와 우리 군부를 위해 일 하나를 맡아 줘야 되갔어."

"하명만 하시디요."

"자네도 알다시피 지금 말이 좋아 평화 공존이디, 미제와 그 호전광들의 대조선 압살 봉쇄 정책에 우리 공화국이 보기 좋게 굴복한 거이디. 그동안 미제와 국제 사회가 공화국의 자위적 핵 무력을 결코 용인하디 않갔다고 공언해 오디 않았네?"

"예, 잘 알고 있습네다."

"지금 어린 지도자와 당 지도부 간나들이 공화국의 자존심을 너무도 쉽게 무너뜨리고 있어. 기렇게 뼈를 깎는 고통을 감내하며 만들어 논 핵폭탄이며 탄도 로켓을 사대적으로 머리를 조아리며 자발적으로 까발려 내주는 거이는 한마디로 우리 군부를 모독하는 거이나 다름 아니디. 기렇디 않네?"

황 국장의 날 선 발언에 오동길은 내심 크게 놀랐다. 자신이 황기룡 국장과 입장을 같이 한다 해도 듣기에 따라서는 당과 수령의 지도 노선에 반기를 드는 지극히 위험한 발언이었다. 오동길은 그저 좌천에 따른 오기와 반감이 커진 정도로만 이해했다. 이 때문에 오동길도 애써 태연한 척하며 그의 말에 동조하는 듯한 답변을 내놓았다.

"저도 기거이만 생각하면 억장이 무너집네다. 우리 공화국이 기거이를 어드렇게 만든 거인데……."

말이 끝나기도 전에 황 국장이 정색을 하며 나섰다.

"공화국이 아니디. 엄밀히 따져 말해 우리 군부가 만든 거이디. 공화국이 한 일이 뭐가 있다고……?"

그의 도발적 발언은 계속되고 있었다. 누가 듣기라도 하면 둘은 이대로 끝날 수도 있는 지극히 위험한 발언이었다. 자신을 떠보려는 것은 아닌지 의심스럽기까지 했다. 오동길은 마른 침을 삼켰다. 어쨌든 그를 위해서라도 발언 수위를 조절할 필요가 있었다.

"총국장 동무, 기런 발언은 우리 공화국의 통치 근간인 당과 수령의 령도력을 무시하는 발언으로 비춰질 수 있습네다."

"자네니까 이런 말도 하는 거이디. 이봐, 동길이. 한번 생각해 보라. 이제 겨우 실험적인 거이 몇 개 만들어 놓고, 저 미제 종간나들 말만 믿고 지금처럼 손을 놓고 있다 평화 기조라도 깨지는 날엔, 우리 공화국이 어찌 되갔어?"

"까디껏, 한번 해 보라 하디요."

오동길의 호기 찬 말에 황기룡이 손사래를 치며 말을 받았다.

"아니야, 아니야! 기게 기렇게 말처럼 쉬운 거이 아니디. 아무리 우리가 강위력한 핵폭탄을 보유하고 탄도 로켓을 보유하고 있어도 전쟁이 일어나면 우리 북조선은 그날로 지도상에서 사라지게 된다는 거이는 자네도 알고 나도 아는 사실 아니갔네? 거기에 지금처럼 핵 무력을 포기하고 모든 거이 다 까발려진 상태에서 무얼 가디고 싸워 보갔어?"

그는 무언가 억울하고 분한 듯한, 그러면서도 한쪽 눈썹을 치켜 올린 차갑고 매서운 눈빛으로 오동길을 주시하고 있었다.

오동길은 그저 쓴웃음을 삼키며 고개만 끄덕였다.

황 국장은 그런 오동길을 주시하며 입가에 야릇한 미소까지 지어 보였다. 그가 담배 한 개비를 새로 뽑아 불을 붙인 후 한 모금 길게 빨아 내뱉고는 말을 이었다.

"기래서 오래전부터 우리 군부에서는 전쟁을 미리막이하며 미제의 호전광들을 협상 탁자에 꿇어앉힐 카드를 고민해 왔디."

오동길은 눈이 휘둥그레지며 물었다.

"기거이 뭡네까?"

"대대장 동무! 대대장 동무!"

다급하게 부르는 소리에 깊은 회상에 잠겼던 오동길이 깨어났다.

무전병이 부르는 소리였다.

오동길은 한쪽 눈을 지그시 뜨고는 탁자에 놓인 소음기 권총에 손을 옮기며 물었다.

"뭐이가?"

"무전 좀 받아보시라요. 누군지 모르갔디만, 대대장님이 아닌 김철환 부대대장 동무를 막무가내로 찾습네다."

오동길은 대답 대신 자리를 박차고 일어나 무전병으로부터 무전기 수화기를 낚아채듯 받아들었다. 그리고는 무슨 이유에서인지 교신에 앞서 무전기를 살짝 당기어 무전기의 주파수부터 확인했다. 무전기의 주파수 밴드는 12.40을 가리키고 있었다.

그가 무전기 수화기에 달린 발신 버튼을 눌러 교신을 시도했다.

"오동길입네다."

— 누구라고?

"오동길 상좌입네다."

— 야, 오동길이! 나 황기룡이야. 김철환이 바꾸라는데, 왜 네가 받는 거이네? 철환이 바꾸라!

황기룡의 말투에는 짜증스러움과 싸늘함이 동시에 묻어 있었다.

"아아, 김철환 소좌 동무는 지금 대원들 작전 교육 중이라 바쁩네다. 전하실 말씀 있으면 내게 하시디요."

오동길의 말투에서는 담담함 속에 약간의 빈정거림도 엿보였다. 황기룡이 자신을 놔두고 왜 김철환 부대대장을 급히 찾는 것인지, 뭔가 짐작하는 바가 있었기 때문이었다. 그의 입가에는 잔잔한 미소까지 배어 나왔다. 사실 그가 애타게 기다리던 바이기도 했다.

— 야야, 오동길이. 잔말 말고 김철환이나 바꾸라!

황 국장의 말투에서는 터져 나오기 일보 직전의 화와 짜증이 동시에 묻어 있었다.

오동길은 마치 기다렸다는 듯 실로 엉뚱한 대답을 토해 냈다.

"이리 걱뎡해 주서서 감사합네다."

— 야야야, 너 무슨 개소리 치고 자빠졌네? 야, 오동길이! 나 황기룡이야, 황기룡. 이 간나새끼야, 빨리 돌아오라!

참으려고 무던히도 애쓰던 황 국장은 오동길의 신소리 한마디에 터져 나오는 활화산처럼 화를 쏟아 내고 말았다.

"너무 걱뎡하디 마시라요. 우리 부대원들은 당과 인민을 위해 목숨 바틸 각오가 되어 있습네다."

오동길은 능청스럽게 엉뚱한 대답만을 늘어놓고 있었다. 이는 황 국장에게 전하려는 메시지라기보다는 곁에 있는 무전병과 정탐병들을 의식한 멘트였다.

— 야, 이 종간나새끼야! 뭔 개소리를 하고 자빠졌네? 작전 취소됐으니 잔말 말고 빨리 돌아오라우, 이 간나새끼야!

"작전 완수하고 공화국으로 돌아가 꼭 찾아뵙갔습네다. 기동안 고마웠습네다, 황기룡 총국장 동무. 몸성히 잘 계시라요."

— 야야야, 이 간나새끼야! 야, 오동길이! 야야야…….

오동길은 회심의 미소를 지었다.

황 국장의 애끓는 부름도 무시하고 오동길은 수화기를 무전기 거치대에 올려놓고는 전원까지 꺼 버리며 말했다.

"이제 곧 남조선 작전 구역으로 진입한다. 지금부터 내 별도의 지시가 있을 때까지 잠수정 내 모든 무전 통신을 끊고, 대화도 중지한다. 알갔나?"

"예, 알갔습네다."

"아, 기리고 철진이는 무전기 들고 날 따르라!"

"예, 알갔습네다."

기장군 앞바다 4km 지점

모든 배들이 사라지고 칠흑같이 어두운 밤바다에는 광명호만이 홀로 떠 있었다. 육지 쪽에서 육안으로 바라본 광명호는 희미한 불빛만이 보일 뿐이었다.

해안 경계 부대의 TOD병이 모니터를 통해 광명호 주변을 살펴보지만 별 특이 사항은 발견되지 않았다. 모니터에서 눈을 뗀 병사는 옆에 있는 선임병과 이야기꽃을 피우기 시작했다.

그 순간, TOD, 즉 열상 관측 장비에는 광명호의 갑판에서 권총을 겨누는 듯한 이의 모습과 무릎을 꿇고 애원하는 듯한 이의 모습 그리고 곧 그가 쓰러지는 모습이 모니터 상에 실루엣처럼 고스란히 투영되고 있었다.

사실 광명호에 가려 육지 쪽에서는 보이지 않고 있지만 바다 쪽 광명호 옆에는 북한 잠수정의 해치 부분이 수면 위로 올라와 있었다.

잠수정 내부에서는 줄지어 도열한 일단의 병사들과 부대대장 김철환 소좌가 오동길 대대장에게 거수경례를 올렸다.

"작전의 성공을 빕네다."

"성공을 빕네다."

오동길이 가볍게 답례를 했다. 그가 한 병사를 향해 고개를 끄덕이자 곧 잠수정의 해치가 열렸다. 오동길이 앞장을 서고 이어 일단의 병사들이 각종 화기와 소지품을 들고 해치 밖으로 향했다. 이들은 다시 광명호에서 내린 그물 사다리를 이용해 배에 올랐다. 이들이 모두 승선하자 잠수정은 곧 해치가 닫히며 바다 밑으로 사라졌다. 광명호도 남쪽을 향해 서서히 움직이기 시작했다.

선장실에는 오동길 대대장과 털보 선장이 함께하고 있었고, 지하 선실에는 북한 병사들이 2층으로 이루어진 침대와 바닥에 촘촘히 자리하고 있었다. 그들은 평소 북한에서 훈련할 때 입던 복장 그대로였다.

잡은 고기를 담아 두는 얼음 창고에는 동남아 선원의 피 묻은 사체가 얼음에 반쯤 파묻힌 채 놓여 있었다.

경상남도 기장군 불광산 자락

기장군 소재 불광산 자락의 한적한 산골에는 빛 하나 찾아보기 어려웠다. 하늘에는 이미 먹구름이 드리워져 별들도 자취를 감추고 있었다. 저 멀리 도회지에서 흘러나오는 불빛만이 이곳이 인간계임을 나타내고 있었다.

최성욱 상사가 마치 어둠을 헤치며 길을 여는 길잡이처럼 맨 앞에서 연신 GPS 수신기를 확인하며 앞으로 나아가고 있었다. 바로 뒤를 오 대장이 따르고, 북한 병사들이 소총과 각종 화기로 무장한 채 철모에 부착된 야간 투시경을 이용해 그 뒤를 따르고 있었다. 그들이 도착한 곳은 울타리도 없는 옹색한 외딴 가옥이었다. 가옥의 창문에서는 희미한 전등 불빛이 흘러나오고 있었다.

오동길 대대장의 수신호에 따라 부대원들이 집 주위를 빙 둘러 포위했다.

"주인장 계십니까? 주인장 계세요?"

어느덧 최성욱 상사가 집 안마당으로 나아가 낮은 소리로 주인을 부르고 있었다. 그는 민간복으로 갈아입은 상태였다.

슬며시 방문이 열리며 나이가 들어 보이는 쉰 목소리가 들려왔다.

"뉘시오?"

노인은 경계하는 듯 문고리를 잡은 채 문만 살짝 열어 밖을 내다보고 있었다. 그는 도통골 계곡에서 야유회 나온 대학생들과 함께 김밥을 먹으며 전설을 들려주던 바로 그 심마니 노인이었다.

"산속에서 길을 잃었습니다. 잠시 신세 좀 질까 합니다만."

최성욱 상사가 입을 열었다.

"여기는 여관이 아니라오. 방이라고는 이 한 몸 누일 이 방 한 칸뿐이랍니다."

"곧 비도 내릴 듯합니다. 이곳 지리도 익숙하지 않고요. 여기 제

은반지를 답례로 드릴 테니 하룻밤만 머물게 해 주시지요."

노인은 생각에 잠긴 듯 잠시 뜸을 들이다 마침내 답했다.

"누추한데 괜찮겠소? 그래도 괜찮다면 들어오시구려."

"괜찮다마다요, 고맙습니다."

대운산 동굴 내부

동굴 입구로부터 완전 무장을 한 오동길과 북한 병사들이 하나둘 들어섰다. 이곳은 심마니 노인이 산삼을 캐다 발견한 바로 그 동굴이었다. 동굴 내부로 들어선 이들은 심마니 노인이 가져다 놓은 물품들을 앞다퉈 손전등으로 비추며 호기심 가득한 눈으로 살펴보았다.

오동길은 흡족한 표정을 지으며 처음으로 입을 열었다.

"로인장이 준비를 잘해 놨구만, 기래."

"기러게 말입네다."

최성욱 상사가 말을 받았다. 그의 얼굴에도 만족스러움이 진하게 배어 있었다.

"우아, 여기 남조선에 가면 꼭 먹어 보라는 꼬부랑 국수도 있습네다!"

리철진이 입이 귀에 걸려 외쳤다. 북한 말로 '꼬부랑 국수'는 라면을 말한다.

"칙칙한 빵카에서 일 년 내내 강냉이 주먹밥으로 때우던 시절 생각해 보라우. 이거이 락원이 아니고 뭐이 갔네? 최소한 이곳에선 미제의 빵카버스터 폭탄에 맞을 걱정은 안 해도 되지 않갔어?"

대대장의 말에 병사들은 환한 표정으로 "기렇습네다."를 이구동성으로 외치며 호응했다.

"작전에 나와서리 이렇게 호사스러워도 되는 거인디 모르갔습네다. 왠지 모르게 미안한 마음도 드는 거이 제 솔직한 심정입네다."

최성욱 상사는 오동길만 들릴 정도의 나지막한 소리로 자신의 마음을 전했다. 북에서 보급이 모자라 끼니를 걸러야 했던 기억들 그리고 지금도 굶주리고 있을 동료들에게 미안한 감정을 드러낸 것이었다.

"기러디……."

오동길도 말끝을 맺지 못했다. 상념에 젖은 듯 잠시 뜸을 들이던 그는 분위기를 바꾸려는 듯 비교적 큰 소리로 말했다.

"여튼……, 오늘은 이 순간을 즐기도록 하자!"

"예, 대대장 동무."

새벽 인력 시장

흥신소 앞 새벽 인력 시장

어둠이 가시지 않은 꼭두새벽, 흥신소 앞 새벽 인력 시장에는 허름한 백팩이나 가방을 둘러멘 추리닝 차림의 남자들이 제법 많이 모여 있었다. 그들은 두셋이 모여 담배를 피우며 담소를 나누기도 하고 외부에 설치된 자판기 커피를 뽑아 마시기도 했다.

이윽고 중형 버스 한 대가 흥신소 앞으로 다가왔다. 버스 외부에는 '방사성 폐기물 처리 전문 (주)방진산업'이라 쓰여 있었다. 버스에서 남청색 점퍼 차림의 젊은 사내가 내리더니 곧장 흥신소 안으로 걸어 들어갔다.

흥신소에는 사무용 책상 두 개가 서로 마주 놓여 있고, 입구 쪽에는 유리로 된 탁자 사이로 2인용 소파가 자리하고 있었다. 책상에는 40대 초반쯤 되어 보이는 여성이 인터넷 연예 뉴스에 정신이 팔려 있었고, 돋보기안경을 코끝까지 내려 쓴 60대로 보이는 남자는 소파에 앉아 신문을 보고 있었다. 그가 이 흥신소의 소장이었다.

손님이 들어오자 소장은 자리에서 일어나 반갑게 그를 맞이했다. 둘 사이는 오랜 구면 같았다.

"아이고, 정 과장님. 이리 앉으시죠."

"오늘 인력 리스트 좀 주시죠."

정 과장이 소장 맞은편 소파에 털썩 주저앉으며 말했다.

"뭐가 그리 바빠? 차 한 잔 하시고……."

"예, 그럼 한 잔 주시죠."

"김 여사, 여기 커피 한 잔만! 아, 내 것도."

그녀는 다소곳이 대답하고는 탕비실로 향했다.

"오늘, 젊은 친구들 좀 들어왔나요?"

"요즘 젊은 것들, 힘든 일 하려고 하간디? 그래도 오늘은 좀 보이는 것 같던데……."

커피가 나오자 소장은 자기 책상 위에서 인력 리스트를 가져와 정 과장에게 건넸다.

"자, 여기."

"아, 예. 고맙습니다."

커피 한 모금 살짝 입에 댄 정 과장은 커피 잔을 탁자에 내려놓고는 인력 리스트를 하나하나 살펴보며 체크하기 시작했다. 처음엔 2, 30대만 체크하다 인원이 부족하다 싶었는지 40대 초반까지 올려 다시 체크했다. 체크를 다 마친 정 과장은 나이대별로 숫자를 세며 중얼거리듯 말했다.

"20대 한 명에, 30대는 하나, 둘, 셋, 네 명, 총 다섯 명밖에 안 되네. 이거 참 큰일이네, 회사에서는 40대 이상 뽑지 말라 했는데……, 휴우! 40대를 해도 하나, 둘, 셋……, 총 열세 명. 일단 이 사람들만이라도 챙겨야겠네요."

정 과장이 중얼거리듯 말하고는 짧은 한숨을 내쉬었다.

홍신소장이 정 과장으로부터 체크된 인력 리스트를 건네받으며 자신의 바람을 은근히 쏟아 냈다.

"노가다가 어디 힘만 가지고 하나? 요즘 5, 60대, 젊은 것들 못지 않아."

"그래도 회사 방침이 그러니……."

"그럼 뭐, 이 사람들만이라도 호명해 드릴까?"

"아니요, 제가 할게요."

소장으로부터 인력 리스트를 받아 든 정 과장은 곧장 밖으로 향했다. 그가 문을 나서자마자 기다렸다는 듯 구직자들이 모여들었다. 그 무리들 중에는 털이 덥수룩한 광명호 선장의 모습도 보였다.

"자, 지금부터 호명하는 분들은 저에게 주민증 맡기시고 저기 차에 오르세요."

정 과장은 체크된 리스트의 이름을 호명했다.

"김명호, 정용운, 이봉규, 최선열, 김광수, 박항기……."

호명된 사람들은 주민등록증을 정 과장에게 맡기고는 소지품을 챙겨 하나둘 버스에 올랐다. 하나같이 밝은 표정들이었다. 그중 2, 30대로 보이는 젊은이 몇몇이 버스에 오르기 전 광명호 선장과 조용히 눈을 맞춰 인사를 나누고 있었다.

호명을 마친 정 과장이 인력 리스트를 접고 돌아서려 하자 호명되지 못한 구직자들의 한숨 섞인 웅성거림이 제법 크게 들려왔다.

'휴, 이를 어쩐다?'

그대로 돌아서기에는 자신 앞에 모여든 이들이 자꾸 눈에 밟혔다. 바로 그때였다. 광명호 선장이 정 과장 앞에서 다소 우스꽝스러운 액션을 선보이고 있었다. 땅딸막하지만 다부진 체격의 선장은 반팔 소매를 어깨 위로 걷어 올리고는 자신의 우람한 팔뚝에 힘을 줘

이두박근을 씰룩이고 있었다.

그의 모습은 정 과장의 눈에 띄기에 충분했다.

"거기, 털보 아저씨! 아저씨도 주민증 제게 주시고 저기 차에 오르세요."

"지예? 아이고, 고맙심더."

광명호 선장은 정 과장에게 주민증을 맡기며 넙죽 인사하고는 종종걸음으로 버스에 올랐다.

광명호 선장의 이런 행동을 유심히 지켜보던 이가 있었다. 자칭 '노가다 판의 양심'이라고 외치는 김 씨 아저씨라는 이였다. 노가다 판의 양심인 이유는 어떠한 일이든 시켜만 주면 반드시 밥값은 하기 때문이란다. 넘치는 친화력과 오지랖으로 노가다 판에서는 모르는 이가 없을 정도의 인물이었다. 그는 50대 중반에 다소 야윈 체격을 하고 있었는데 그런 김 씨가 광명호 선장이 그랬듯 자신도 팔소매를 걷어 올리고는 야윈 팔뚝에 힘을 주며 정 과장의 눈에 띄려 애를 썼다.

이를 본 정 과장이 쓴웃음을 지으며 화답했다.

"여기, 아저씨도."

"지두요? 아이고, 고맙소!"

김 씨를 끝으로 정 과장도 더 이상은 안 되겠다 싶었는지 미련 없이 자리에서 돌아섰다.

순간, 광장에는 몰려들었던 구직 인파 대부분의 팔소매가 어깨 위로 올려진 채 하나같이 팔뚝에 힘을 가하고 있는 웃지 못할 광경이 연출되고 있었다. 정 과장이 자리를 뜨자 그들은 멋쩍게 자신의 소매를 내리며 입맛을 다셨다.

일용직 노동자들을 태운 회사 버스가 고리 원자력 1호기 정문 앞에 다다랐다. 정문 옆 담장에는 국제 환경 단체에서 내건 커다란 플래카드가 바람에 펄럭이고 있었다. 플래카드에는 '환영, 고리 원자력 1호기 폐쇄 결정'이라는 문구가 쓰여 있었다.

검은 제복에 검은 선글라스를 낀 무장 요원들이 차를 세웠다. 차 안의 사람들은 호기심 어린 눈으로 이리저리 고개를 돌려가며 그런 바깥 풍경을 구경하기에 바빴다.

운전석 바로 뒤에 타고 있던 정 과장이 창문을 열고 머리를 내밀며 말했다.

"바깥일 도울 우리 일용직 인부들입니다."

바리케이드가 걷히고 버스가 발전소 경내로 들어섰다.

정 과장은 기분이 좋은 듯 고개를 돌려 인부들을 바라보며 말했다.

"아저씨들은 오늘 땡잡은 거예요, 최소 6개월 보장이거든."

"우와, 진짜요?"

모두 이게 웬 떡이냐며 즐거워하는 가운데, 김 씨 아저씨가 나섰다.

"여서 우리는 무신 일 하는 거?"

"방사성 폐기물 분리요."

'방사성 폐기물'이란 말에 김 씨는 몹시 걱정이 되었다. 힘들게 잡은 일인데 한 번도 해 보지 않은 일이었기 때문이다.

"방사성? 그거 위험한 거 아녀? 한 번도 해 본 적이 없는디."

"폐기물 걷어 나온 거 재분리하는 일이요. 아저씨들은 인체에 해롭지 않은 수준만 취급하니 걱정들 마시구요."

"그려? 암튼 일반 노가다보다야 훨씬 고급스러운 일 같구먼."

김 씨의 말에 버스 안 인부들도 즐거운 표정으로 호응했다.

"그러게예, 하하."

버스에서 내린 인부들은 직원 숙소동의 지하 탈의실로 안내되었다. 탈의실에는 철장으로 된 2층짜리 캐비닛이 벽면에 세워져 있었다.

"자, 이게 여러분들이 여기서 일하는 동안 쓰게 될 캐비닛입니다. 오늘은 일이 없고요. 방사능 관련 안전 수칙 교육만 종일 받을 겁니다. 빈자리 골라 가지고 온 소지품 모두 넣어 두시고, 열쇠는 각자 잘 보관하세요. 열쇠 잃어버려 소지품 분실해도 회사는 책임 안 집니다."

정 과장의 일장 훈시에 인부들은 "아, 예."라고 답하며 즐거워했다. 탈의실 안은 인부들이 빈 캐비닛을 찾아 가져온 소지품 가방이며 연장 가방 등을 넣느라 시끌벅적해졌다.

맨 귀퉁이 아래 칸을 차지한 광명호 선장은 자신의 연장 가방을 넣으며 살짝 안을 열어 보았다. 정과 망치 등 여러 가지 연장들이 보이고 그 밑으로는 때 묻은 수건 하나가 깔려 있었다. 이를 살짝 들어 올리자 소음기 달린 권총과 짧은 기관단총이 눈에 들어왔다. 순간 그의 입가엔 얇은 미소가 드리워졌다.

"자, 정리됐으면 이제 교육장으로 갑시다! 교육 끝나면 출입증을 겸한 ID카드가 발급될 건데요. 졸거나 딴짓하다 걸리면 바로 퇴장입니다. 졸지 말고 교육 잘 받으세요."

"아, 예."

인부들은 합창하듯 유쾌히 대답하고는 교육장을 향해 가벼운 발걸음을 뗐다.

공격을 받다

침투 2일째 새벽, 동굴 내부

동굴 입구에서는 남한 군복을 차려입은 무장 군인 십여 명이 극도의 전투 태세를 취하며 동굴 내부로 들어서고 있었다. 그들은 거침없이 내부를 향해 나아갔다.

입구로부터 상당한 거리를 이동해 왔음에도 어떠한 저항이나 제지도 없었다. 내부는 이상하리만큼 고요했다. 모두 잠에 빠진 듯했다.

동굴 속 저 멀리에서는 희미하게나마 불빛이 새어 나오고 있었다. 그들은 속도를 높여 불빛이 흘러나오는 곳을 향해 나아갔다. 그리고 곧 자동차 폐배터리에 연결된 전구 하나가 아련히 빛나고 있는 아지트에 도착했다. 하지만 아무도 보이지 않았다.

"이것들이 어디 숨어 있는 거야?"

리더인 듯한 이가 신경질적으로 소리쳤다. 그는 이곳에 도착하기까지 부대원들의 전진과 경계를 반복적으로 지시하던 자였다.

이들은 헬멧에 부착된 야간 투시경을 올리고는 어떤 흔적이나 단서라도 찾으려는 듯 오동길 부대원들이 남기고 간 물품들을 이리저리 걷어차며 확인했다. 대부분의 전투 장비는 물론 이곳 생활에 쓰인 듯한 용품들도 그대로 남아 있었다.

동굴은 아득히 깊었다. 수색할 곳이 아직은 많이 남아 있었다.

동굴 깊은 곳으로부터는 어떠한 특이 사항도 감지되지 않고 있었다. 하지만 내부에서는 이미 은밀한 움직임이 일고 있었다. 깊이 파인 바위틈으로 총구 하나가 조용히 모습을 드러냈다. 탕, 하는 단발의 총성과 함께 전구가 박살이 나며 동굴은 순식간에 칠흑 같은 어둠 속으로 빠져들었다.

놀란 남한 병사들이 서둘러 헬멧에 부착된 야간 투시경을 내려썼지만 이미 늦고 말았다. 시각(視覺)이 어둠에 적응될 틈도 없이 총탄이 빗발치며 병사들은 속절없이 쓰러져 갔다.

얼마 지나지 않아 총소리가 잦아들었다. 오동길 부대원들은 소총을 앞세우고 자신들의 아지트를 향해 조심스럽게 다가갔다. 대부분 즉사한 듯 미동조차 없었다. 부대원들은 하나하나 발로 차 보고는 확인 사살을 가했다.

"으으……"

한쪽에서 미약한 신음 소리가 들려왔다. 그는 바위에 상체를 기댄 채 가쁜 숨을 몰아쉬고 있었다. 부상이 꽤 깊어 보였다.

오동길이 권총을 세워 들고 다가가 격하게 물었다.

"너희들 어드메 소속이야? 국방군 맞아?"

쓰러진 이는 이번 공격을 이끈 리더였다. 좀 전 어디 숨어 있냐며 소리치던 바로 그자였다. 그는 간당거리는 숨을 몰아쉬면서도 오동길을 향해 침을 내뱉으며 마지막 발악하듯 쏘아붙였다.

"얼른 쏘라우, 이 반동 간나새끼야! 니들이 총국장 동무를 배신하고 서리 살아남을 거이 같애?"

오동길은 더 이상 캐물을 필요가 없음을 느꼈다. 그의 입에서 총국장이 언급됐기 때문이었다. 오동길은 지체 없이 그의 이마에 권총

한 발을 당겼다.

"이 국방군 아새끼래, 지금 뭔 헛소리를 지껄이는 겁네까?"

뒤에서 이를 지켜보던 최성욱 상사가 물었다. 최 상사는 그 자가 쏟아낸 말을 어렴풋이나마 들은 상태였다. 하지만 그는 자신들을 공격해 온 이들이 남조선 국방군이라고 굳게 믿고 있기에 그가 내뱉은 말이 무엇을 이야기하는 것인지조차 감을 잡지 못하고 있었다. 나아가 그의 입에서 튀어나온 총국장이 자신이 아는 바로 그 사람일 거라고는 조금도 생각지 못하고 있었다. 다만 최 상사는 자신들의 작전이 남조선 군과 정보 당국에 사전 노출된 것은 아닌지 심히 우려하고 있었다.

"국방군이 아니야."

오 대대장으로부터 들려온 대답은 실로 뜻밖이었다.

"네에?!"

최성욱은 말할 것도 없고 부대원들 모두가 눈이 회동그래졌다.

"그게 무슨 말입네까, 국방군이 아니라니?"

최 상사가 반문했다.

오동길은 이 자리에서 죽은 이들이 황기룡 전 총정치국장과 관련되어 있다는 사실을 밝힐 수는 없었다. 진실을 밝히고 싶은 마음은 굴뚝같지만 지금은 아니었다. 큰 혼란만 가져올 게 뻔했다. 그래서 그자도 서둘러 제거한 것이었다.

"이들은 국방군이 아니야. 잘은 모르갔디만 국방군이었다면 이처럼 허술하게 단번 공격으로 끝나지는 않았을 기야."

적당한 구실이 떠오르지 않자 오동길은 이렇게 둘러댔다.

"기러면······?"

최 상사가 조심스레 되물었다.

"기건 나두 모르디. 일단 동굴 입구에 대비책을 세워야 되갔어."

"예, 아무래도 기래야 될 거 같습네다."

침투 2일째 오전, 동굴 내부

새벽 격전이 벌어진 당일, 오동길은 이런저런 생각으로 거의 잠을 이루지 못했다. 이번 자신들을 공격한 자들이 남조선 군 당국과 관련이 없다는 것은 참으로 다행스러운 일이었다. 하지만 고대하던 남조선 당국으로부터의 신호는 없고, 황기룡의 밀명을 받은 이들로부터 공격만 받았으니 이는 아들 진석의 남조선 귀순이 성공하지 못했음을 대변해 주는 것이기도 했다. 게다가 자신들의 비트가 공격을 받은 이상 이들은 누구이며, 앞으로 어떻게 상황이 전개될지, 또 자신들은 앞으로 어떻게 대응해야 할지 앞길이 막막했다.

해가 떴는지 동굴 입구 쪽은 밖으로부터 빛줄기가 새어 들고 있었다. 그 빛에 길게 그림자를 드리우며 들어서는 한 사람이 있었다. 심마니 노인이었다. 그는 동굴 안으로 들어서자 손전등으로 앞을 비추며 조심스럽게 발걸음을 떼고 있었다. 그렇게 얼마쯤 들어왔을 때였다. 철커덕, 소총이 장전되는 소리에 노인은 깜짝 놀라며 멈춰 섰다. 두 명의 북한 병사가 거총을 하고 자신을 겨냥하고 있었다.

"어서 오시오."

낯익은 목소리였다. 노인이 손전등을 올려 비춰 보았다. 오동길 대대장이었다.

"깜짝 놀랐습니다."

노인은 눈을 동그랗게 뜬 채 오동길과 자신을 겨누고 있는 병사들을 번갈아 비추며 바라보았다.

"기럴 일이 있었디요."

"그럴 일이라니요?"

"일단 들어오시디요."

심마니 노인은 오동길을 따라 말없이 안으로 향했다. 여전히 뒤에서는 두 병사의 소총이 자신을 겨냥하고 있었다. 그게 신경이 쓰인 듯 노인은 종종 뒤를 돌아다보았다.

전체적으로 크고 작은 바위들이 울퉁불퉁 솟아 있는 바닥과 달리 자갈과 흙이 고르게 깔린 다소 평탄한 곳을 지날 때였다.

노인이 그곳을 밟으려 하자 오동길이 급히 제지했다.

"잠깐! 여기는 밟지 마시오. 여기 이 선도."

오동길은 앞쪽의 인계 철선을 가리키며 주의를 환기시켰다.

이윽고 노인은 부대원들이 모여 있는 아지트에 도착했다. 부대원들이 자신을 대하는 태도가 예전 같지 않음을 느낄 수 있었다. 그들은 인사도 없이 싸늘한 눈길만 보낼 뿐이었다.

"그럴 일이라는 게……, 여기에서 무슨 일이라도 있었습니까?"

어색한 정적이 흐르는 가운데 노인이 멋쩍은 표정으로 오동길 대대장을 향해 먼저 입을 열었다.

노인의 시치미에 화가 치민 최 상사가 기다렸다는 듯 권총을 뽑아 노인의 얼굴에 들이대며 소리쳤다.

"야, 이 쭈구렁 할방구야! 진짜 몰라서 묻는 거이네?"

"도대체 무슨 일이기에?"

놀란 노인이 오 대대장을 바라보며 되물었다.

"어젯밤 우리 비트가 공격을 당했소."

"예에? 피해는……?"

노인은 몹시 놀란 표정이었다.

"다행히 우리 피해는 없었소. 하디만 그들은 국방군이 아니었소. 그들이 누구요?"

오동길은 노인의 표정을 살피며 단도직입적으로 물었다. 그의 말투는 얼음장만큼이나 차가웠다.

"물어보는 의도는 알겠습니다만 그건 정말 나도 모릅니다. 내가 받은 지령은 오 대장께 오랫동안 머물 안전한 비트를 제공하라는 것뿐이었습니다."

"이게 디지고 싶나, 똑바로 말하디 않갔어! 감히 공화국의 일을 방해해, 어느 간나새끼들이야?"

최성욱 상사가 노인의 이마에 권총을 들이밀다시피 하며 여차하면 쏴 버릴 기세로 윽박질렀다.

"아!"

오동길이 최 상사를 향해 손을 들어 진정하라는 신호를 보냈다.

최 상사는 마지못한 듯 권총을 내렸다.

이에 용기를 얻은 노인이 최 상사를 쏘아보며 격한 톤으로 말을 받았다.

"비트가 공격당한 사실을 알았다면 내가 여기에 올 일이 없지 않소?"

노인의 말에 최 상사가 코웃음을 치며 빈정거렸다.

"뒈졌나 살았나 확인하러 왔갔디."

"기럼, 여긴 어인 일로······?"

오동길이 급히 끼어들었다.

"이걸 오 대장께 전해 드리러 왔습니다."

노인이 백팩을 내려 지퍼를 열려 하자 몰려 있던 대원들이 일제히 총을 들어 노인을 겨눴다. 노인이 멈칫하자 최 상사가 노인의 백팩을 빼앗듯 낚아채 바닥에 내려놓고는 조심스럽게 열었다. 그곳에서는 물건이 담긴 검은 비닐봉지 하나가 나왔다.

"이거이 무엇이오?"

노인을 바라보며 오동길이 물었다.

"직접 확인해 보시지요."

최 상사로부터 봉지를 건네받은 오동길이 노인을 한번 힐끗 쳐다보고는 안을 열어 보았다. 그 속에는 일회용 부탄가스 몇 개와 담배 두 보루, 신형 스마트폰 한 대가 들어 있었다.

"대장님이 담배를 좋아하시는 듯하여 가져왔습니다."

"고맙소. 긴데, 이 손전화는······?"

"앞으로는 이 손전화를 통해 작전 지령이 직접 오 대장께 내려질 겁니다."

"우리에겐 공화국에서 가져온 무전기가 있디 않소. 무전기를 놔두고 이 무슨······?"

"잘은 모르겠지만 감청의 우려 때문이 아닐까요?"

노인의 대답과 달리 오동길은 명백히 그 이유를 알고 있었다. 무전기는 남한에 침투한 이후로 줄곧 꺼 놓은 상태였고, 설사 켜있다 해도 작전 지령이 자신에게 내려질리는 만무했다. 오동길은 그저 노인을 떠보려는 것이었다.

오동길은 수긍하는 척 고개를 끄덕였다. 그러자 노인이 마저 말을 이었다.

"앞으로 제가 이곳에 다시 올 일은 없을 듯합니다. 모두 몸 성히 임무 마치고 공화국에 복귀할 수 있기를 빕니다."

"고맙소. 기런데……."

"예, 말씀해 보시지요."

"만약에 어제 우리를 공격한 자들이 노인장도 모르는 자들이라면……?"

"예, 제 안위도 보장할 수 없겠지요."

노인은 담담한 표정으로 고개를 끄덕이며 답했다.

오동길의 마지막 질문 또한 노인을 떠보기 위한 것이었다. 노인의 이 답변을 통해 그가 진실을 얘기하고 있음을 믿게 되었다.

"아무래도 노인장의 동선이 누군가에 의해 노출된 듯합니다. 부디 조심하시디요."

"고맙습니다."

노인은 오동길 대대장과 부대원들에게 목례를 하고 동굴 입구로 향했다.

병사 두 명이 그를 안내했다.

최 상사가 오동길을 바라보며 걱정스레 물었다.

"저 노인네를 믿고 저리 내보내도 탈 없겠습네까?"

"괜찮을 기야. 비트가 공격당한 사실을 알았다면 담배를 가져오디는 않았갔디."

멀어져 가는 노인을 바라보며 오동길은 담배 한 대를 꺼내 물었다. 그는 이미 깊은 상실감에 빠져 있었다. 노인이 남조선의 정보 당국에 노출되지 않고 이곳에 모습을 드러냈다는 것은 아들의 남조선행이 성공하지 못했음을 대변해 주고 있었기 때문이었다.

겁이 도드라진 사나이

고리 원자력 1호기 폐기물 임시 야적장

원래는 주차 공간으로 쓰이던 곳이 지금은 폐기물 임시 야적장으로 쓰이고 있었다. 야적장의 뒤편에는 빈 컨테이너들이 줄지어 놓여 있었고, 그 앞으로는 발전동에서 나온 폐기물들이 수북이 쌓여 있었다. 발전소가 폐기 수순에 들어가며 지게차에 의해 폐기물들이 분주히 쏟아져 나오고 있었다. 사용하던 비품들이 분해되어 나온 것들이 대부분이지만 한쪽에는 은색의 방진포대에 담긴 폐기물도 제법 쌓여 있었다. 이 방진포대들은 맨 우측에 자리한 컨테이너에 따로 담겨지고 있었다.

방진 마스크와 상하의 통으로 된 새하얀 방진복을 착용한 20여 명의 일용직 인부들은 삼각 손수레를 이용해 폐기물들을 분리하여 해당 컨테이너에 넣느라 바삐 움직이고 있었다.

은색의 방진포대 수거 작업은 광명호 선장과 젊은 친구들이 도맡아 처리하고 있었다. 방진포대가 비교적 부피도 크고 무거워 보다 젊은 인부들에게 배정된 것이었지만 공교롭게도 이들은 새벽 인력 시장에서 남모르게 선장과 눈을 맞춰 인사를 나누던 자들이었다.

날이 뜨거워 인부들의 방진복 안에서는 땀이 비 오듯 흘러내리고 있었다. 때문에 대부분의 인부들은 방진복 상의를 열어젖힌 채 일하고 있었다. 광명호 선장과 젊은 인부들만이 더위를 참아 가며 규정을 지키고 있었다.

때마침 저쪽에서 정 과장이 모습을 드러냈다. 인부들은 너나 할 것 없이 방진복의 지퍼를 올리느라 부산을 떨었다. 이를 보았지만 정 과장은 모른 척 자기가 온 목적만을 알렸다.

"모두 수고 많으셨습니다. 식사하고 합시다!"

못 알아들은 이들을 위해 한 인부가 크게 소리쳤다.

"밥 먹고 합시다!"

"어쩐지 배가 출출하더라니. 다들 밥 먹고 하드라고, 금강산도 식후경인디."

김 씨 아저씨가 장갑을 벗어 옷을 털며 화답했다.

직원 숙소동 건물 출입구에서 기다리던 정 과장은 인부들이 다 모이자 식권을 나눠 주고는 인솔하여 안으로 들어갔다.

널따란 구내식당에는 이미 많은 직원들이 자리하고 있었다. 일용직 인부들과 마찬가지로 그들 대부분도 하얀 방진복을 입고 있었다. 다만 목에 거는 출입증을 겸한 ID카드가 서로 달랐다. 디자인이나 모양은 거의 같았으나 색상만 서로 달랐는데 일용직 인부들의 것은 하얀색 ID카드에 하얀 목줄이, 정직원의 것은 파란색에 파란 목줄을 하고 있었다.

대부분은 상의 쪽 지퍼만 살짝 내린 채로 식사를 했지만 답답한 듯 위아래가 통으로 된 방진복의 상의를 아예 벗어 의자 뒤로 젖힌 채 식사를 하는 이도 있었다. 하지만 ID카드만큼은 벗어 목줄을 돌돌 말아 호주머니에 넣거나 그도 아니면 테이블 한쪽에 내려놓은 상태로 식사 중이었다. 물론 일용직 인부들의 ID카드는 호주머니에 쑤셔 넣은 듯 하나같이 보이지 않았다.

아침과 달리 점심은 뷔페식의 자율 배식으로 운영되고 있었다.

테이블에는 직원들이 삼삼오오 둘러앉아 식사를 하기도 하고 이미 식사를 마친 직원들은 커피나 다과 후식을 하며 담소를 나누고 있었다.

인부들은 줄 서서 순서를 기다리다 자기 차례가 오자 식판이 넘치도록 푸짐하게 음식을 담고는 각자 빈자리를 찾아 나섰다.

광명호 선장도 푸짐하게 음식을 담는 빈자리를 찾아 테이블 사이를 지나고 있었다. 선장의 앞 통로 쪽으로 식사를 다 마친 직원 하나가 일회용 종이컵에 담긴 커피를 마시며 옆 사람 쪽으로 비스듬히 몸을 돌려 담소를 나누고 있었다. 옆 사람은 아직 식사를 마치지 않은 상태였다. 커피를 마시고 있는 직원의 통로 쪽 테이블 모서리에는 그의 파란색 ID카드가 줄에 돌돌 말려진 채 놓여 있었다. 선장은 스치듯 지나치며 실수인 양 한 손으로 ID카드를 툭 쳤다. 카드는 공교롭게도 뒤쪽 테이블에서 홀로 식사 중인 직원의 신발에 맞고 바닥에 떨어졌다. 그는 뭐지, 하는 표정으로 테이블 밑으로 허리를 숙여 이를 줍고는 털보 선장에게 건넸다.

"이걸 떨어뜨리셨네요."

"아 예, 고맙습니다."

선장은 천연덕스럽게 자기 것인 양 받아들고는 보다 먼 뒤쪽 빈자리를 찾아 자리 잡았다. 선장은 식사를 하며 ID카드를 주워 자신에게 건네준 사내를 계속 주시했다. 그 직원의 왼쪽 아래턱에는 검은 점이 도드라지게 나 있었는데, ID카드를 건네주며 보였던 그의 기분 나쁜 미소가 마음에 걸렸기 때문이다. 다행히 그 직원은 식사를 마치고 밖으로 나갈 때까지 별다른 특이 사항은 보이지 않았다. 그는 선장이 자리한 뒤쪽을 향해 고개 한 번 돌리지 않았다.

수정 명령

침투 3일째 새벽, 울진 앞바다 3km 지점

드넓게 펼쳐진 칠흑 같은 밤바다 속에는 북한 잠수정이 고요히 떠 있었다. 잠수정 내부에는 침투용 잠수복으로 갈아입은 김철환 소좌와 20여 명의 부대원들이 집결해 있었다.

김철환은 초조한 표정으로 자신의 손목시계를 들여다보았다. 시계는 3시 45분을 가리키고 있었다. 작전 개시 15분 전이었다.

무수한 시간, 견디기 어려운 고된 훈련을 받아 왔고 또 지휘관으로서 부하들에게 직접 그러한 교육 지도를 수행하기도 했다. 바로 지금과 같은 순간을 위해. 막상 그 시각이 다다르자 김철환의 마음은 몹시 무겁고 떨렸다. 이 작전에서 자신은 물론이고 그 누구도 살아남지 못할 것이었다.

* * *

3일 전, 침투 당일 잠수정 내부

"기런데 수정된 작전 명령은 무엇입네까?"

김철환이 담담한 표정으로 물었다.

오동길은 대답 대신 시선을 먼 곳에 둔 채 애꿎은 담배만 피워 댔다.

"괜찮습네다. 말씀해 주시디요."

이심전심이었다. 김철환은 오 대대장이 왜 대답을 못하고 뜸을 들이는지 충분히 이해하고 있었다.

무거운 침묵이 흐르고, 오동길이 거의 꽁초만 남은 담배를 마지막 길게 빨아 허공에 내뱉고는 바닥에 던져 비벼 껐다.

두 사람의 눈이 마주쳤다.

김철환이 가벼운 미소와 함께 고개를 끄덕였다.

"우리 부대는 둘로 나뉜다. 하나는 원래의 작전 그대로 실행되고, 나머지 하나는 자네가 부대를 이끈다. 3일 후에 자네는 부대원을 이끌고 울진 원전을 공격한다."

오동길의 대답은 자신의 심경만큼이나 무거운 톤이었다.

"예, 알갔습네다. 기런데……."

"기런데? 말해 보라우."

순간 오동길은 뜨끔했다.

자신이 경험한 바에 의하면 김철환은 상관의 지시나 명령에 결코 토를 달거나 의문 부호를 붙이는 성격이 아니었다. 그가 수정 명령을 믿지 못하는 것은 아닌지 내심 걱정이 되었다. 그가 이를 의심하거나 못 받아들이겠다면 상황은 걷잡을 수 없는 지경에 빠져들 수도 있었다. 수정된 작전과 관련하여 그 진원이나 진위를 상부를 통해 확인하려 들 수도 있었기 때문이다.

김철환 소좌는 잠시 뜸을 들이다 이내 입을 열었다.

"하나로 결집해 공격해도 모자랄 판에 둘로 나뉘어 섣불리 공격하다 실패라도 하면, 적의 감시 경계만 강화시켜 주는 꼴이 되지 않갔습네까?"

"기럴 수도 있디. 하디만 김 동무도 알다시피 우리는 남조선에 도착해 바로 적의 타게트를 공격하는 거이 아니야. 침투하여 작전 실행까지 수주, 수개월, 어쩌면 수년을 기다려야 할 수도 있는 작전이디."

"기거야 잘 알고 있디요."

"자네 말마따나 자네들이 실패라도 할라치면 다른 곳도 분명 감시 경계가 강화될 기야. 하디만 우리의 타게트는 그 반대가 되디 않갔어? 적들은 더욱 해안 경계망을 강화할 거이고, 이를 믿고 재차 공격해 올 거라고는 더더욱 생각하디 못할 기야. 기것도 내부에서 말이디."

오랜 시간 짜낸 생각이었다. 충분히 납득이 될 정도는 아니겠지만 장기적 관점에서 보면 일면 타당한 면도 없지 않았다. 직접적으로 표현하진 않았지만 이 작전은 반드시 실패해야 하는 작전임을 김철환은 충분히 감지했을 터였다. 이 점이 오동길의 가슴을 후비고 있었다. 애꿎은 담배 연기만 뿜어대고 있었다.

"아 네, 료해가 됩네다."

김철환이 고개를 끄덕이며 답했다.

그가 진정으로 이 수정 명령을 믿는 것인지는 알 수 없었다. 하지만 믿을 만한 한 가지는 그 명령이 비록 어설프고 불완전해도 그는 기꺼이 수행할 것이라는 점이었다.

담배 한 모금을 깊게 들이마신 오동길이 다시 입을 열었다.

"기래서 하는 말인데, 김철환 소좌 동무."

"예, 대대장 동무. 말씀하시디요."

"이 작전은 동무도 알다시피 적에게 타격을 입히려는 게 아니야. 적들에게 울진을 공격당했다는 사실만 박아 주면 되는 거이디."

"예, 잘 알고 있습네다."

오동길은 거의 꽁초만 남은 담배를 재차 빨아 허공에 내뱉고는 바닥에 비비며 말했다.

"기래서 하는 말인데, 이번 작전에서 살아남게 되면 대원들과 함께 투항을 하여 이 사실을 다시 한 번 적들에게 각인시키는 것도 나쁘디 않갔다는 생각이야. 단순한 미끼 작전에 자네와 우리 동무들을 잃고 싶디가 않아서 말이디. 나머지는 우리에게 맡기고."

헛된 말장난에 불과하다는 것을 잘 알고 있었다. 이들에 대한 미안한 감정과 마음의 짐을 조금이라도 덜어내고 싶어 뱉은 말이었다. 그러면서도 오동길의 마음 한구석엔 이들이 진정 그리 해 줬으면 하는 바람 또한 간절했다.

"무슨 뜻인디 잘 알갔습니다만, 일 없습네다. 너무 맘에 두디 마시라요. 그저 대대장 동무와 우리 동무들의 임무 완수와 영광스러운 복귀만을 바랄 뿐입네다."

"부대대장 동무, 시간됐습네다."

한 병사의 목소리가 들려왔다. 그는 잠수정 승조원이었다.

시계는 4시를 가리키고 있었다.

김철환이 오른손 엄지를 올려 잠수정의 부상을 명령했다.

잠수정은 곧 수면 위로 떠오르며 해치가 열렸다. 북한의 병사들이 소형 스크루를 이용해 잠수한 상태로 해변을 향해 침투해 들어갔다. 마지막으로 김철환 부대대장이 나서자 해치가 닫히며 잠수정은 곧 바다 밑으로 사라졌다.

북한 병사들이 잠수한 상태로 집단 침투 중인 가운데 김철환 부대대장이 자신과 나란히 침투 중인 두 병사를 멈춰 세웠다. 그들에게 수신호를 보냈다. 미리 짠 교란 작전을 실행하라는 신호였다.

해안 경계 초소에는 두 명의 초병이 근무 중이었다. 이윽고 바다에서 검은 물체가 들어갔다 나오기를 반복하는 의심 물체가 한 초병의 야간 투시경에 들어왔다.

"최 상병님, 저게 뭐죠? 1시 방향, 150미터쯤……."

"어디, 어디?"

선임 최 상병은 야간 투시경을 받아 들고 이를 확인하려 애썼다.

초병이 손가락으로 위치를 가리키며 답했다.

"저기요. 뭔가 올라왔다 내려갔다 하잖아요."

"어, 보인다! 그런데 저게 뭐냐?"

"글쎄요, 물개 같기도 하고, 사람 같기도……."

야간 투시경을 통해 살펴보지만 정확하게 식별하기는 어려웠다.

이는 김철환이 해안 경계병의 시선을 빼앗으려 의도적으로 꾸민 작전이었다. 두 병사로 하여금 검은 잠수복의 머리 뒷부분만 보이게 교대로 수면 위로 올랐다 내렸다를 반복하게 하여 마치 물개가 물놀이하는 것처럼 보이게 한 것이었다. 초병들이 즉각 조치를 미룬 이유였다. 초병들이 늦게나마 그 실체를 확인하고 대응하려 했지만 이들이 그 의아 물체에 한눈이 팔린 사이 은밀히 먼저 상륙한 북한 공작조에 의해 그 자리에서 희생되고 말았다.

잠시 뒤, 순찰조에 의해 이들 초병들의 사고가 인지되며 즉시 상황이 전파되었다. 해안 경계 부대는 말할 것도 없고 향토 사단의 5

분 대기조와 지방 경찰청 기동 타격대까지 출동하며 주요 도로는 차단되고 대대적인 검문검색이 실시되었다.

하지만 김철환과 그의 부대원들은 이미 해안을 벗어나 원전을 향해 진격하고 있었다.

귀순

가로수가 가끔 보이는 한적한 시골의 일차선 도로에는 7, 80년대의 것으로 보이는 군용 지프가 시원스레 내달리고 있었다. 운전석에는 초급병사로 보이는 이가 앉아 있었고 다른 탑승자는 보이지 않았다. 운전석 옆 좌석에 서류 봉투 하나가 놓여 있는 것이 전부였다.

얼마를 내달리자 앞에 검문소가 나타났다. 소총으로 무장한 두 경비병이 지켜선 가운데 그곳엔 차량 차단용 바리케이드가 설치되어 있었고, 그 앞에는 쇠못이 촘촘히 박힌 타이어 펑크용 철판도 놓여 있었다.

차량이 다가서자 경비병은 손을 들어 정지 신호를 보냈다. 운전병은 천천히 차를 세웠다. 차량이 멈춰 서자 경비병 한 명이 운전병 옆으로 다가왔다.

"여긴 무슨 볼일이네?"

지프는 꽤 오래된 구식으로 창문도 버튼이 아닌 손잡이를 돌려야만 열고 닫을 수 있었다. 손잡이를 돌려 창문을 내린 운전병은 옆 좌석에 놓인 서류를 건네며 말했다.

"이 서류를 보시면 알 겁네다."

서류를 받아 든 경비병은 곧 경비 초소 건물 내로 사라졌다.

운전병에게서는 왠지 모를 초조함이 엿보였다. 지그시 눈을 감은 그는 한 팔을 열린 창문틀에 얹은 채 무의식적으로 창틀을 톡톡 두

드리고 있었다.

그는 며칠 전 자신에게 일어났던 개성에서의 일을 곱씹고 있었다.

* * *

개성, 오동길 대대장의 집무실

그는 대대장실 앞에 서 있었다. 이곳은 자신의 아버지 오동길 상좌의 집무실이기도 했다. 그는 지금 아버지의 부름을 받고 이곳으로 달려온 참이었다.

이윽고 대대장실의 문이 열리며 아버지 오동길이 얼굴만 살짝 내밀고는 그를 향해 손짓했다.

"오진석, 들어오라!"

그의 이름은 오진석이었다.

그가 반쯤 열린 문을 열고 안으로 들어갔다. 아버지의 집무용 책상에는 어디서 많이 본 듯한 나이 지긋한 노병(老兵)이 앉아 있었다. 그의 어깨 견장에는 아버지와 같은 상좌 계급장을 달고 있었다.

진석이 어리둥절한 표정으로 우두커니 서 있자 아버지 오동길이 나무라듯 말했다.

"인사 올리디 않구 뭐해? 황기룡 총정치국장님도 모르네?"

"아, 알고 있습네다."

"제 아들입네다."

아버지 오동길의 소개에 진석이 굳은 표정으로 황 국장에게 거수경례를 붙였다.

"이렇게 뵙게 되어 영광입네다. 오진석이라 합네다."

황기룡은 오동길이 아들이라는 말에 이미 자리에서 일어나 진석에게로 다가오고 있었다. 그는 답례 대신 진석에게 반갑게 악수를 청하며 말했다.

"철원 시절, 그 애송이? 이렇게 큰 거이네? 아바이를 먹고 닮아 야무지게 생겼구만, 기래."

황기룡은 환한 표정으로 포옹까지 해 주었다.

이런 분위기와 달리 어깨 너머로 보이는 아버지의 표정은 몹시 불안한 모습이었다. 진석은 웃음 띤 자신의 표정을 바로 고쳐야 했다.

문 앞에 잠깐 나가 있으라는 아버지의 말에 대대장실 밖으로 물러난 진석은 실 안에서 나누는 두 사람의 대화를 의도치 않게 엿들을 수 있었다.

"한 가디 청이 있습네다."

"청? 기래 말해보라우."

"제 아들 진석이……."

"아아, 진석이? 진석이는 걱정하디 말라우. 내래 내 손으로 직접 자네 아들에게 별을 달아 주갔어."

아버지가 자신의 이름을 입 밖에 내고는 말을 잇지 못하자 황 국장은 무슨 뜻인지 알겠다는 듯 넘겨짚고 있었다.

"감사합네다만, 기거이 아니구……."

아버지는 무엇 때문인지 계속 말하기를 주저하고 있었다.

진석은 아버지의 심중에 자신과 관련된 중요한 무엇이 있음을 느꼈다. 진석은 귀를 쫑긋 세우고 둘의 대화에 집중했다.

한편 황 국장은 그 나름대로 오동길의 망설임을 무엇으로 해석해야 할지 이리저리 머리를 굴리고 있었다. 무엇보다 뭔가 꿍꿍이가 있어 보여 뒷맛이 개운치 않았다.

"뭔데? 말해보라!"

황 국장은 다소 퉁명스럽게 내뱉었다.

"이번에 가면 다시는……."

오동길이 머뭇거리는 것은 못할 말이라서가 아니었다. 지금 오동길의 생각은 오직 아들 진석에게 닿아 있었다. 아들을 사지로 보내는 것이 잘하는 짓인지, 아들과 사전 교감도 안 된 상황에서 이런 논의가 의미가 있는 것인지 이런저런 생각들로 복잡했기 때문이었다.

"괜티않아, 말해보라우."

황 국장이 이제는 타이르듯 말했다.

"그동안 신세 진 이들에게 마디막 인사라도 하는 거이 도리일 거 같아서 말입네다. 특히 판문점 공동경비구역 경비대장으로 있는 리상철 대좌는 고향 선배이자 제가 군 생활을 하며 많은 신세를 졌습네다. 이번 기회에 아들 놈 인편으로라도 마디막 고마움을 표하는 거이 도리일 거 같아서 드리는 말씀입네다."

황 국장은 내심 오동길이 자신의 명령을 수행하지 못할 무슨 큰 문제가 있는 것은 아닌지 걱정하고 있었다. 그게 아님을 확인한 황 국장은 속으로 크게 안도하였다.

"기래? 기거이 뭐 그리 어려운 일이라고. 기래 내 알갔어."

서류를 받아간 경비병이 돌아왔다. 아버지의 기지(機智)로 황 국장으로부터 받아 낸 바로 그 서류였다.

경비병이 서류를 돌려주며 말했다.

"리상철 대좌 동무께는 미리 련락을 취해 놨을 기야. 조심히 다녀오라."

"네, 고맙습네다."

경비병은 바리케이드를 올리며 통과해도 좋다는 신호를 보냈다.

진석은 천천히 검문소를 통과했다. 지금 그는 판문점을 향하는 중이었다. 판문점은 어렸을 때 아버지를 따라 몇 번 견학한 적이 있어 그리 낯설지는 않았다. 검문소를 어느 정도 벗어나자 그는 속도를 높이기 시작했다. 지프는 어떠한 제지나 간섭 없이 시원스레 내달렸다.

창문을 통해 들어오는 시원한 바람과 달리 그의 가슴은 한없이 두근거리고 있었다.

* * *

개성, 오동길 대대장의 집무실

황 국장이 나간 후, 오동길 대대장은 아들 진석을 다시 집무실로 불러들였다. 부자(父子)가 함께 있는 실내에는 알 수 없는 무거운 긴장감이 감돌고 있었다. 자리에 앉아 있는 오동길의 표정도 심히 굳어 있었다.

자신 옆에서 어정쩡하게 서 있는 아들을 올려다보며 오동길이 먼저 입을 뗐다.

"내래 이번에 가면 너를 다시 보기는 힘들기야."

"오데를 가신다는 겁네까?"

"남조선."

진석이 깜짝 놀라며 되물었다.

"예에? 남조선은 왜……?"

동길은 대답할 듯하다가 멈추고는 서랍을 열어 담배 한 개비를 꺼내 입에 물었다. 손에 라이터는 들렸지만 불은 붙이지 않았다. 깊은 상심에 잠긴 듯 고개는 바닥에 떨군 상태였다.

아버지의 이런 모습에 진석이 걱정스러운 표정으로 입을 열었다.

"안 가면 안 되갔습네까?"

"피할 수 없는 길이디."

동길의 대답에는 체념과 분노의 감정이 뒤섞여 있었다.

진석은 그토록 당당하던 아버지가 왜 이리도 안절부절 못하는지 어느 정도 이해가 되었다.

"아바디."

진석이 애틋하게 아버지를 불렀다.

동길은 대답 대신 아들의 손을 잡으며 조용히 그의 이름을 되불렀다.

"오진석!"

"예, 아바디."

"너는 이 공화국에 미래가 있다고 생각하네?"

아버지의 뜻밖의 질문에 진석은 얼떨떨한 표정으로 말을 받았다.

"기거이 무슨……?"

"너도 알다시피 한윤철 인민무력부장과 림경호 총참모장 동무가 이미 저세상 사람이 되지 않았네? 한 번 눈 밖에 나면 누구도 남아나질

않아. 이번엔 또 총정치국장이라니……. 아무리 기렇다 해도 북남 간 평화 기조와 함께 조선반도에는 평화와 번영의 새로운 시대에 대한 양 인민의 기대가 크게 고양된 마당에, 총국장 동무래 너무 무모한 일을 도모하고 있어. 개인적인 앙풀이에 평화 기조는 물론이고 잘못하다간 조선반도가 다시 전쟁의 큰 참화에 휘둘리게 생겼다, 이 말이야."

"기거이……, 당국에 밀고하여 대비하면 되지 않습네까?"

"달걀로 바위 치는 격이디. 누가 믿어 주갔어? 내래 예전 초급 간부 시절에 이와 비슷한 경험을 해 봐서 알디만, 그들은 앞으로 내 일거수 일투족을 모두 감시할 기야. 거기에 황 국장은 치밀한 자야. 그만한 정 도의 대비도 없이 떠벌릴 자가 아니디. 기리고 내래 무엇보다도……."

동길은 말을 잇지 못했다. 몇 초간 뜸을 들인 그는 심각한 표정으로 말을 이었다.

"무엇보다도, 너를 지켜줄 수가 없어."

"아바디, 제 걱명은 마시라요. 저도 이제 다 컸습네다."

"아니야, 아니야! 내 말은 기런 뜻이 아니야!"

동길은 고개를 크게 저었다. 답답한 듯 들고만 있던 담배에 불을 붙 여 한 모금 깊게 빨아 머금다 고개 숙여 내뱉었다. 이내 고개를 치켜든 그는 아들의 눈을 뚫어져라 응시했다. 그렇게 짧은 침묵의 시간이 흘 렀다.

"오진석!"

마치 무슨 결심이라도 선 듯한 부름이었다.

"예, 아바디."

"니, 남조선으로 가라우."

"예에?! 기럼, 아바디는 어이 하시려구……."

진석은 놀란 토끼처럼 눈이 동그래져 있었다.

"너희 초급 사병들이야 당연히 모르고 있갔디만, 우리 간부들 사이에서는 공공연히 떠도는 뜬말이 하나 있어. 남조선에선 북조선 장성이나 지도급 간부들의 공화국 시절 잘잘못에 대해서는 일절 그 책임을 묻디 않갔다는 '사전 면죄부'를 이미 부여했다는 거."

"말이 기렇디, 기거이 믿을 만한 거이 되갔습네까?"

"너희들은 남조선 상황을 잘 몰라서 기래. 아바디는 남조선에서 오랜 공작 생활을 하다 공화국으로 복귀한 자들을 종종 접해서 알고 있디. 우리 공작원들이 어느 순간부터 사라디고 있어. 그들은 남조선 공안에 체포된 거이 아니야. 스스로 찾아가는 거이디, 전향!"

진석은 다소 놀란 표정으로 고개를 끄덕였다.

"내래 기회가 되면……."

혼잣말처럼 중얼거리던 동길은 그마저도 말을 잇지 못했다. 뒷맛이 씁쓸했다. 극복해야 할 변수들이 너무도 많았다. 이런저런 생각들이 한꺼번에 밀려들었다. 무엇보다 자신은 홀몸이 아니었다. 아들을 차치하고도 자신에겐 많은 부하들이 있었다. 작전 중 그들을 온전히 유지하기도 어렵거니와 강성인 부대원들을 설득시키는 일은 더더욱 쉬운 일이 아니었다.

"기래, 쉽디만은 않갔디."

어느 정도의 희생은 불가피하다는 생각이 동길의 마음 한 구석을 고통스럽게 채우고 있었다.

동길은 아들 진석의 두 손을 꼭 잡고는 애써 자신만만한 표정으로 고개를 끄덕여 보였다. 진석도 그런 아버지를 향해 애잔한 웃음을 지어 보였다.

오가는 차량 하나 보이지 않는 일차선 도로를 홀로 질주하던 오진석의 눈에 판문점 공동경비구역 북측 지역에 위치한 판문각과 통일각의 건물 일부가 보이기 시작했다. 그는 액셀을 밟아 속도를 더욱 높였다. 이내 차량은 JSA 북측 경내로 진입하는가 싶더니 그대로 남측을 향해 돌진했다. 차가 JSA 남측 지역으로 거의 진입하려는 순간이었다. 그만 앞바퀴가 작은 도랑에 빠지고 말았다. 빠져나오려 액셀을 있는 힘껏 밟아 보지만 소리만 요란할 뿐이었다. 백미러에선 무장한 JSA 북측 경비대원들이 현장으로 몰려오는 모습도 비쳤다. 진석은 차량을 포기하고 튀어나와 필사적으로 남측을 향해 내달렸다.

탕, 탕, 탕……, 남측으로의 귀순을 저지하려는 북측 경비병들의 무차별 조준 사격이 시작되었다. 총알이 귓전을 스치는 가운데 서너 발이 적중되며 진석은 땅바닥으로 나뒹굴고 말았다.

새벽녘, 국군통합병원 응급실

"아악!"

진석은 외마디 비명과 함께 몸을 떨며 깨어났다. 그의 가슴은 여전히 벌떡이고 있었다. 그가 놀란 가슴을 진정시키며 주위를 둘러보기 위해 애썼다. 통증이 몰려오는 데다 온몸이 압박 붕대로 감겨져 있어 움직일 수가 없었다. 움직일 수 있는 거라곤 고개와 오른팔 정도였다.

자신이 누워 있는 실내에는 어스름한 전등 하나만이 달랑 켜 있을 뿐 인기척은 들리지 않았다.

그가 극도의 두려움으로 주위를 두리번거릴 때였다. 의사가 숨을 헐떡이며 뛰다시피 들어왔다. 병실에도 이내 밝은 빛이 들어왔다. 그제야 흐릿하게나마 사물이 보이기 시작했다. 곧 병실 공간과 사람들도 하나둘 눈에 들어왔다.

의사와 간호사 그리고 양복을 차려입은 건장한 사내들이 자신을 내려다보고 있었다. 진석은 두려움 속에 고개를 이곳저곳으로 두리번거리며 주위를 더 살폈다. 자신이 누워 있는 맞은편 벽에 붙어 있는 커다란 벽걸이 TV가 눈에 들어왔다. 그 TV의 양 모서리에는 조그마한 태극기가 붙어 있었다.

"이제 정신이 좀 드십니까?"

의사가 진석의 눈동자에 조그마한 라이트를 비춰 보고는 물었다.

"여긴 어딥네까?"

"대한민국입니다. 잘 오셨습니다."

긴장이 풀려서인지 진석은 목마름을 느꼈다.

"물 좀 주시갔습네까?"

간호사가 물을 준비하는 사이 진석은 뒤늦은 자각으로 정신이 번쩍 들었다. 사실 목마른 것이 문제가 아니었다. 그 무엇보다도 먼저 확인해 봐야 될 일이 있었다. 이곳이 대한민국 땅인지를.

"아, 기리고 저 떼레비 통로 좀 켜 주시라요."

북한 말로 '떼레비 통로'란 TV를 말한다. 의사가 리모컨으로 벽에 붙어 있는 TV를 켜자 남한의 인기 걸 그룹의 춤과 노래가 흘러나왔다.

진석은 비로소 깊은 안도의 한숨을 내쉬었다.

간호사가 건네준 물을 한 모금 마신 진석이 다시 입을 열었다.

"제가 요기에 온지는 얼마나 되었습네까?"

"오늘로 3일째입니다."

의사가 대신 대답해 주었다. 진석의 수술을 집도한 이는 중증 외상 분야의 권위자인 모 대학의 유명한 교수였다. 사실 시의적절한 의료 조치와 판문점 남측 경비대의 대대장을 위시한 장병들의 목숨을 건 구출 작전이 없었다면 그의 생명은 부지하기 어려웠을 것이다.

진석은 살아서 남한에 넘어온 것이 믿기지 않는 듯 TV와 주변 사람들을 번갈아 가며 살폈다. 그때마다 의사와 간호사는 가벼운 미소로 응해 주었다. 건장한 사내들은 의사의 요청으로 이미 병실 밖으로 나간 상태였다. 진석에게 더 많은 휴식과 안정이 필요하다는 판단 때문이었다.

TV 화면에는 여전히 걸 그룹의 춤과 노래가 흘러나오고 있었다. 예쁜 여자 가수들의 화려한 춤과 노래를 보며 자신이 실제 남조선에 온 것이 조금은 실감이 났다.

안도감과 함께 졸음이 밀려왔다.

바로 그때, 갑자기 걸 그룹의 노랫소리가 멈추더니 화면 아래에 굵은 글씨의 자막이 나타났다. 자막에는 '속보: 울진에 무장 간첩 침투, 교전 중'이라고 쓰여 있었다. 곧이어 TV 화면이 바뀌며 간이 스튜디오가 나오더니 한 기자가 다급한 목소리로 긴급 뉴스를 전했다.

"긴급 뉴스를 전해드리겠습니다. 저는 지금 합참에 나와 있는데요. 합참은 오늘 새벽 울진에 무장 공비가 침투하였고, 현재 아군과 교전 중에 있다고 발표하였습니다. 합참의 브리핑을 직접 들어 보시겠습니다."

화면은 국방부 청사에 마련된 브리핑 장소로 바뀌며 군복을 차려 입은 합참 대변인이 나와 상황을 설명하고 있었다.

"오늘 새벽 4시 30분경 미상의 북한 무장 공비들이 아군 초병 2명을 살해하고 울진의 한울 원전 앞에서 교전을 벌이다 인근 야산으로 도주하였습니다. 현재 우리 군은 해당 지역에 진돗개 2를 발령하였으며, 인근 도로를 통제하고 이들을 추적하고 있습니다. 울진 주민과 인근 주민께서는 되도록 밖으로 나오지 마시고 수상한 자를 발견 시 즉각 신고해 주시기 바랍니다. 우리 군은 적의 어떠한 도발에도……"

화면은 다시 처음 등장했던 기자로 바뀌며 합참의 발표를 부연 설명했다.

"다시 한 번 설명해 드리겠습니다. 합참은 오늘 새벽 4시 30분경 미상의 북한 무장 공비들이 아군 초병 2명을 살해하고 울진 원전에서 아군 경비대와 교전을 벌인 후 인근 야산으로 도주하였다고 밝혔습니다. 이들의 정확한 숫자와 교전에 따른 아군 측 피해 상황은 아직 밝혀지지 않은 가운데 무엇보다 지금과 같은 남북 상호 간 적대 행위 금지와 종전 협정, 나아가 평화 협정까지 논의되는 마당에 무장 공비가 침투하였다는 사실은 남북 관계는 물론 국제 사회에 미칠 파장이 적지 않을 것으로……."

진석이 다급하게 외쳤다.
"아니야, 아니야! 기거이 아니야!"
그의 외침은 절규에 가까웠다.

그날 오후, 국가정보원 경남분소 취조실

취조실에는 중간 크기의 사각 테이블이 달랑 하나 놓여 있었고, 테이블 한쪽에는 심마니 노인이 팔짱을 끼고 눈을 지그시 감은 채 약간 구부정한 자세로 앉아 있었다.

맞은편에는 서울 본원에서 급파된, 지난번 합동심문조 팀장실에서 보았던 요원 두 명이 함께하고 있었다.

테이블 중앙에는 심마니 노인의 집에서 찾아낸 단파 라디오와 난수표, 여러 종류의 책들과 노트 등이 어지러이 놓여 있었다.

무거운 침묵이 흐르는 가운데 요원 하나가 입을 열었다.

"어르신, 수사에 협조 부탁드립니다."

"협조라니요? 산에서 약초나 캐러 다니는 무지렁이 늙은이한테 뭘 바라는 게 있다고 이러시는지 모르겠소."

노인은 빈정거리듯 대꾸했다.

요원은 아랑곳하지 않고 질문을 이어 갔다.

"이름 박복동, 1955년 6월 12일생 맞으시죠?"

"그렇소만."

지극히 퉁명스러운 대답이었다.

이번엔 테이블 위에 놓인 노인의 물건들을 하나하나 들춰 보던 선임 요원이 나섰다.

"우리가 무슨 일을 하는 사람들인지는 알고 계시죠?"

"요즘 젊은 사람들 하는 일을 산에서만 사는 늙은이가 뭘 알겠소."

노인은 어수룩해 보이면서도 자못 능수능란했다.

선임 요원은 만만한 노인이 아님을 직감했다. 단도직입적으로 몰아붙일 필요성을 느꼈다.

"박복동 어르신, 이제 그만 자백하시지요!"

"자백이라니요? 무슨 자백을 하라는 것인지 나는 도통 모르겠소만."

노인은 팔짱까지 바꿔 껴가며 냉소적으로 말을 받았다.

"얼마 전 판문점을 넘어 귀순한 오진석이라는 북한 병사 아시죠? 바로 그 병사가 오동길 상좌의 아들입니다. 노인장이 안내해 준 그 오 대장의 친아들."

요원의 입에서 '오동길'이란 이름이 나오자 박 노인은 자신도 모르게 움찔하고 말았다. 그도 그럴 것이 남한의 정보 당국이 자신들 침투 공작조의 리더 이름까지 알고 있다는 것은 이미 모든 것을 파악하고 있다는 얘기나 다름없기 때문이었다. 순간 노인은 얼마 전 오동길 부대의 비트를 공격한 것이 실제 남한 군대가 아니었을까 하는 생각까지 들었다.

노인의 미세한 변화를 읽은 선임 요원은 아들 오진석이 소지했던 북한의 병사 수첩을 꺼내어 위성 좌표가 써진 부분을 펼쳐 보이며 말했다.

"그 아드님이 이걸 가지고 우리에게 왔어요. 아버지 오동길 대장의 부탁이라며."

박 노인은 애써 무시하는 척하면서도 슬쩍 그 병사 수첩을 곁눈질하고 있었다.

선임 요원이 말을 이었다.

"어르신, 우리를 좀 도와주셔야겠습니다. 어렵게 조성된 지금의 평화 기조를 무너뜨리는 무고한 희생은 더 이상 안 됩니다. 이것이 오동길 대장의 뜻이기도 하고요. 이 때문에 위험을 무릅쓰고 아드님을 우리에게 보낸 것입니다."

박 노인이 오동길의 아들이 가지고 왔다는 병사 수첩 속에 쓰인 글자를 보기 위해 고개를 빼는 모습을 보고 선임 요원은 들고 있던 수첩을 노인에게 건네주었다.

이를 잠시 살펴본 노인이 어렵게 입을 뗐다.

"좋소. 내가 어떻게 도우면 되겠소?"

"오 대장이 위험합니다."

"그건 나도 알고 있습니다."

"그들의 소재(所在)와 오 대장이 접촉하게 될 자들을 알려 주시시요."

"소재야 어렵지 않소만, 오 대장이 접촉하게 될 자들에 대해서는 나 또한 알 수 없답니다. 철저한 점조직이라 한계가 있지요. 당신들도 잘 알겠지만, 바로 옆에 있어도 알아보지 못하는 게 우리들 세계 아닙니까? 내게 주어진 임무는 오 대장에게 안전한 비트를 제공하라는 것뿐이었습니다. 아마도 모든 지령은 오 대장에게 직접 내려지게 될 겁니다."

요원은 굳게 입술을 다문 채 고개를 끄덕였다.

출정

전투 지휘 차량이 선두에 서고, 그 뒤로는 2대의 K-21 보병 전투 장갑차와 무장한 군인들이 가득 채워진 수십 대의 전술 트럭들이 요란한 사이렌 소리와 함께 도로를 내달리고 있었다. 이들은 향토 사단의 기동 타격대원들이었다. 모든 병사들이 실제 실탄이 장전된 총을 겨누며 삼엄한 경계 태세를 취하고 있어 일반 훈련 상황이 아님을 보여 주고 있었다.

이들은 모두 경남 울주군 소재의 대운산을 향하고 있었다.

특임여단의 연병장

한편, 특임여단의 연병장에는 KAI의 수리온 기동 헬기가 뿜어내는 로터 소리로 요란했다. 지상에 낮게 내려앉은 헬기에 완전 무장한 대원들이 오르자 헬기들은 차례로 이륙하여 편대 비행에 들어갔다.

헬기 편대 중 한 대에는 성호와 송이가 함께하고 있었다. 여섯 명의 대원이 세 명씩 양쪽에서 마주보는 형태로 앉았는데 훈련 때와 마찬가지로 성호와 송이는 서로 파트너였다. 성호를 중심으로 좌우에 송이와 정 하사가 위치하고 있었다.

훈련이 아닌 실전 상황은 처음 맞아 보는 성호였다. 그건 송이도 마찬가지였다. 송이의 원래 성격이 그런 건지는 모르겠지만 성호가 보기에 그녀는 자신보다 훨씬 긴장을 덜 하고 있는 것 같았다. 속이야 어떻든 겉보기엔 그랬다. 군대에서 전해져 내려오는 속설이 꼭 틀린 것만은 아니라는 생각이 갑자기 들었다. 사회에서 '자리'가 사람을 만들듯 군대에서는 그게 '짬밥'이라는 것.

대원들에게서 긴장된 모습이 엿보였다. 서로 맞은편 대원과 눈을 마주치지 않으려는 듯 눈의 시점(視點)은 하나같이 아래를 향하고 있었다. 그건 성호도 마찬가지였다. 사실 성호의 심장은 주체하기 힘들 정도로 뛰고 있었다. 그런 자신의 모습이 다른 대원의 눈에 띌까 봐 성호는 아예 허리를 숙인 채 맞은편에 자리한 대원의 전투화만 무심히 내려다보고 있었다. 내심 헬기 로터로부터 전달되는 진동과 소음이 그런 자신을 가려주는 것 같아 고맙기까지 했다.

성호는 자신의 손등에 송이의 손이 포개져 올 때까지 자신의 손이 어떻게 하고 있었는지를 전혀 인식하지 못하고 있었다. 오른손으로는 어깨에 걸친 소총을 파지하고 송이 쪽 왼손은 의자의 가장자리에 얹은 채 손끝을 계속 두드렸던 모양이다. 나름 긴장을 풀기 위한 행위였을 텐데 그녀로서는 그게 꽤나 안쓰럽게 느껴진 모양이다. 성호의 그런 행동은 자신의 손등을 누가 꼭 쥐는 느낌을 받고서야 멈췄다. 물론 송이였다.

내가 꼭 지켜 줄게.

그녀의 손끝은 그렇게 말하는 듯했다.

서로 손가락 부분만 나오는 전투 반장갑을 끼고 있어 그녀를 느끼기엔 다소 부족함이 있었지만 그녀로부터 전달되는 말로 표현할 수 없는 그 무엇은 온전함 그 자체였다.

성호는 그녀를 바라보기가 부끄러웠다. 내심 자신의 긴장된 모습이 들킬까 싶어서였다. 성호는 손가락 동작만 멈춘 채 처음 그 자세 그대로를 하고 있었다. 그 때문인지 성호의 손등에 올려진 송이의 손끝에서 힘이 가해지는 것이 느껴졌다. 마치 신호를 보내는 것 같았다. 성호는 마지못해 허리를 숙인 상태 그대로 고개만 살짝 송이 쪽으로 돌렸다. 그녀는 평소와 다름없는 평온한 모습 그대로 활짝 웃고 있었다. 성호도 애써 미소를 지어 보였다. 그러고는 곧바로 고개를 돌리고 말았다. 극도로 긴장한 자신의 모습을 더 이상 들키고 싶지 않아서였다. 이번엔 자신의 전투화를 톡톡 치는 느낌을 받았다. 역시 송이였다. 성호는 어쩔 수 없이 허리를 펴고 그녀를 바라보았다. 송이는 활짝 미소를 보이며 무슨 말을 하려는 듯 손을 입가에 가져가서는 성호 쪽으로 몸을 기울였다. 성호도 귀를 내밀어 그녀에게로 향했다. 그녀의 입술이 거의 귀에 와 닿는 느낌이 들었다. 동시에 그녀의 속삭임이 들려왔다.

"사랑해."

순간 성호는 의지와 상관없이 전율하는 자신을 느꼈다. 몸이 떨릴 정도의 감격스러움이라고 할까. 그의 온몸에서 아드레날린이 솟구쳐 오르는 것을 느꼈다. 그리고 참으로 신기했다. 그녀의 단순한 이 한마디가 자신의 두려움과 긴장을 현저히 누그러뜨리고 있었다. 이런 상황만 아니었다면 그녀를 와락 안았을 법했다. 사실 숙소 사건이 아니라도 그녀에게 내색만 못했을 뿐이지 성호의 마음은 송이에게 빼앗긴지 오래였다. 지금 이 순간도 성호의 마음을 흔들어 놓는 그녀의 이 한마디가 진심인지 그저 하는 말인지는 알 수 없지만 그의 마음은 한없이 날아오르고 있었다. 이번 작전이 마무리되면 그녀와의 관계를 반드시 매듭지으리라 마음을 다잡으며…….

알파팀에서 유일한 실전 경험을 갖고 있는 대원이 한 명 있었다. 바로 팀의 최고 선임이자 정보작전 주특기의 황 상사였다. 현재는 부팀장의 역할도 맡고 있었다. 그는 1996년 강릉 북한 잠수정 침투 사건 때 실전에 투입되는 경험을 했다. 당시 북한 공작원들은 자신들이 타고 온 잠수정이 좌초되자 동료 승조원 11명을 살해하고 15명이 육로로 탈출하며 56일간 군경과 대치했던 사건이었다. 그는 그때의 이야기를 부대원들에게 자주 해 주곤 했다. 당시 그는 자대에 배치된 지 채 일 년도 안 된 앳된 하사관이었단다. 아마도 계급만 다를 뿐 성호와 비슷한 처지가 아니었나 싶다.

이번 작전에 출동하기 전, 그때의 일을 상기하며 황 상사가 해 준 말이 있었다. 자신을 통제하기 어려운 긴장만 아니라면 적당한 긴장은 괜찮다는 것이었다. 훈련한 그대로만 하면 된다는 말도 빼놓지 않았다.

저 멀리 하루의 태양이 지평선 너머로 기울며 저녁 하늘을 아름답게 물들이고 있었다. 순간 성호의 머릿속에 어느 시인의 시구가 떠올랐다.

석양이 아름다운 건 그날의 화려했던 날개의 고단함과 열정을 고이 접기 때문이다.

훈련 때 땀 한 방울은 실전 때 피 한 방울과 같다고 한다. 이런 실전을 위해 그 수많은 시간을 훈련에 임해 온 것임을……

성호는 아름다운 석양을 바라보며 비록 공훈을 세우진 못할망정 팀원에 누가 되지는 않겠다고 마음속 결의를 다졌다.

대운산 정상

대운산은 울산광역시 울주군과 경상남도 양산시에 걸쳐 있는 해발 고도 742m의 비교적 높은 산이다. 고리 원자력 발전소와 인접한 산으로는 가장 높았다.

대운산 정상 부위에 도달한 수리온 헬기가 지면 가까이 호버링 상태에 들어가자 탑승한 알파팀 대원들은 즉시 레펠 강하에 들어갔다. 곧이어 팀원 12명은 완전 무장을 한 채 산등성이를 따라 수색 작전에 돌입했다.

산에는 어둠이 내리기 시작했다. 산 아래로 보이는 계곡엔 이미 어둠이 자리 잡고 있었다.

알파 팀장인 박대규 대위가 헬멧에 연결된 개인 무선망을 통해 지시를 내렸다.

"지금부터 비트를 구축하고 매복에 들어간다."

박 팀장의 지시에 대원들은 각자 일정한 간격을 두고 비트 구축 작업에 들어갔다. 이어 주변의 잡풀과 위장 천으로 위장을 하고는 매복에 돌입했다. 박 팀장과 황 상사가 대원들의 개인 비트를 각각 확인하고 자신의 비트로 찾아들었다.

그날 늦은 오후, 특임여단 제1대대 작전실

대대 작전실 테이블에는 대대장과 각 지역대장, 대대 작전 장교와 각 팀장 등 20여 명이 자리하고 있었다. 후방의 벽면에 설치된 스크린에는 산으로 보이는 위성 사진이 띄워져 있었다.

이윽고 레이저 포인터 겸용 지휘봉을 들고 스크린 옆에 선 대대 작전 장교로부터 브리핑이 시작되었다.

"지금부터 대대에 하달된 작전 명령을 설명드리겠습니다. 북한의 무장공비 3, 40여 명이 고리 원자력 발전소를 탈취하기 위해 울주군과 양산시에 걸쳐 자리한 해발 고도 742m의 대운산 한 동굴에 은신해 있다는 첩보가 입수되었습니다. 영광스럽게도 이번 작전에 우리 대대가 최선봉에서 공비를 토벌하는 임무를 맡게 되었습니다. 이에 각 팀들의 임무에 대해 말씀 드리겠습니다."

이때 대대장이 자리에서 일어서며 제지하듯 말했다.

"잠깐!"

"예, 대대장님."

"내가 직접 설명하지."

"예, 알겠습니다."

작전 장교로부터 포인터 지휘봉을 넘겨받은 대대장은 레이저 포인터로 스크린의 위성 사진을 가리키며 설명을 이어 나갔다.

"적들은 대운산의 세 번째 능선, 해발 고도 570여 미터의 천연 동굴에 은신한 것으로 파악된다. 이것 좀 키워봐!"

대대장의 지시에 스크린에는 대운산의 세 번째 능선의 피사체가 확대되어 나타났다.

"알파팀!"

"예, 대위 박대규."

"자네는 적들이 숨어 있는 능선 바로 위, 바로 이 지점을 점령 차단하고 필요시 동굴을 직접 수색하는 임무를 맡는다."

"예, 알겠습니다."

"그리고 브라보팀!"

"예. 대위 조창민."

"브라보팀은 능선 반대편 골짜기에 자리 잡고 적들의 동태를 감시한다. 그리고 차리팀!"

"예, 대위 이정태."

"자네는 여기 능선의 하부를 점령하고 적의 도주로를 차단한다, 이상. 모두 알겠나?"

"예, 알겠습니다."

팀장들은 다부진 표정으로 힘차게 대답했다.

마지막으로 대대장은 접수된 첩보 하나를 전했다.

"아, 그리고…… 한 가지 입수된 첩보에 의하면, 이번 침투 공비의 리더가 우리에게 전향할 의사가 있다는 정보다. 이 점 염두에 두고 작전을 펴도록."

"예, 알겠습니다."

"그리고 나머지 팀들의 임무는, 김 대위, 자네가 설명하지."

교전

남파 5일째, 동굴 내부 오동길 부대의 아지트

오동길과 최성욱 상사가 부대원들과 조금 떨어진 곳에서 함께하고 있었다. 동길은 상의 주머니에서 담배를 꺼냈다. 심마니 박복동 노인이 건네준 바로 그 남한 담배였다. 그가 담뱃갑을 뜯어 한 개비를 꺼내 불을 붙여 한 모금을 길게 들이마셨다 내뱉었다.

"남조선 려과담배 맛이 기맥히는 구마이! 공화국이나 지나 담배에 비할 바가 아니야."

"지금 한가하게 담배 얘기나 할 때가 아니디 않습네까? 벌써 5일 쨉네다."

최 상사가 걱정스러운 표정으로 말을 받았다.

"벌써 그리 되었나?!"

동길의 반응은 의외로 태연했다.

"기렇습네다. 왜 이리도 지령이든 소식이든 안 내려오는 거인 디……, 울진에 침투한 부대대장 동무와 우리 부대원 동무들 소식도 기렇고……, 노인장한테라도 내려가 확인해 봐야 되는 거이 아니디 모르갔습네다."

오동길은 크게 고개를 저었다.

"아니야, 기거이 지금으로서는 너무 위험해. 그끄제 우리를 공격한 놈들이 뉘기인디, 기거이 먼저 밝혀디기 전에 섣불리 움직였다간 큰 낭패를 볼 수가 있어."

"저도 요 며칠 새 곰곰이 생각해 봤디만, 그들이 남조선 국방군이 아니라면 도대체 어느 잔당의 간나들인디 도통 가늠이 안 됩네."

"그럴 기야."

동길이 고개를 끄덕이며 호응했다. 이어 담배 한 모금을 깊게 들이마시고는 말을 이었다.

"내래 짐작이 가는 거이 하나 있긴 하디."

최 상사가 놀란 표정으로 말을 받았다.

"아, 기렇습네까? 대대장 동무는 그 간나들이 뉘기라 생각하십네까?"

"기다려 보면 알게 될 기야. 그 전에 내래 먼저 확인해 봐야 될 거이 하나 있어. 가서 리철진이 좀 부르라, 무전기 들고."

"예, 알갔습네다."

동굴 반대편 골짜기, 브라보팀

브라보 팀장과 두 명의 저격수가 같은 장소에 자리 잡고 동굴 입구를 주시하고 있었다.

두 저격수의 고배율 스코프에 두 명의 모습이 포착되었다. 그들은 다름 아닌 오동길과 리철진이었다. 철진은 무전기를 메고 있었다.

저격수 중 한 명이 개인 무선망을 통해 상황을 전파했다.

— 동굴 입구에 적 두 명 출현.

브라보 팀장이 대원들에게 즉각 지시했다.

"모두 사격 대기!"

건너편 골짜기에서는 오동길과 리철진이 움직일 때마다 동굴 입구 쪽 바위틈에서 자라난 잡목들 때문에 보이다 안 보이기를 반복하고 있었다. 그럴 때마다 저격수의 소총은 표적 획득을 위해 미세하지만 분주하게 움직였다. 십자 스코프상에 두 명의 얼굴이 안정적으로 표적되자 저격수들은 개인 무선망을 통해 차례로 이를 전했다.

— 표적 획득 완료.

동굴 입구 쪽

동굴 입구에서는 오동길이 팔짱을 낀 채 생각에 잠긴 듯 계곡 건너편 밤하늘을 바라보고 있었다. 제법 밝은 달이 저 멀리 도회지에서 흘러나오는 불빛과 더하여 주위를 은은하게 비추고 있었다. 그의 바로 뒤에는 소총을 앞세운 철진이 고개를 빼든 채 동굴 위쪽 등성이를 조심스레 훑어보고 있었다.

"대대장 동무, 무슨 생각을 그리 골똘히 하십네까?"

철진의 목소리에 다소 놀란 듯 오동길이 말을 더듬었다.

"어어, 기래."

"여기는 위험합네다. 지난번 알 수 없는 놈들로부터 공격도 받디 않았습네까."

"기래, 무전기 이리 가져오라!"

철진은 메고 있던 무전기를 내려 대대장에게 건넸다. 동길은 무전기의 전원을 켜고 주파수 밴드부터 확인했다. 무전기는 원래의 주파수인 12.40을 가리키고 있었다. 무전병이 제자리로 옮겨 놓은 듯했다.

동길은 선 채로 한손에는 무전기를 들고 다른 손으로는 수화기의 발신 버튼을 누르며 교신을 시도했다.

"여기는 돛단배, 대성산 응답하라, 이상."

"여기는 돛단배, 대성산은 응답하라, 이상."

두 차례의 호출에도 상대로부터는 아무런 응답이 없었다.

"여기는 돛단배, 대성산, 대성산은 응답하라, 이상!"

오동길은 재차 소리 높여 호출했다. 주위가 다 들릴 정도였다. 하지만 무전기에서는 약한 기계음만이 흘러나올 뿐이었다.

일순 동길의 얼굴이 일그러졌다.

"이런, 젠장!"

그는 황기룡에게 자신이 여전히 살아 있음을 전하고 그에게 엄중한 경고를 하고 싶었다. 그리고 무엇보다도 아들 진석의 생사 여부도 확인해 보고 싶었다.

대대장이 무전기와 수화기를 든 양팔을 늘어뜨린 채 멍하니 서 있자 이를 걱정스레 지켜보던 철진이 나섰다.

"대대장 동무, 제가 살펴봐도 되갔습네까?"

무전기를 건네받은 철진이 쪼그리고 앉아 먼저 주파수를 확인하고는 수화기 발신 버튼을 눌러 이상 유무를 체크했다. 겉보기에 큰 이상은 없어 보였다. 그는 커버를 열고 배터리를 분리했다 다시 결합하고는 재차 발신 버튼을 눌러 이상 유무를 확인했다. 발신 버튼을 누를 때마다 칙칙, 하는 반응 소리도 명확했다.

철진이 멋쩍게 동길을 올려다보았다. 그는 곁에서 심각한 표정으로 이를 지켜보고 있었다.

"대대장 동무, 별 이상은 없는 거 같은데……, 이상합네다."

철진의 풀이 죽은 모습에 동길은 장난기가 발동했다. 그는 더욱 심각한 표정으로 철진의 코앞까지 얼굴을 디밀며 다그치듯 반문했다.

"리철진 동무, 이상이 없는데, 와 이상한 겁네까?"

멀쩡히 잘 되던 무전이 안 되니 철진은 쥐구멍이라도 있으면 들어가고 싶은 심정이었다. 그는 무전이 안 되는 이유가 자신의 기기 관리 잘못으로 생각하고 있었다. 문제는 단순히 걱정으로 끝날 일이 아니라는 점이었다. 잘못하다간 작전과 임무 자체가 모두 날아가 버릴 수 있는 중대한 과오였다. 이는 즉결 처분에 해당되는 사안으로 대대장의 다그침은 당연한 처사였다.

한껏 기가 죽은 철진이 기어들어 가는 목소리로 답했다.

"대대장 동무, 죄송합네다. 제가 기기 관리를 잘못해서리……."

뜻하지 않게 동길은 크게 웃었다. 크게 화낼 줄 알았던 철진으로서는 대대장의 그런 모습에 당혹스러움을 넘어 불안하기까지 했다.

"걱정하디 말라. 네 잘못이 아니야. 무전기에는 이상이 없어. 처음부터 이 작전에 문제가 있던 거이다."

'처음부터 작전에 문제가 있다니?!'

철진은 대대장의 말에 한편 기쁘면서도 놀랍기도 했다. 자기가 살펴본 바로도 무전기에서는 어떠한 기계적 결함도 발견되지 않았다. 그럼에도 상대방으로부터는 묵묵부답이니, 큰 낭패가 아닐 수 없었다. 이유야 어찌 되었든 작전에서의 통신 두절은 사실상 작전 불능을 의미하기 때문이었다.

교신도 되지 않는 마당에, 그것도 일개 사병이 작전의 문제가 뭐냐고 물어볼 수는 없었다. 철진은 그저 못 알아들은 척 에둘러 되물었다.

"네?"

동길 또한 이에 대한 설명이나 부연은 하지 않았다.

"그만 됐으니, 무전기 챙겨 먼저 들어가라!"

"아 예, 알갔습네다. 기리티만 대대장 동무!"

"와?"

"밖은 위험합네다."

"괜티않아. 내래 담배 한 대만 태우고 곧 들어갈 기야."

"예, 알갔습네다."

철진이 동굴 안으로 사라지자, 동길은 박 노인이 가져다 준 남한 담배 한 개비를 꺼내 한 모금 길게 빨아 내뱉고는 자조 섞인 한마디를 토해 냈다.

"빌어먹을!"

지금 황 국장과 연결되는 유일한 통로인 무전이 되지 않고 있다. 노인이 가져다 준 휴대폰 역시 지금까지 어떠한 신호도 없었다. 자신들을 공격한 자들이 어떻게든 황 국장과 연결되어 있다는 점만은 확실했다. 그렇다면 아들 진석이 계획대로 남조선행을 결행했다는 가정이 가능했다. 문제는 성공이냐 실패냐였다. 박 노인의 등장에서 볼 수 있듯 지금까지는 성공했다는 어떠한 징후도 찾아볼 수 없었다.

'실패하여 체포라도 되었다면……'

그건 상상하기조차 싫은 일이었다. 동길은 하나밖에 없는 아들을 사지로 내몬 것 같아 자신의 계획이 몹시도 후회스러웠다. 그는 황 국장과의 마지막 무전을 통해 그 사실만이라도 유추해 보고 싶었다. 하지만 이마저도 어렵게 된 이상, 이제는 스스로도 아들을 가슴에 묻어야 됨을 인정하지 않을 수 없었다. 고통스럽고도 비통한 일이었다.

그는 씹어 먹을 듯 담배를 꽉 깨물고는 개성에서 황 국장과 나누었던 비밀스러운 대화를 회상하며 몸을 떨었다.

* * *

개성, 오동길 대대장의 집무실

의자에 반쯤 삐딱하게 앉아 담배를 피우던 황 국장이 부동자세로 서 있는 오동길 상좌를 불렀다.

"이봐, 동길이!"

"예, 총국장 동무."

"담배 한 대 태우디 않갔네?"

"아, 괜찮습네다."

황기룡이 내민 담배를 거두며 말을 이었다.

"재차 말하디만, 이건 공화국 최고 수뇌부도 모르는 일이야. 너와 나만이 아는 비밀이다, 이 말이야. 일이 잘되면 내래 전면에 나서는 거이구, 만에 하나 틀어지면……, 알갔네?"

동길은 당시 황 국장이 무슨 말을 하려는 건지 충분히 이해하고 있었다. 그가 말하고자 하는 것은 명백했다. 작전에 성공을 하든 실패를 하든 자신들은 죽음뿐이라는 것. 그가 안 해 줘도 될 이 얘기를 굳이

해 주는 것은 만에 하나 자신이나 부대원들이 작전 불능 상태에 빠지거나 작전 중 생포되는 상황이 발생했을 때 어찌 처신해야 되는지를 전하려는 메시지 정도로 생각하고 있었다. 하지만 최고 수뇌부조차 모르는 작전까지 수립하여 이렇게까지 해야 하는지에 대해서는 당시에나 지금이나 이해 불가였다. 작전의 성공 여부를 떠나 그것이 미칠 파장은 천하의 황 국장이라 해도 감당할 수 있는 일이 아니었기 때문이다. 당시에도 이와 관련해 많은 의문을 품고 있었지만 황 국장의 위력에 눌려 제대로 물어보지도 못했었다.

사실, 작전에서 소모품에 불과한 자신이 그런 구체적인 사후적 일까지 일일이 캐묻는다는 게 온당하지도 않을 뿐더러 사후적으로나 사전적으로 문제가 될 소지의 비밀을 말해 줄 바보 또한 없을 터였다.

"예, 무슨 뜻인디 잘 알갔습네다."

오동길의 대답은 의외로 심플했다.

황 국장은 속으로 자신의 선택이 옳았음에 다시 한 번 쾌재를 불렀다.

그가 잠시 뜸을 들이는가 싶더니 이내 청천벽력과도 같은 말을 뱉어냈다.

"가서, 남조선 원전을 탈취하라우!"

그의 톤은 비록 낮았지만 명령에 다름 아니었다.

동길은 자신의 귀를 의심했다.

"예에?! 기거이……?"

"뭐이가?"

황기룡이 한쪽 눈썹을 치켜 올리며 반문했다.

"상부의 지시 없이 그 일이 되갔습네까?"

"기건 걱정하디 말라우. 내래 미리 손을 써 뒀으니까니."

황 국장은 말하는 내내 오동길의 반응을 확인하려는 듯 그의 눈을 뚫어져라 주시하고 있었다.

미리 손을 써 뒀다는데 오동길로서도 어찌해 볼 도리가 없었다. 일단은 받아들이는 수밖에.

"알갔습네다."

"남조선 원전을 성공적으로 탈취하면 나와 우리 군부는 이를 볼모로 전쟁을 미리막이하면서, 지금과 같은 굴종의 평화가 아닌 미제와 국제 사회에 핵보유국 지위와 대북조선 압살 봉쇄도 풀도록 요구할 기야. 말이 요구디 남조선 인민들을 볼모로 협박을 하는 거이디."

황기룡의 태도는 자신만만했다. 그의 입가엔 야릇한 미소까지 흘러나오고 있었다. 그의 치밀한 성격으로 보아 뒤에 뭔가 단단히 준비되어 있음을 미루어 짐작할 수 있었다. 비록 그것이 무엇인지는 모르겠지만 이미 대세는 돌이킬 수 없는 듯했다.

"네에, 알갔습네다. 하디만……."

"하디만 뭐? 말해보라우!"

"내래 뒤넘스러운 소견이디만, 미제의 호전광들이 우리 공화국을 공격할 것처럼 호언하면서도 그동안 최고 존엄이나 핵 시설에 대해서 공격을 가하디 못한 거이는 전면전에 대한 부담감 때문이 아니갔습네까?"

"기렇디."

황기룡이 고개를 끄덕이며 대꾸했다.

"기런데, 만약에 어렵게 조성된 작금의 북남 간 평화 기조에 우리가 남조선 원전을 공격하게 되면 남조선 정부의 대화 우선시 정책에도 힘을 빼는 격이 될 거이구, 호전광들에게 전면 전쟁의 빌미를 제공하게 되는 거이 아닌디 염려가 됩네다."

"기래. 자네 말이 구구절절 옳아. 기래서 이번 작전이 공화국 수뇌부에까지 보고되지 못한 이유디. 거기에 작전을 수행할 많은 수의 공작원을 남조선으로 보낼 수 없다는 보다 현실적인 문제가 가로막혀 있기도 했구 말이야. 기래서 하는 말인데, 이번 작전에 자네의 그 좋은 머리를 좀 빌리려 하는 기야."

오동길의 생각에 황 국장의 대답은 참으로 엉뚱했다. 자신은 작금의 상황에서 남조선 원전 탈취의 부당성을 설파한 것이었는데 그는 작전의 어려움을 얘기하고 있었기 때문이다. 오동길은 그가 애써 미묘한 문제를 회피하려는 것으로 생각했다. 하지만 그게 아니었다. 황 국장은 실제의 상황, 즉 현실적 문제를 토로한 것이었다.

그동안 북한의 대남 무력 도발에 있어서 남한의 원전 탈취는 뜨거운 감자였다. 자신들이 전쟁 상황으로 몰리거나 어떤 위기 상황에 몰릴 경우 남조선의 원전을 탈취하여 이를 볼모로 자신들의 뜻을 관철시키고자 하는 것은 대남 공작 설계자들이 오래전부터 고민해 온 일이기도 했다. 하지만 그것이 사실상 불가능한 이유는 원전을 탈취하기 위해 많은 수의 무장 병력을 은밀히 남한으로 보내야 한다는 보다 현실적인 문제가 자리하고 있었다. 따라서 이 카드는 전면전을 각오하지 않는 이상 실행될 수 없는 카드로, 황기룡은 지금 그 얘기를 하는 중이었다.

"기렇다 해도 그 뒷감당이 되갔습네까? 설사 작전이 성공을 한다 해도 말입네다."

"기건 걱정하지 말라우. 자네는 모르갔디만 우리 군부에서는 오랜 기간 이를 위해 준비해 온 거이 있어. 기러니 기건 걱정하디 말구, 자네의 그 좋은 머리로 멋디게 실행 한번 해 봐."

"예, 알갔습네다."

오동길은 자신이 빠져나갈 구실만을 찾고 있었기에, 이때 황 국장이 스치듯 언급한 '군부가 오랜 기간 준비해 온 것이 있다'는 말을 쉽게 간과하고 말았다. 당시 그에게는 일말의 여지도, 그 어떠한 선택도 주어지지 않고 있다는 깊은 절망감에 빠져 있던 터였다.

어쩔 수 없는 일이었다. 모든 것을 포기하고자 하는 순간, 황 국장이 대화를 이어 갈 말미를 주었다.

"다른 질문은 없네?"

"질문이라기보다 조금 념려가 되는 거이는 남조선 원전에 대한 감시 경계가 그리 호락호락하디만은 않을 거인데 말입네다."

"기래. 이번 작전이 결코 쉽디만은 않을 기야. 기래서 자네에게 기대를 거는 거이구. 내말은 자네가 남조선에 침투하여 바로 작전을 펴라는 거이 아니야."

오동길에게 있어 놀라운 소식이 아닐 수 없었다.

"예? 기러면……."

"한동안 비트에 잠복해 있다가 내 별도의 지시가 있을 때, 그때 바로 실행하라는 거이디. 한 가디 말해 주고 싶은 거이는 남조선이 새 정부 들어 탈원전 정책으로 노후화된 고리 원자력 1호기를 폐쇄하기로 결정했다는 점이야. 곧 해체 작업에 들어간다는 정보디. 따라서 이곳에 대한 감시 경계는 다른 곳에 비해 느슨하디 않갔어? 남조선에 있는 우리 세작 동무도 함께 움직일 거이구, 그 동무들이 자네들을 위해 미리 앞 작업을 해 놓을 기야.”

오동길에게 일말의 희망을 갖게 하는 황 국장의 말이었다. 절망밖에 없는 어둠 속에서 자그마한 희망을 품게 하는 한 줄기 빛과 같았다. 침투하자마자 작전에 돌입하는 것이 아니라면 문제를 타개할 시간과 기회는 반드시 올 거라는 것이 동길의 생각이자 간절한 바람이었다. 또한 동길이 아들의 탈북에 대해 고민하게 된 계기도 바로 황 국장의 이 설명 때문이었다.

“알갔습네다. 기렇다면 남조선에서 작전이 여의치 않거나 다시 복귀를 해야 할 때에는 어띠해야 하는 겁네까?”

이 문제는 방금 전 황 국장이 은연중에 밝힌 내용으로 오동길 자신도 충분히 인지하고 있었다. 하지만 이 문제를 보다 확실하게 매듭짓고 싶었다. 자신은 물론이고 부대원의 생명이 달려 있는 중차대한 문제이기 때문이었다.

“아까도 얘기 했디만 이번 작전은 공화국 수뇌부 그 누구도 모르는 일이야. 자네와 나만이 아는 사실이디. 따라서 공화국의 지원은 따로 없어. 무슨 뜻인디 알갔네?”

예상한 대로였다. 그래도 충격이었다. 오동길은 재차 묻지 않을 수 없었다.

“기거이……?”

황 국장은 알 만한 얘기를 왜 또 묻느냐는 식으로 버럭 화를 냈다.

“복귀는 없다, 이 말이야!”

놀란 동길이 부동자세까지 취하며 답했다.

"예, 알갔습네다."

황 국장은 자신의 고함이 미안했는지 자리에서 일어나 오동길에게로 다가가서는 그의 양어깨에 손을 올려 룩룩 다독이며 말했다.

"자네만 믿네. 아들 진석이는 걱정하디 말라우. 내래 직접 별을 달아 주갔어. 동길이, 자네는 공화국 력사에 찬란히 빛나는 숨은 영웅이 될 기야."

황 국장과의 지난 대화를 회상하며 어깃장이 난 동길은 물고 있던 담배를 한쪽으로 꼬나물고는 비꼬는 투로 중얼거렸다.

"아, 기렇습네까? 영광입네다, 총국장 동무!"

담배를 한 모금 깊이 들이마셨다 내뱉고는 또 다시 중얼거렸다.

"부하들을 사지로 내몰고 공만 챙기시겠다. 기러면 내래 한 가디만 묻갔소. 이 작전에 성공을 하든 실패를 하든 울 진석이는 반역 도당의 자식이 될 거인데, 뭘 어드렇게 보호해 주시겠다는 겁네까, 총국장 동무?"

동길은 무전이 되었으면 전해 주려 했던 말들을 격하게 토해 냈다. 그렇게 격한 감정으로 중얼거리던 그가 이번엔 무슨 생각인지 반대편 골짜기를 향해 담배를 한 모금을 깊게 빨아 환해진 담뱃불을 손으로 가렸다 떼기를 반복하고 있었다.

계곡 건너편, 브라보팀

적의 이상 동향을 감지한 브라보팀의 저격수가 개인 무선망을 통해 이를 전파했다.

"적이 모스 신호를 보내는 것 같습니다."

— 수신 완료.

보라보 팀장의 답변이었다.

그가 잠시 이를 지켜보다 담뱃불 모스 부호를 해독하여 팀원들에게 전파해 주었다.

"허허, 이 자식 봐라. 남조선 병사 동무들, 수고들 많소. 나는 정찰총국 소속 상좌 오동길이라 하오. 나, 는, 이, 작, 전, 을."

바로 이때, 브라보팀 저격수로부터 또 다른 상황 하나가 전해졌다.

— 동굴 입구에 새로운 적 출현.

철진이었다.

"대대장 동무!"

깜짝 놀란 동길이 뭐에 들킨 양 말을 더듬었다.

"어어, 리철진이. 너 안 들어가고 뭐 하는 거이네?"

"아무래도 대대장 동무를 두고 혼자 들어가면 상사 동무께 한 꾸지람 들을 거이 같아서 말입네. 동굴 입구 보초 동무들과 대대장님 오시기를 기다렸는데 시간이 지나도 안 와서리…… . 며칠 전 알수 없는 놈들로부터 기습도 당하디 않았습네까."

"기래, 그만 들어가자우."

동길은 모스 신호를 통해 자신이 아들을 통해 전하고자 했던 메시지가 남조선 당국에 전달되었는지를 확인해 보고 싶었다. 큰 기대 없이 한 일이지만 철진으로 인해 이마저도 접어야 했다.

동굴 안으로 들어선 두 사람은 오동길이 앞서고 철진이 말없이 그 뒤를 따르고 있었다.

"리철진!"

동길이 고개를 돌려 낮은 소리로 철진을 불렀다.

"예, 대대장 동무."

"너는 이번 작전에서 빠지라!"

"예에? 기거이⋯⋯. 저는 공화국 전사가 아닙네까?"

"기런 뜻이 아니야. 이 작전은 애당초부터 잘못되었어."

"기거이 무슨 뜻입네까, 작전이 잘못되었다니요?"

"성공할 수 있는 작전이 아니야."

"대대장 동무, 성공할 수 있는 작전만 있는 거이 아니디 않습네까? 아무리 어려운 작전이라도 목숨 바틸 각오로 임하면 반드시 승리하게 되어 있다고 말씀하신 분이 대대장 동무 아니셨습네까."

"지금은⋯⋯, 기런 뜻이 아니야. 우리는 지금 작전에 성공할 수도, 성공해서도 안 되는 작전을 수행 중이디."

"네에? 기거이 무슨⋯⋯?"

"기거까디는 알 거 없고, 무전이 안 되는 이유도 바로 기거 때문이야. 철진이 너는 이번 작전에서 빠지라, 알갔네?"

"대대장 동무!"

"이건 내 명령이야, 따르라!"

대대장의 명령조에 철진도 더 이상은 어떠한 대꾸도 할 수 없었다. 무엇보다 뭐가 뭔지 어리둥절할 뿐이었다. 동굴 밖에서 교신을 시도할 때도 어렴풋이 느꼈지만 작전에 뭔가 심각한 문제가 있음을 처음으로 느꼈다.

같은 시각, 매복 중인 특임여단 알파팀

모든 팀원이 개인 비트에 매복 중인 가운데 알파 팀장을 찾는 대대장의 무선 교신이 날아들었다.

통신 주특기 부사관은 개인 무선망을 통해 이를 팀장에게 보고했다.

"팀장님, 대대장님이 찾으십니다."

박 팀장이 무전기 수화기를 받아 들었다.

"단결, 알파 팀장 박대규입니다."

— 수고들 많다. 작전 명령이 하달되었다. 지금 즉시 팀원을 이끌고 동굴을 기습한다. 이는 적들이 이미 포위되었다는 사실을 알리기 위한 목적이니 불필요한 교전은 되도록 피하고, 동굴 전방 100여 미터 지점에 지뢰와 부비트랩이 설치되어 있다는 정보다. 안전을 위해 그 이상은 전진하지 말도록. 그리고 알파팀 바로 뒤에는 차리팀이 받친다, 이상.

"예, 알겠습니다, 단결!"

이번 작전은 브라보 팀장으로부터 적이 아군 측에 뭔가 메시지를 전하려 했다는 보고에 따라 전격적으로 실행된 것이었다.

곧이어 차리팀에게도 대대장의 작전 명령이 하달되었다.

차리 팀장이 무전기 수화기에 귀를 대고 있었다.

— 차리팀은 지금 즉시 비트를 정리하고 알파팀의 뒤를 받쳐 동굴을 기습한다, 이상.

"예, 알겠습니다, 단결!"

차리 팀장은 무선 교신이 끝나자마자 즉시 개인 무선망을 통해 팀원에게 작전 내용을 전달했다.

"지금 즉시 비트를 정리하고 동굴을 타격한다. 이번만큼은 우리 차리팀이 선봉에 선다."

— 예, 알겠습니다.

차리 팀장의 무선망에 대원들의 결의에 찬 대답이 들려왔다.

상부의 명령에 사실상 반하는 차리 팀장의 이런 행동은 알파팀과의 보이지 않는 경쟁의식이 발동한 탓이었다. 사실, 제1대대 알파팀은 여단 내 모든 팀원들의 부러움과 시기의 대상이기도 했다. 알파팀은 얼마 전 차리팀을 제치고 지역대 대표로 나가 대대 전투 측정에서 우승을 차지했다. 알파팀은 나아가 대대 대표로 출전한 특임여단 전투 측정에서도 우승하며 전반기 여단 최우수 팀으로 선정되는 영예를 안기도 했다.

당시 여단 전투 측정은 통상의 개별 전술 측정이 아닌, 육군 과학화 전투 훈련단(KCTC)과 연계하여 함경남도 낙원군 소재의 여호리 초대소를 가정한 지도부 참수 훈련을 실전과 같이 전개하였는데 이 훈련에서 알파팀은 유일하게 임무를 완수하며 단 한 명의 사망자도 없이 대항군을 전멸시킨 전무후무한 전과를 올리기도 했다.

같은 시각, 동굴 내부 오동길 부대의 아지트

오동길 대대장과 무전기를 멘 리철진이 아지트로 들어섰다.

모든 병사들이 거수경례로 맞이했다.

"수고하셨습네다."

최성욱 상사가 동길을 맞이했다.

"수고하셨습네다. 무전은 잘 되었습네까?"

동길이 말이 없자 옆에 있던 철진이 다소 풀이 죽은 표정으로 답했다.

"상사 동무, 무전에 반응이 없습네다."

최 상사가 미간을 찌푸리며 걱정스레 되물었다.

"왜, 고장이야?"

"고장은 아닌 거 같은데……."

철진은 뭐라고 대답해야 할지 몰라 얼버무리고 말았다.

오동길이 상의 주머니에서 담뱃갑을 꺼내려다 도로 집어넣고는 다소 굳은 표정으로 입을 열었다.

"모두 내 말 잘 들으라!"

부대원들이 좀 더 오동길 대대장 가까이로 모여들었다.

오동길은 티 나지 않는 짧은 한숨을 내쉬었다. 원래는 최 상사에게 먼저 진실을 털어놓고 이에 대한 대책을 논의하고자 생각했었다. 군대라는 특수성에 비추어 그게 응당한 순서이기도 했다. 하지만 그의 돌발 행동이 또 다른 문제를 야기할 수 있다는 생각에 차라리 모두에게 공표하는 것으로 마음을 굳힌 상태였다.

"모두 놀랍겠지만, 이 작전은 애초부터 잘못되었어."

예상대로 부대원들은 큰 충격을 받은 듯했다. 최 상사는 말할 것도 없고 부대원들 모두는 너무 놀란 나머지 토끼 눈이 되어 서로의 얼굴만 빤히 쳐다볼 뿐이었다.

정신을 다잡은 최 상사가 눈을 동그랗게 뜬 채 입을 열었다.

"기거이 무슨 말씀입네까?"

동길은 대답 대신 전투복 상의 주머니로 자연스레 손길이 옮겨졌다. 담배 한 개비를 꺼내 불을 붙인 그는 한 모금을 길게 빨아 내뱉고는 애써 담담한 표정을 지으며 말을 이었다.

"말 그대로야. 너희들은 잘 모르갔디만 이 작전은……."

바로 이때, 전방 측으로부터 외침이 들려왔다.

"대대장 동무! 대대장 동무!"

모든 시선이 그에게로 쏠렸다. 전방 보초병 중 한 명이 헐레벌떡 뛰어오며 외치는 소리였다.

"무슨 일이네?"

동길의 질문에 보초병은 대답 대신 가쁜 숨을 몰아쉬며 손으로 동굴 입구 쪽을 가리킬 뿐이었다. 이내 숨을 고른 그가 다급히 전했다.

"적이……, 적이 기습해 왔습네다."

동굴 입구에 차리팀 대원들이 모습을 드러낸 것이었다.

"기래? 모두 전투 준비하라!"

대대장의 지시에 부대원들은 들고 있던 소총에 실탄을 장전하고 야간 투시경을 내려쓰고는 동굴 입구 쪽으로 신속하게 이동했다.

같은 시각, 차리팀 진영

동굴 입구에 진입한 차리팀은 엄폐한 상태로 진입을 잠시 멈췄다.

정작 주특기인 김기범 상사의 휴대용 열영상 감지기에 바위를 엄폐 삼아 얼굴만 내민 채 자신들을 주시하는 적의 모습이 감지되었기 때문이었다.

그가 상황을 전파했다.

"전방 70미터 지점 적 일 명 매복 중, 저격수 제거 바람."

북한 보초병이 차리팀 대원을 향해 소총의 방아쇠를 당기려는 순간이었다. 탕, 하는 단발의 총성과 함께 북한 보초병은 그대로 몸 전체가 뒤로 널브러졌다.

오동길과 북한 병사들은 동굴 입구를 향해 쉼 없이 이동 중이었다.전방으로부터 총성이 들려오자 상황의 심각성을 느낀 오동길이 낮은 톤으로 병사들에게 외쳤다.

"교전은 되도록 피하고 지난번처럼 적을 깊숙이 유인한다."

"예, 알겠습네다."

폭약이 설치된 지역을 지나자 통로 중앙을 가로지르는 커다란 바위들이 불쑥 솟아오른 지대가 나타났다. 무슨 생각에서인지 오동길이 갑자기 멈춰 섰다.

"최 상사!"

"예, 대대장 동무."

"이쯤에서 대기하다 후퇴하는 아군 엄호하도록."

"아 예, 알겠습네다."

최 상사는 주위에 있던 병사 몇을 지명하여 자기 쪽으로 빠지라는 신호를 보냈다.

"리철진, 너도 남으라! 나머지는 모두 이쪽으로!"

오동길과 병사들은 다시 입구를 향해 속도를 냈다. 철진은 대대장의 지시에 대답은 했지만 그가 입구로 향하자 바로 뒤를 따라나섰다.

차리팀의 붉은 레이저 포인터 빛줄기가 동굴 내부로 어지러이 쏟아져 들어왔다. 곧이어 본격적인 교전이 시작되었다. 탕, 탕, 탕……, 양측으로부터 빗발치는 총탄이 교환되고, 그 1, 2분도 안 된 교전에서 북한 측 병사만 다섯이 쓰러졌다. 남북의 최정예 병사들이 맞붙은 첫 교전이었지만 북한 병사들이 주야간 겸용 레이저 스코프 등 첨단 장비로 무장한 특임여단을 상대하기엔 역부족이었다.

"후퇴! 후퇴!"

오동길은 지체 없이 후퇴 명령을 내렸다.

김기범 상사의 휴대용 열영상기에 적이 빠르게 동굴 내부로 도주하는 모습이 보였다.

"적들이 동굴 내부로 도주하고 있다."

— 즉시 추적한다, 고고고!

차리 팀장은 대원들에게 전진을 명했다.

도주하는 오동길 부대원을 향해 또 몇 발의 총성이 울리고 뒤늦게 도주하던 두 명의 북한 병사가 또 쓰러졌다.

북한 병사들이 최 상사가 매복한 지점에 다다랐을 때였다.

"날래날래 속도전을 피라!"

최 상사가 바위에 엄폐한 채 손을 휘저으며 후퇴하는 병사들을 독려하고 있었다.

곧이어 철진의 모습이 보이고, 그는 즉시 최 상사가 대기하던 매복지로 합류했다. 뒤이어 나타난 오동길과 몇 명의 병사들도 최 상사의 매복지로 합류했다. 그들은 바위에 몸을 기댄 채 한동안 가쁜 숨을 몰아쉬었다.

잠시 후, 최 상사의 매복지로 부상을 입고 힘겹게 다가오는 한 북한 병사가 이들의 눈에 들어왔다. 김준협 중사였다. 그는 후퇴하는 부대원들을 엄호하며 맨 나중에 후퇴하다 하복부에 총상을 입은 상태였다. 리철진과 다른 병사 한 명이 뛰어나가 그를 부축해 매복지 안으로 데려왔다. 그는 거의 탈진해 있었다.

"조금만 참으라!"

상태를 살피던 오동길이 철진을 불렀다.

"리철진!"

"예, 대대장 동무."

"너는 날래 김 중사를 안쪽으로 옮기라!"

"예, 알갔습네다."

철진은 김 중사를 등에 업고 동굴 속으로 사라졌다.

오동길은 바위를 엄폐 삼아 동굴 입구 쪽을 잠시 살폈다. 여전히 어지러운 레이저 빛줄기와 함께 남조선 병사들이 거리를 좁혀 오고 있었다.

고개를 내린 동길이 한숨 섞인 한마디를 토해 냈다.

"적의 화력이 대단하구만!"

"고생하셨습네다."

최 상사가 말을 받았다.

"7호 발사관을 준비하디 못한 거이 아쉽구만."

"기러게 말입네다."

동길의 진한 아쉬움에 최 상사도 호응했다.

'7호 발사관'이란 RPG-7 대전차 로켓 발사기를 북한에서 부르는 말이다. 남한 침투 시 이들은 RPG-7 몇 기도 들여왔다. 급하게 교전에 나서는 바람에 자신들의 아지트에서 내오지 못했다. 차리팀으로서는 천만다행이었다.

오동길이 자신의 옆에 매복해 있는 병사들을 향해 지시했다.

"머리는 들지 말고 교전하는 척하다 신호하면 바로 뒤로 빠지라, 알갔네?"

"예, 알갔습네다."

얼마 되지 않아 레이저 표적지시기의 빛줄기가 매복지 위로 어지러이 드리우고, 또 다시 쌍방 간 교전이 시작되었다. 북한 병사들은 대대장의 지시에 따라 몸은 바위에 완전히 엄폐한 채 총만 머리 위로 내밀어 아무 데나 쏴댔다. 어찌 보면 사기가 땅에 떨어진 부대의 겁 많은 병사들에게서 보이는 전형적인 모습이라 할 수 있었다.

차리팀에서 날린 총탄과 레이저 표적지시기의 빛줄기가 북한 매복 병사들 머리 위로 쉼 없이 날아들었다.

오동길이 병사들을 향해 손짓하며 후퇴 명령을 내렸다.

"후퇴! 후퇴!"

차리팀의 정작 주특기 김기범 상사가 상황을 전파했다.

"적의 매복조, 다시 도주하고 있다."

— 계속 추적한다. 고고고!"

김기범 상사의 휴대용 열영상 감지기에 매복지를 벗어나 도주하는 대여섯 명의 북한 병사의 모습이 실루엣처럼 비춰졌다. 곧이어 몇 발의 총성이 울리고, 영상기엔 두 명의 북한 병사가 쓰러지는 모습도 보였다.

— 고고고!

차리 팀장의 독려에 대원들은 속도를 더욱 높였다.

차리팀은 적들이 모두 동굴 깊숙한 내부로 도주한 것으로 판단하고 있었다. 그러나 그것은 오판이었다. 최 상사가 머물던 매복지에는 여전히 오동길과 최 상사가 남아 기회를 엿보고 있었다.

차리팀이 빠르게 다가오자 이들은 몸을 일으켜 조준 사격을 가했다. 차리팀 대원 두 명이 각각 다리와 복부에 총을 맞고 쓰러졌다. 차리팀의 개인 무선망이 부산해졌다.

차리팀이 부상자 수습을 위해 어수선한 틈을 타 오동길과 최 상사는 잽싸게 매복지를 빠져나왔다. 그들은 동굴 내부를 향해 전력으로 질주했다. 무엇보다도 자신들이 설치한 폭약 지역을 벗어나야 했다.

그렇게 정신없이 내달릴 때였다. 자신들 앞쪽으로 쓰러져 있는 병사 한 명이 눈에 들어왔다. 오동길이 다가가 몸을 바로 눕혀 보았다. 이미 절명한 듯 반응이 없었다.

"이미 숨이 끊어진 거 같습네다. 어서 서두르시디요."

최 상사가 다독이듯 말했다.

오동길이 일어나 다시 내부를 향해 무거운 발걸음을 옮기려는 순간이었다. 이들 앞쪽으로 바위에 기대어 신음하는 또 한 명의 병사가 눈에 들어왔다. 그는 철진과 같은 초급 병사였지만 철진보다는 한 살이 더 많았다. 그는 오른쪽 어깨에 관통상을 입은 상태였다. 피를 많이 흘리긴 했으나 아직은 기회가 있어 보였다.

동길이 병사 앞으로 쪼그려 자신의 등을 디밀며 말했다.

"박성민이, 정신 차리고 날래 업히라!"

그는 팔 하나만 간신히 대대장의 어깨에 얹을 뿐이었다.

"제가 업겠습네다."

최 상사가 나섰지만 동길이 다그치듯 말했다.

"시간 없어, 날래 업히라!"

최 상사는 부상병을 들어 동길의 등에 업히고, 둘은 다시 동굴을 향해 내달렸다. 최 상사는 부상병을 한 손으로 받치고는 간간이 뒤를 향해 엄호 사격을 가했다.

업고 뛰는 바람에 충격이 전해졌는지 부상병의 신음 소리가 커졌다.

동길이 가쁜 숨을 몰아쉬며 외쳤다.

"조금만 참으라!"

그의 말이 떨어지기 무섭게 뒤에서 몇 발의 총성이 들려왔다. 오동길이 업고 있던 부상병의 등에서 피가 튀며 몸이 출렁이는가 싶더니 이내 그의 팔이 축 늘어졌다. 이와 동시에 한 발은 최성욱 상사의 왼쪽 어깻죽지를 스치며 지나갔다. 그는 비명과 함께 중심을 잃고 앞으로 고꾸라졌다.

"아악!"

동길이 놀라 외쳤다.

"최 상사!"

"저는 괜찮습네다."

최 상사는 왼쪽 어깨를 부여잡고 일어섰다.

"날래 서두르자우."

최 상사는 넘어지며 소총을 떨어뜨렸다. 주위를 살펴보았지만 보이지가 않았다. 어쩔 수 없이 권총을 뽑아 들고 동길의 뒤를 따랐다. 그는 종종 뒤를 향해 사격을 가하며 대대장을 엄호했다. 그들은 그렇게 부상병이 사망한 사실도 모른 채 정신없이 뛰고 있었다.

한편 차리팀은 의무 주특기를 제외한 모든 대원들이 추격의 고삐를 늦추지 않고 있었다. 하지만 이곳 동굴 지리에 익숙한 북한 병사들에 비해 안전까지 고려해야 하는 차리팀으로서는 그들보다 속도가 늦을 수밖에 없었다. 김 상사의 휴대용 열영상 감지기에도 아무 것이 잡히지 않았다. 어느 순간부터는 상대의 대응 사격 소리조차 들려오지 않았다.

김 상사가 전방 상황을 전파했다.

"적들이 모두 동굴 내부로 도주한 것 같다."

— 적의 매복을 조심하며 계속 전진한다. 고고고!

차리 팀장은 계속 전진을 독려했다.

대원들도 속도를 높였다. 이때 앞서 전진하던 한 대원이 지뢰가 매설된 부위에 그만 발을 딛고 말았다. 엄청난 폭발음과 함께 지뢰를 밟은 대원은 말할 것도 없고 옆에 있던 대원까지 후폭풍에 몸이 몇 미터나 솟구쳐 올랐다.

매설된 지뢰는 북한에서 가져온 목함 지뢰였다. 말 그대로 외관이 목재나 플라스틱으로 만들어져 탐지가 어려운 지뢰로, 병사의 발목을 절단시켜 전투력을 상실케 하는 북한의 대표적인 대인 지뢰다.

지뢰를 밟은 대원은 폭발과 동시에 발목이 절단되며 솟구쳤고, 그 굉장한 후폭풍은 옆에 있던 대원까지 솟구쳐 밀쳐 내며 북한 병사들이 설치해 놓은 인계 철선 바로 위로 떨어지고 말았다. 순간 어마어마한 폭발음이 동굴 내부로부터 전해져 왔다. 이어 동굴이 무너져 내리는 소리와 함께 앞을 분간할 수 없을 정도의 엄청난 분진과 흙먼지가 차리팀 대원들을 덮쳐 왔다.

흙먼지는 동굴 내부에서 사격 대기하고 있던 북한 병사들에게도 밀려왔다.

자욱한 흙먼지를 뚫고 오동길과 최 상사가 모습을 드러냈다. 하지만 흙먼지를 온몸에 뒤집어쓰고 있어 피아 식별이 되지 않았다. 바위에 엄폐한 채 남조선 군대의 공격에 대비하고 있던 북한 병사들은 한동안 이들에게 총을 겨눠야 했다.

"대대장 동무! 상사 동무!"

철진이 이들을 알아보고는 앞으로 튀어 나갔다. 그제야 다른 병사들도 앞을 다투어 나서며 이들을 맞이했다.

"고생 많으셨습네다, 대대장 동무, 상사 동무."

둘은 대꾸도 못한 채 한동안 숨만 헐떡였다.

동길은 여전히 부상병을 업고 있었다. 그는 마치 어린아이 달래듯 자신의 몸을 좌우로 흔들어 대고 있었다.

"동굴 상황이 어찌 되었는지 확인부터 해야 되갔어."

동길이 침묵을 깨고 입을 열었다.

"야! 너, 너, 날래 가서 상황 좀 살펴보라!"

최 상사가 병사를 지목하며 지시했다.

"갈 때, 7호 발사관두 챙기라!"

동길의 지시였다.

"예, 알갔습네."

두 병사는 RPG-7 발사기와 소총으로 무장하고 먼지 속으로 사라졌다. 다른 병사들도 좀 전과 같이 동굴 입구를 향해 총구를 겨누며 전투 모드에 들어갔다.

오동길과 최 상사는 이들을 지나쳐 더 안쪽으로 들어갔다. 그곳에서는 북한의 의무병이 폐배터리에 연결된 희미한 전구 불빛 아래서 부상을 입은 김준협 중사를 치료하고 있었다.

"김 중사는 좀 어떻네?"

동길이 다가와 물었다.

간호병은 대대장을 올려다보며 심각한 표정으로 답했다.

"부상이 깊은 상태입네. 총알이 오른쪽 허리 아래를 뚫고 지나갔습네. 다행히 뼈는 상하디 않았디만 내장 손상의 우려와 피를 너무 많이 흘려서리⋯⋯."

"반드시 살리라우."

"예, 최선을 다하갔습네."

"최선이 아니라, 반드시 살리라!"

"예, 알갔습네다."

최성욱 상사는 좀 떨어진 바위에 기대 앉아 자신의 어깨를 살피고 있었다.

마침 철진이 무전기를 짊어지고 대대장 쪽으로 왔다가 부상병을 받기 위해 그의 뒤로 향했다. 오동길은 철진의 인기척을 느끼지 못한 상태였다. 부상병의 등은 피와 흙먼지로 범벅이 된 채 이미 축 늘어져 있었다.

철진은 어찌할 바를 몰랐다. 대대장은 병사의 죽음을 알지 못하고 있음이 확실했다. 그는 우는 아이 달래듯 죽은 병사를 업은 채 몸을 이리저리 흔들고 있었기 때문이었다.

최성욱 상사가 홀로 치료하는 모습을 발견한 오동길이 의무병에게 말을 건넸다.

"기리고 간호병."

"예, 대대장 동무."

"김 중사 치료 마치면, 최 상사와 이 동무도 날래 살피라!"

"예, 알갔습네다. 조금만 기다리시라요, 곧 끝납네다."

최성욱 상사가 알아들은 듯 오동길을 향해 자신의 어깨를 툭툭 쳐 보이며 말했다.

"내래 조금 스쳤을 뿐입네다. 성민이부터 살피시라요."

말을 마친 최 상사는 오동길 옆에서 멀뚱히 서 있기만 한 철진을 발견하고는 나무라듯 소리쳤다.

"야, 리철진이! 너 뭐 하는 거이네, 부상 동무 받아 두지 않고?"

그제야 동길은 곁에 철진이 와 있다는 걸 알아차렸다. 철진은 눈물을 훔치며 소리 없이 훌쩍이고 있었다.

"너, 와 기러네?"

"대대장 동무!"

철진은 그제야 소리 내어 크게 울었다.

"야, 와 기러는데, 무슨 일이야?"

"대대장 동무, 그만 내려놓으시라요. 여기 박성민 동무래 이미 죽었습네다."

교전 후, 오동길의 머릿속은 이런저런 생각으로 복잡하고 혼란스러워 정신이 없을 정도였다. 자신들이 남조선 국방군의 공격을 받았다는 것은 아들 진석의 남한행이 결코 성공하지 못했음을 증명하는 것이기도 했다. 게다가 황 국장이 직접 자신들을 제거하려는 계획이 실패하자 남조선 당국에 정보를 흘려 이들로 하여금 대신 제거하게 꾸몄을 수도 있었다. 이 점은 황기룡이 직접 나서서 처리하는 것보다 훨씬 수월할 뿐더러 오동길이 내심 두려워하던 일이기도 했다. 이와 관련해 믿을 만한 구석이 하나 있다면, 오동길 자신을 비롯하여 모든 부대원들이 황 국장의 의도대로 순순히 죽어 주지 않는 이상, 이 일을 꾸민 자신의 전횡이 드러나지 말라는 법도 없다는 점이다. 물론 이는 모든 부대원이 이 작전의 실체를 명확히 알고 있다는 전제하에서의 이야기일 것이다.

오동길의 마음은 몹시 조급할 수밖에 없었다. 그의 마음속에서는 늘 이 작전의 실체를 한시바삐 부하들에게 알려야 된다는 강박에 쫓기고 있었다. 하지만 지금까지 이를 실행하지 못한 이유는 아들에 대한 기대와 무엇보다도 문제만 더 복잡하게 만들 것이 뻔했기 때문이었다. 이제 아들에 대한 기대는 완전히 접어야 했다. 게다가 당장 남조선 국방군의 공격을 받고 있으니, 이제 끝까지 싸우다 죽든가, 아니면 항복하는 길 이외에 다른 선택의 길도 없었다. 뭔가 궁리를 해야 했지만 퇴로도 없는 상황에 좀처럼 묘안이 떠오르지 않고 있었다. 지금 그의 머릿속은 이런저런 생각으로, 자신이 누군가를 업고 있다는 사실조차 잊고 있었다.

급기야 등에 업은 병사가 이미 죽었다는 철진의 말에 동길은 정신이 번쩍 들었다. 응급조치부터 해야 함에도 정신이 다른 데 팔려 아픈 거 업고 달랜 꼴이 되고 말았다.

"야, 박성민이! 집에 가야디, 날래 일어나라우!"

동길이 고개를 돌려 업고 있는 병사를 바라보며 어르듯 말했다.

"대대장 동무, 이제 그만 내려놓으시디요. 이 동무래 이미 죽었습네다."

철진이 눈물을 훔치며 대신 받았다.

"리철진이! 너 지금 뭐 하는 거이네, 부상 동무 받아 주디 않고?"

최 상사의 다그치는 소리였다. 이 상황을 알지 못하는 그였다.

철진은 죽은 병사를 내리기 위해 막무가내로 뒤에서 끌어안았다. 그제야 동길도 팔을 풀어 주었다. 어린 병사는 이미 싸늘하게 식은 채 힘없이 늘어져 있었다.

의무병이 달려와 병사의 상태를 살폈다. 그저 죽음을 확인하는 수순이었을 뿐이었다. 그가 대대장을 향해 고개를 저었다.

동길은 동굴 벽 쪽으로 몇 걸음을 떼었다. 복받쳐 흐르는 눈물을 가눌 길 없었기 때문이었다. 그는 그곳에서 소리 없이 흐느꼈다.

"어케 된 거이네?"

뭔가 이상함을 느낀 최 상사가 통증으로 얼굴을 찌푸리며 다가왔다.

"박성민 동무래 전사했습네다."

철진이 흐느끼며 대꾸했다.

그리고 바로 그때였다.

"대대장 동무!"

앞서 동굴 상황을 살피러 갔던 병사 중 한 명이 뛰어오며 부르는 소리였다.

동길은 두 손으로 세수하듯 눈물을 훔치고는 일행에게로 돌아섰다.

"앞쪽 상황은 어케 된 거이네?"

최 상사가 대신해 상황을 물었다.

"동굴이 완전히 무너져 내렸습네다."

동길이 다가서며 자조적인 한마디를 내뱉었다.

"이건 뭐, 독에 든 쥐 꼴 신세구만."

그가 주위를 둘러보았다. 머리에서 발끝까지 흙먼지를 뒤집어 쓴 몰골들이 마치 자신들이 처한 상황을 대신 말해 주는 듯했다. 참으로 착잡하고 참담했다.

오동길은 입술을 질끈 깨문 채 한동안 한 곳만을 응시했다. 바로 죽은 어린 병사의 시신이었다. 최 상사를 비롯해 그곳에 함께한 병사들도 오동길의 심중을 헤아린 듯 이를 조용히 지켜보기만 했다.

얼마간의 정적이 흐르고, 동길이 굳은 표정으로 입을 열었다.

"더 이상은 아니 되갔어. 모두 이리로 불러 모으라!"

대대장의 지시에 전방 경계를 설 몇 명만을 제외하고 모든 병사들이 모여들었다.

최성욱 상사는 따로 떨어져 의무병으로부터 치료를 받으며 상황을 주시했다.

"모두 잘 들으라! 이건 너희들에게 내리는 내 마지막 명령이 될 기야."

감쪽같이 사라지다

동굴 내부, 알파팀의 진입로 확보 작전

폭발물 처리 요원 복장처럼 중무장을 한 알파팀 대원 두 명이 내려앉은 바위 더미에 폭약을 설치하고 있었다. 뒤에는 알파팀과 차리팀 대원들이 초조한 표정으로 이를 지켜보고 있었다.

곧이어 폭약이 터지며 먼지가 일었다. 먼지는 뒤에 있는 대원들에게까지 날아들었다.

박대규 팀장의 마음은 몹시 급했다. 그는 이번 동굴 진입 작전을 수행하며 상부로부터의 호된 질책을 받아야 했다. 지금까지 질책이란 것을 받아 본 적이 없는 그였다. 어찌 보면 자신이 받지 않아도 될 일이었기에 그 아픔은 더 크게 느껴졌는지도 모른다.

동굴 붕괴 직후, 동굴 내부

동굴이 매설된 폭약에 의해 붕괴되고, 흙먼지 자욱한 속에서 차리팀 대원들이 부상자들을 부축해 나오고 있었다. 뒤늦게 진입한 알파팀장과 대원들은 망연자실하게 이를 지켜봐야만 했다. 그들 모두는 내부의 북한 병사들처럼 온통 흙먼지를 뒤집어쓴 상태였다.

"단결!"

육사 후배인 박대규 팀장이 선배인 차리 팀장에게 거수경례로 맞이했다.

"……"

차리 팀장은 구령 없는 답례만 하였다.

"이게 어찌 된 겁니까?"

알파 팀장의 책망에 가까운 질문에 차리 팀장은 침통한 표정만 지을 뿐 대답을 하지 못했다.

"왜 우리 팀을 기다리지 않으셨습니까?"

"면목이 없네."

"상황은?"

"보다시피……. 젠장, 놈들이 설치한 폭약이 터져 동굴 진입로가 완전히 막혀 버렸어."

"그나마 이만하길 다행입니다."

"자네한테는 정말 면목이 없네."

차리 팀장은 실로 수심 가득한 표정으로 말을 받았다.

"선배님, 이건 명령 불복종이 될 수도 있는 중차대한 일입니다. 도 대체 어쩌시려고……?"

차리 팀장은 알파 팀장의 얼굴을 제대로 바라보지도 못하고 고개 만 떨구고 있었다.

"상부에는 제가 선두에 선 것으로 보고하지요."

"미안해, 박 팀장. 자네한텐 정말 면목이 없네."

"하지만……, 이번이 마지막입니다."

차리 팀장은 입술을 굳게 깨문 채 고개를 끄덕였다.

알파팀을 중심으로 진입로 확보 작전이 본격적으로 전개되었다. 주어진 시간은 3일이었다. 동굴 진입로 확보를 위해 바위 깨는 전문 채굴 장비까지 동원되었다. 먼저 폭약을 이용한 발파 작업을 통해 큰 바위 덩어리를 제거한 후, 채굴 장비를 이용해 작은 바위들을 제거하며 조금씩 조금씩 앞으로 나아갔다.

작업을 시작한지 꼬박 이틀이 지난 시점이었다. 무너져 내린 상층 바위의 마지막 조각이 깨지며 공간이 열렸다. 그리고 이를 알리는 반가운 무전이 날아들었다.

— 진입로가 열렸습니다.

맨 앞에는 폭발물 처리 요원처럼 온몸을 중무장한 알파팀 대원 두 명이 권총과 방탄 방패를 들고 앞장서고, 소총으로 무장한 박대규 팀장과 대원들이 그 뒤를 따랐다. 이들은 적들이 설치해 놨을지 모를 지뢰나 부비트랩을 점검하며 안을 향해 조금씩 진입해 나갔다. 다행히 무너진 동굴 초입에 적들이 설치한 장애물은 없었다. 나아가 무너진 암석을 돌파하고 적의 공간에 모든 대원들이 들어서기까지 내부로부터는 어떠한 저항도 없었다. 더 이상 물러설 곳도 없는 적들이 죽기 살기로 대응해 올 것으로 걱정했던 터였다. 대원들의 희생이 불가피했음에 비춰 참으로 다행스러운 일이 아닐 수 없었다.

그런데 문제는 따로 있었다. 동굴에 진입한 후, 적들의 모습은 고사하고 황 상사의 휴대용 열영상 감지기를 통해 살펴본 동굴 내부는 어떠한 생명체의 흔적도 찾아볼 수 없다는 점이었다. 하물며 그 많던 박쥐조차 보이지 않았다. 이들도 분진을 피해 이소한 듯했다.

처음에는 적들도 분진을 피해 동굴 내부 깊숙한 곳으로 옮겨 은

신해 있을 것으로 추측했다. 하지만 수차례에 걸친 수색을 통해 내부 깊숙한 곳까지 샅샅이 뒤져 봤지만 모두 헛수고였다. 발견한 것이라곤 남한 군복을 차려입은 십여 구의 시체와 그들이 생활하며 버리고 간 쓰레기들이 전부였다. 적들이 감쪽같이 사라져 버렸다.

난감한 일이 아닐 수 없었다. 차선책은 수색 범위를 넓히는 길밖에 없었다.

대운산 산속, 알파팀의 수색 정찰

산등성이를 따라 알파팀 대원들이 수색 정찰에 들어갔다. 동굴 속 공비들이 감쪽같이 사라지고 이제는 드넓은 대운산을 이 잡듯 뒤지는 작전이 시작되었다.

첫날 지역대별로 구획을 나누어 실시된 전방위적인 수색에도 적의 흔적은 발견되지 않았다.

해는 어느새 뉘엿뉘엿 서쪽 지평을 향해 기울고 있었다. 날이 어둑해지며 밤안개까지 피어오르기 시작했다. 수색을 중단할 필요가 있었다. 이제는 매복하여 적이 움직여 주길 기대하는 편이 나았다.

알파팀의 박대규 팀장은 개인 무선망을 통해 대원들에게 지시를 내렸다.

"이쯤에서 개인 비트를 구축한다. 밤안개가 피어오르고 있다. 사주경계 철저히 하고 오인 사격에 유의하도록, 이상."

각 대원들로부터 대답이 들려왔다. 그 속에는 성호와 송이의 힘찬 목소리도 함께했다.

고요한 적막이 흘렀다. 박대규 팀장은 붕괴된 동굴에서 적들이 어떻게 사라진 것인지를 곱씹어 보았다. 여타 팀원들과 합동으로 진행된 수차례의 수색 작전도 모두 헛수고였다. 기가 찰 일이었다. 그저 그들이 어딘가로 증발했다고 보는 것이 타당했다. 그날 동굴 수색 작전 직후 이를 상부에 보고하며 박대규 팀장은 또 한 번 모진 질타를 받아야만 했다.

낮 동안 산 정상에서부터 훑어 내리기식의 수색 정찰이 대대적으로 실시되었음에도 적의 흔적은 발견되지 않았다. 그나마 다행인 것은 작전 지역인 대운산 외곽은 향토 사단의 기동 타격대와 긴급 소집된 동원 예비군에 의해 겹겹이 둘러쳐진 상태였다. 거기에 주요 도로 또한 군경에 의해 통제되고 있었다. 적들이 아직은 대운산 경내에 있을 가능성이 높았다. 그들이 포위망 내에만 있다면 언젠가는 움직일 터였다. 만약 그렇지 않고 적들이 포위망을 뚫었다면 작전 지역은 걷잡을 수 없이 확대되는 데다 자칫 인근 도회지까지 확대되기라도 한다면, 민간인의 희생은 말할 것도 없고 주민의 일상생활에 막대한 지장을 초래하게 될 것임은 불을 보듯 뻔했다. 이 때문에 대간첩 대책 본부에서도 적들을 대운산 경내에 가둬 두는 것을 일차적 과제로 삼고 있었다.

알파팀은 일정한 거리를 두고 개인용 비트를 구축하여 일찌감치 매복에 들어갔다. 문제는 며칠째 이어진 매복과 수색 정찰로 대원들의 피로가 극한을 향해 달려가고 있다는 점이었다.

한밤이 되어 졸음이 몰려올 때쯤이었다. 맨 아래쪽에 비트를 구축한 황 상사의 휴대용 열영상 감지기에 여러 사람의 움직임이 포착되고 있었다.

"산 아래쪽 100여 미터 지점에 십여 명의 움직임이 감지되고 있다."

황 상사가 대원들에게 상황을 전파했다.

이곳은 알파팀이 속한 지역대가 담당하고 있는 작전 구역이었다. 다른 팀 대원들도 이미 비트를 구축하고 매복에 들어갔다는 보고를 받은 상태였다. 따라서 이들은 적일 가능성이 높았다.

지난번 동굴 교전 때 아군 측에서 부상자가 발생하자 상부에서는 이들을 사살해도 좋다는 지시가 이미 내려진 상태였다. 문제는 이들이 산 아래쪽에서 위로 향하고 있다는 점이었다. 적들이 포위망을 벗어나려다 여의치 않자 다시 숨어들려는 것일 수도 있지만 다른 한편으로는 길을 잘못 든 아군일 수도 있었다. 박 팀장은 이 점이 못내 우려스러웠다.

박 팀장은 가까운 대원에게 확인을 지시했고, 전방 매복조는 상대 1명을 제압하여 그의 신원을 확인하게 된다. 그리고 해당 대원들로부터 그들이 현역 아군 복장을 하고 있을 뿐 통상의 아군과는 다르다는 보고를 받게 되었다. 그들은 군번줄 등 어떠한 인식표도 갖고 있지 않았고 현역의 K2 소총이 아닌 M16으로 무장하고 있었다.

박 팀장은 결단을 내렸다.

"교전 수칙에 의거 이들을 모두 적으로 간주한다. 내 사격을 신호로 적들을 사살한다."

박 팀장의 지시가 끝나기 무섭게 탕, 하는 단발의 총성이 울리고, 이를 신호로 대원들의 총에서도 불을 뿜으며 양측 간 교전이 시작되었다. 알파팀 대원들의 소총에 붙어 있는 도트사이트에 표적된 적들은 그 자리에서 사살되었다. 총과 비명 소리가 난무하는 가운데 어둠을 뚫고 날아가는 예광탄은 밤안개로 인해 주위까지 붉게 물들이며 마치 날아다니는 도깨비불 같았다.

성호와 송이의 비트는 직접 교전을 하기에는 좀 떨어진 맨 위쪽에 자리하고 있었다.

"한 하사님, 우리도 내려가 도와야 되는 거 아닙니까?"

성호가 옆에 자리한 송이 하사에게 속삭이듯 말했다.

"지금은 안 돼. 적들이 아군 복장을 하고 있어서 오인 사고의 위험이 커."

송이의 만류에 성호는 오히려 오기가 발동했다. 대한민국 남자들의 오묘한 그 무엇이 성호에게도 발동한 것이었을까? 비록 무모하지만 성호는 남자로서 그녀에게 뭔가를 보여 주고 싶었고 지금이 그때라고 느꼈다. 그가 아무 말 없이 비트를 빠져나와 교전이 벌어지고 있는 아래쪽으로 움직이기 시작했다.

"윤성호! 너 뭐 하는 거야? 위험해, 자리 지켜!"

송이의 외침을 뒤로 하고 성호는 커다란 나무들을 엄폐 삼아 잡목과 수풀을 헤치며 계속 아래쪽으로 나아갔다.

성호가 시야에서 사라지자 걱정이 된 송이도 비트를 나와 아래로 향했다.

양측의 교전은 계속되고 있었다. 어느 정도 내려오자 이제는 총알이 성호 자신의 머리 위에서 윙윙거리는 듯했다.

송이는 성호를 시야에 두기 위해 주위를 경계하며 부지런히 그의 뒤를 밟았다.

성호는 나무와 바위 등을 엄폐물 삼아 경계와 전진을 반복하고 있었다. 성호의 눈에 대여섯 보 앞으로 커다란 소나무가 보이고, 그 밑동에는 한 사람이 자리할 만한 약간 패인 공간도 보였다. 그곳은 엄폐하기에도 좋고 아래쪽 시야 확보에도 더할 나위 없이 좋아 보였다. 하지만 그 옆으로는 천 길 낭떠러지와 연결되어 있어 위험하기도 했다.

성호가 이동하려는 순간이었다. 총상을 입고 교전지를 벗어나 바위틈에 몸을 숨기고 있던 적이 이미 성호 쪽을 주시하고 있었다. 그가 위치한 앞쪽으로 불쑥 솟아오른 바위 때문에 성호의 헬멧 부위만 살짝 보였다 안 보이기를 반복하고 있었다. 그는 결정적인 한 방을 위해 계속 그 주위에 총구와 시선을 고정시키고 있었다.

성호는 되도록 빨리 자리를 잡고 팀원을 지원하고 싶은 마음뿐이었다. 그는 자신을 노리는 상대의 존재를 전혀 눈치채지 못하고 있었다. 그가 몸을 낮춰 소나무를 향해 신속하게 이동 후 밑동의 약간 들어간 공간을 향해 몸을 던지듯 뛰어들었다. 이와 동시에 탕, 하는 단발의 총성이 울려 퍼졌다.

"아악!"

성호는 헬멧 상부를 해머로 얻어맞는 충격을 받고는 외마디 비명을 질렀다. 그리고 끝 모를 암흑의 심연으로 떨어지는 자신을 느꼈다.

총소리와 함께 비명 소리가 들려오자 송이의 가슴은 무너져 내렸다.

성호야! 윤성호!

그녀의 시야에서 성호의 모습은 보이지 않았다. 그녀의 가슴은 소리 높여 성호를 외치고 있었다. 소리 높여 확인하고 싶지만 교전이 벌어지는 상황에서 그럴 수는 없었다. 우선 총소리의 근원지인 적부터 처치해야 했다. 그녀는 놀란 가슴을 진정시키며 총소리가 울린 곳을 향해 조심스럽게 걸음을 옮겼다. 그리고 얼마 지나지 않아 바위에 엄폐한 채 성호 쪽을 확인하려는 듯 고개를 빼들고 두리번거리는 상대의 모습이 눈에 들어왔다. 그녀는 지체 없이 방아쇠를 당겼고, 단 한 발로 적의 머리통을 날려 버렸다. 총소리와 함께 적의 목이 크게 꺾이는가 싶더니 이내 상체와 함께 앞쪽 바위로 털썩 무너져 내렸다.

송이는 다시 성호를 찾기 시작했다. 성호가 쓰러져 있을 법한 곳에 찾아보았지만 어디에도 그의 모습은 보이지 않았다. 공교롭게도 성호가 뛰어든 밑동 공간은 아까와 다르게 많은 잔가지들로 덮여 있었다. 송이의 시선은 자연스럽게 천 길 낭떠러지로 고정되었다. 그리고 그녀는 자신도 모르게 비명에 가까운 소리를 내지르고 말았다.

"윤성호!"

그녀의 외침은 계곡을 타고 산허리로 크게 울려 퍼졌다. 하지만 그 어디에서도 성호의 대답은 들려오지 않았다.

"윤성호, 윤성호 일병은 응답하라! 윤성호, 윤성호!"

송이는 개인 무선망을 통해 성호를 애타게 불렀다.

성호를 찾는 다급한 교신에 박 팀장이 물어왔다.

— 성호가 어찌 된 건가?

"팀장님, 우리 성호가 당한 것 같습니다."

송이의 목소리는 거의 울먹이고 있었다.

척살 지령

고리 원자력 1호기 폐기물 임시 야적장

늦은 오후, 방사성 폐기물 임시 야적장에는 인부들이 발전동으로부터 나온 폐기물들을 컨테이너에 분류하여 처리하느라 분주했다. 지게차에 의해 실려 나오는 폐기물 양이 워낙 많다 보니 임시 야적장의 폐기물은 더 쌓여만 갔다.

저 멀리에서 감청색 회사 유니폼을 차려입은 정 과장이 다가오고 있었다. 그가 비교적 큰소리로 말했다.

"자, 오늘 작업은 여기까지. 수고들 많으셨습니다."

"좀 이른 거 아입니꺼? 여튼 정 과장님도 수고 많았심더."

한 인부가 웃으며 화답했다.

인부들은 답답한 듯 방진 마스크부터 벗고는 장갑을 벗어 방진복을 이리저리 털었다.

김 씨 아저씨가 다가와서는 소주잔을 입에 털어 넣는 시늉을 하며 말했다.

"정 과장님, 우리는 회식 한번 안 하는 겨?"

"그렇지 않아도 사장님으로부터 회식비 챙겨 왔습니다."

정 과장은 점퍼 안에서 도톰한 봉투 하나를 꺼내 흔들어 보였다. 그리고는 야적장에 쌓여 있는 폐기물들을 가리키며 말했다.

"저기 좀 보세요. 갈수록 쌓여만 가니, 이러다 저 옷 벗겠어요."

"아이고, 그래서야 되겠쓰라? 우리를 건사해 주신 분이신디."

회식이란 말에 한껏 고무된 김 씨가 만면에 미소를 띤 채 아양을 떨었다.

"그니까요. 아저씨들이 좀 더 힘 좀 내주셔야죠."

"우리야 돈만 더 준다면야 날밤을 까서라도 일하제, 안 그려들?"

김 씨의 훈수에 인부들이 일제히 호응했다.

"암, 그러지예."

"저도 그러고 싶지만 국가에서 이것도 위험물이라고 전문 인력이 아니면 야간엔 일 못 시켜요. 그나저나 원자로가 안정화되면 본격적으로 작업이 이루어질 텐데, 그게 더 큰일이네요."

정 과장이 말하고는 한숨을 크게 내쉬었다.

"지금도 일손이 딸리는데 인원을 더 뽑아야 되는 거 아입니꺼?"

광명호 선장이 툭 뱉었다.

"그렇지 않아도 내일 아침엔 다시 인력 시장에 나가 보려고요. 젊은 친구들이 좀 들어왔다 하네요."

"아하, 그거 잘됐군요."

"자, 모두들 옷 갈아입으시고 회사 버스로 오세요."

"자, 얼른들 서두르자고."

회식 소리에 한껏 신바람이 난 김 씨 아저씨의 흥겨운 목소리였다.

한적한 곳에 자리한 광명호 선장의 집은 조그마한 마당이 딸린 낡은 단층집이었다. 전봇대에 설치된 희미한 가로등에 비친 선장의 집에는 담벼락을 따라 조그마한 화단이 조성되어 있었다. 그 화단에는 꽃 대신 텃밭으로 이용하는 듯 상추 등 여러 가지 채소들이 자라고 있었다. 꽃이라고는 화단 끝에 모여 자라고 있는, 담에 못을 박아 끈으로 묶어 놓은 하얀 찔레꽃이 유일했다.

녹이 많이 슨 철 대문이 열리며 광명호 선장이 들어섰다. 그는 회사 회식으로 술이 거나하게 된 상태였다. 마당에 들어선 그는 기분이 좋은 듯 가수 김흥국의 '호랑나비'를 흥겹게 부르며 그의 춤도 어설프게나마 따라 했다.

선장은 그렇게 본채에까지 다다랐다. 그가 주머니에서 키홀더를 꺼내 열쇠를 고른 후 구멍에 넣고 돌렸다. 순간 선장은 술이 확 깨고 말았다. 열쇠가 겉돌고 있었기 때문이었다.

그가 열쇠를 빼어 맞는 열쇠인지 확인하려는 순간이었다. 뭔가 딱딱한 쇠붙이가 자신의 뒷머리에 와 닿는가 싶더니 낮은 톤의 경고가 날아들었다.

"허튼짓하디 말라우!"

선장은 두 손을 들고는 슬며시 뒤를 돌아보았다. 그리고 그는 소스라치게 놀라고 말았다. 총을 겨누고 있는 자는 다름 아닌 민간인 복장을 한 최성욱 상사였다.

그가 무슨 일이냐고 물어볼 겨를도 없이 최 상사가 낮은 소리로 다그쳤다.

"날래 들어가라우!"

광명호 선장이 방안으로 들어서자 바로 불이 들어왔다. 북한군 복장의 병사 둘이 문 양옆에서 자신에게 소총을 겨누고 있었다. 정면의 방 한가운데에는 팔짱을 낀 채 등을 보이며 서 있는 이가 있었다. 그 역시도 북한 군복을 입고 있었다. 그가 돌아섰다. 오동길 대대장이었다.

"대장 동무께서 여긴 어인 일로……?"

선장은 몹시 놀랐지만 애써 태연한 척 먼저 입을 뗐다. 베테랑 공작원다운 모습이었다.

"선장 동무는 남조선에 오래 살다 보니 자본주의에 아주 자알 녹아난 듯하오?"

동길의 말투는 다분히 비꼬는 투였다. 그럼에도 돌아온 선장의 대답은 실로 엉뚱했다.

"그렇게 보이십니까? 그럼 다행이군요."

"다행?"

선장의 달갑지 않은 대꾸에 오동길은 심기가 불편한 듯 눈초리를 치켜 올렸다. 그와 지금 농담을 주고받을 기분이 아니었기 때문이다.

"이 또한 적들의 눈을 피하기 위한 전술 아니겠습니까."

선장이 차분하게 말을 받았다.

"허허, 거 참, 변명 한번 좋소."

"변명이라기보다 임기응변이라고 해두지요."

동길은 선장의 놀라운 기지에 불편한 심기는 온데간데없고 너털웃음까지 지어 보였다.

"하하, 좋소."

오동길은 이내 정색을 하며 말을 이었다.

"그런데 선장 동무, 내 단도직입적으로 하나 묻갔소."

"예, 말씀하시지요."

"우리를 공격한 자들이 누구요?"

"공격이라니요?!"

선장은 오 대장의 공격이란 말에 크게 놀란 표정을 지었다. 그제야 자신에게 총을 겨누는 이유를 알겠다는 듯 자신에게 총을 겨누고 있는 병사들을 돌아보며 말을 이었다.

"아아, 그래서 이렇게……, 비트가 공격을 당하신 겁니까?"

"그렇소."

"우리는 아닙니다."

선장은 고개를 크게 저었다.

비록 그가 강하게 부인은 했지만 이들에게 무슨 일이 일어났을 것인가를 예상하는 것은 그리 어려운 일이 아니었다. 며칠 전 자신에게도 이들과 관련한 비밀 지령 하나를 하달받았기 때문이었다.

5일 전 새벽, 광명호 선장의 집

광명호 선장이 검은 뿔테 안경을 끼고는 방 한쪽 구석에 놓인 조그마한 앉은뱅이 책상에 앉았다. 책상 위에는 단파 라디오와 필기구가 놓여 있었다.

그가 커다란 헤드폰을 머리에 쓰고는 단파 라디오의 주파수와 볼륨을 맞췄다. 곧이어 라디오에서는 북한에서 송출하는 난수 방송이 시작되고, 선장은 이를 허름한 다이어리에 열심히 받아 적었다.

지금부터 39호 탐사대원들을 위한 원격 교육 대학 화학 복습 과제를 알려드리겠습네다. 276페이지 23번, 189페이지 37번······.

다이어리에 모두 받아 적은 그는 난수표를 이용해 이 다섯 자리 숫자를 해독해 나갔다. 해독을 마친 선장은 자신의 눈을 의심하지 않을 수 없었다. 그는 안경을 고쳐 쓰고 다이어리에 쓰인 숫자 조합을 하나하나 다시 해독해 보았다. 처음 자신이 해독한 것이 틀린 게 아니었다.

27623, 18937, 21432, 32742 …….

오, 동, 길, 과, 부, 대, 원, 즉, 결, 처, 분…….

지령을 받을 당시 선장 자신도 오 대장에게 왜 이런 지령이 내려진 것인지 이해가 되지 않았다. 그 영향이 함께 작전을 도모한 자신에게까지 미치지 않을까 내심 걱정하고 있던 터였다. 그런데 그 처분 대상자들이 버젓이 살아서 싸다니고 있으니, 선장의 머리는 더욱 복잡할 수밖에 없었다.

복잡할수록 단순하게 생각하라는 공작원 수칙처럼 선장은 솔직해지기로 마음먹었다. 이들이 자신의 얘기를 액면 그대로 받아들일지는 미지수지만 어떻든 이 상황은 모면하고 볼 일이었다. 이들은 이미 독이 오를 대로 오른 모습이었기 때문이다.

"5일 전, 오 대장님과 부대원들을 즉결 처분하라는 지령을 받았습니다만……."

"즉결 처분! 어느 간나새끼가?"

최성욱 상사가 험한 얼굴로 되물었다.

동길이 손을 들어 최 상사를 제지하며 차분하게 말을 받았다.

"그렇소?"

"예, 그렇습니다. 그런데…… 다소 이상하게 들리실지 모르지만, 우리 쪽에 어떻게 하라는 행동 지령은 따로 없었습니다."

"그것을 우리가 믿어도 되겠소?"

"믿어도 됩니다. 믿으셔야 되고요. 사실이 아니라면 뭐 하러 즉결 처분에 대한 비밀 지령까지 얘기해줬겠습니까?"

"좋소. 기러면 내 한 가디만 더 묻겠소."

"예, 말씀하시지요."

"혹시, 선장 동무는 공작 지령을 받은 거이 뭐 없소? 원전 공격에 대한 공작 같은 거 말이오."

오동길의 질문에 선장은 요즘 자신에게 일어나고 있는 일들에 대해 곱씹어 보았다. 사실 요즘 그는 깊은 고민과 스트레스를 받고 있었다. 얼마 전 오 대장과 그의 부대원에 대한 즉결 처분 지령도 이해가 되지 않았지만, 그 지령을 받았음에도 어찌어찌하라는 행동 지령은 따로 없었다. 이번 원전 탈취 공작 지령도 마찬가지였다. 날짜와 대기하라는 지시만 받았을 뿐 구체적인 행동 지침은 지금까지도 받지 못하고 있었다. 오늘도 이제나저제나 하고 기다리고 있던 터였다.

걱정스러운 것은 자신이 뚜렷한 이유 없이 조직에서 배제되고 있다는 점이었다. 그 이유도 모르겠거니와 공작원의 입장에서 조직으로부터의 임무 배제는 상부가 자신을 믿지 못하거나 쓸모가 없는 경우에 해당되는 것으로, 급기야는 제거 대상이 될 수도 있는 위험 신호이기도 했다.

이유야 어찌 되었든 즉결 처분 대상인 오 대장과 부대원들이 살아 있으니, 그를 통해 자신에게 일어나고 있는 일들에 대해 어떤 실

마리라도 유추해 볼 수 있지 않을까 하는 막연한 기대까지 해 보게 되었다. 그만큼 그도 절박한 처지였다.

"받았습니다. 제가 관리하는 동무들과 함께 원전의 일용직 노동자로 침투하라는 지령을 받고 며칠 전부터 그곳에서 일하고 있습니다."

"그 디데이가 언제요?"

동길은 큰 기대 없이 던진 질문이었다. 하지만 뜻밖의 대답을 듣고는 크게 놀라지 않을 수 없었다.

"내일입니다."

"래일?!"

"예, 그렇습니다. 모든 조직원은 평상시보다 일찍 출근하고 대기하라는 지령을 받았습니다. 하지만……."

"하디만, 무엇이오?"

"하지만 이상하게도, 구체적으로 어찌 하라는 지령은 이번에도 받지 못했습니다."

"기거이 말이 되오? 당장 래일이 작전인데 구체적인 공작 지시가 없다는 게."

"믿기 어렵겠지만 저 또한 그게 의문입니다. 아무래도 오 대장님과의 문제 때문에 서둘러 작전이 이루어지는 게 아닌가 싶기도 합니다만……."

선장은 자신의 생각을 가감 없이 말했다.

동길은 고개를 끄덕일 수밖에 없었다. 자신의 생각도 충분히 그러했기 때문이었다.

선장은 자신의 생각을 이어갔다.

"아무래도 직접적인 작전은 우리도 모르는 다른 공작원 동무들이 수행하는 듯싶습니다. 그리고 이것……."

선장이 자신의 한쪽 어깨에 메고 있던 가방을 열려고 하자 병사들이 긴장을 하며 총을 겨눴다.

오동길이 손을 들어 괜찮다는 신호를 보내며 물었다.

"기것이 무엇이오?"

선장은 대답 대신 가방의 지퍼를 열고는 주섬주섬 무언가를 꺼냈다. ID카드와 휴대용 사설 무전기였다.

"우리는 지금껏 원자로나 그 제어 시설 근처에도 접근하지 못했습니다. 이건 그쪽으로 접근할 수 있는 인식표인데 만약을 위해 준비해 둔 겁니다. 그리고 이것은……."

"기것은 손무전기가 아니오?"

"예, 그렇습니다. 이 무전기가 이번 원전 작전에서 상대 공작원 동무들과 연결되는 유일한 통로라고 보시면 됩니다. 아마도 이것을 통해 당일 세부 작전을 하달받게 되는 것이 아닌가, 그저 추측하고 있습니다."

오동길이 가볍게 고개를 끄덕이며 말을 받았다.

"기렇군, 잘 알겠소. 기런데 선장 동무."

"예, 대장 동무."

"우리도 가야겠소."

"예? 그것이……."

"이게 뒈디고 싶어서 환장을 했나, 어디 감히 대장님 말씀에 토를 달고……."

최성욱 상사가 마치 기선이라도 제압하려는 듯 선장에게 권총을 들이대며 윽박질렀다.

동길이 손을 들어 제지하며 마치 최후통첩을 하듯 한마디 덧붙였다.

"길을 여시오!"

싱크홀

동굴 내부, 리철진의 아지트

성호가 교전을 위해 뛰어든 소나무 밑동의 약간 패인 공간은 다름 아닌 싱크홀이었다. 그 공간 주위엔 잔가지와 낙엽들이 수북이 쌓여 있었는데 이것들은 비가 내리며 쓸려 모아진 것들이었다.

땅이 꺼지고, 그는 흙무더기와 함께 4, 50미터나 되는 급경사를 굴러 맨바닥으로 곤두박질쳤다. 결국 성호는 정신을 잃고 말았다.

당시 송이가 그 공간을 발견할 수 없었던 이유가 있었다. 공교롭게도 성호가 씽크홀에 빠져들 때 딸려 온 잔가지들이 그 공간을 메우며 보이지 않게 되었던 것이다.

얼마의 시간이 흐르고, 자신의 얼굴에 손전등이 비춰지는 것이 느껴졌다. 성호는 얼굴을 찌푸리며 눈을 떴다.

"어이, 남조선 괴리 병사 동무, 이제 좀 정신이 드네?"

들려오는 목소리는 상당히 건들거리는 투의 북한 말씨였다.

성호가 놀라 소리치듯 받았다.

"여긴 뭐야?!"

"여기? 여기가 뭐이기는, 바로 너의 지옥이다."

말하는 이의 모습은 손전등 빛 때문에 잘 보이지 않았으나 말투는 어려 보였다.

성호가 몸을 일으키려 했다. 하지만 다리와 손목이 뒤로 묶여 있어 뒤뚱거리다 넘어지고 말았다. 다행인 것은 그 높은 곳에서 굴러 떨어졌음에도 여기저기 조금 쑤시기만 할 뿐 어디 부러지거나 다친 것 같지는 않았다.

손전등 빛이 성호의 얼굴을 떠나자 비로소 주위의 사물이 점차 눈에 들어왔다. 내부에는 자동차용 폐배터리에 연결된 전구가 빛을 발하고 있었다. 배터리가 다 된 탓인지 상당히 흐렸지만 그래도 주변의 사물은 분간할 정도는 되었다.

고개만 빼들고 대충 주위를 훑어보았다. 병사는 겉보기에 자신의 나이와 엇비슷해 보였다. 이 공간에는 자신에게 손전등을 비춘 이 병사가 유일해 보였다. 좀 전 자신들과 교전을 벌인 상대가 그의 동료일 거라 짐작되었다. 그가 이 사실을 모르길 성호는 은근히 바랐다.

교전이 끝난 것인지 아니면 원래부터 밖의 소리가 안에까지 전달되지 않는 것인지는 모르겠지만 다행히 교전 소리는 들려오지 않았다.

북한 병사는 소총 등 성호의 소지품 쪽으로 눈길을 돌렸다.

그가 성호의 소총을 집어 들고는 거칠게 한마디를 토해 냈다.

"야, 이 간나새끼야! 니 지금 우리 잡으러 온 거이디?"

그의 거친 말투와 달리 북한 병사는 성호의 소총을 관심 있게 이리저리 살펴보며 중얼거렸다.

"긴데, 너희 보총엔 뭘 이리도 득지득지 달고 다니네?"

사실, 말은 이리 했지만 자신의 AK 소총에 비해 상대의 소총이 훨씬 세련되어 보였다. 그가 성호의 소총을 어깨에 견착하여 이곳저곳을 겨누어 보고는 혼잣말처럼 또 중얼거렸다.

"뭐, 련장이 좋다구 좋은 목수는 아니디, 암."

비꼬는 듯한 말투였지만 다소의 씁쓸함도 묻어 있었다. 한차례의 격전을 통해 남조선 병사의 어마어마한 화력을 이미 그도 경험한 터였다.

그의 눈은 또다시 성호 앞쪽에 뒤집혀 있는 헬멧에 닿았다. 헬멧 속에 무엇이 보였기 때문이다. 그 안에는 여성 사진 하나가 담겨 있었다.

그가 성호 쪽으로 헬멧 안쪽을 보여 주며 물었다.

"이 려자는 누구네?"

"내 애인."

한 치의 망설임도 없었다. 어찌 보면 너무도 쉽게 뱉어 낸 대꾸였다.

사실 사진 속 여인은 인기 여성 보컬 그룹의 한 멤버였다. 성호는 그녀의 팬이기도 했다.

성호의 대답이 지나친 빈말이라기보다는 그의 마음속에 자리하고 있는 한 여인에 대한 작은 바람을 이야기한 것이었다. 그 여인이 바로 송이였다. 사진 속 여성 멤버의 이미지는 공교롭게도 송이 하사와 많이 닮아 있었다.

"니 애인?"

북한 병사가 눈을 크게 뜨고 반문했다.

성호는 반쯤 일으킨 자세로 대답 대신 고개만 끄덕였다.

"너, 광풍쟁이네?"

"광풍쟁이? 광풍쟁이가 뭐냐?"

성호가 시니컬하게 되물었다.

성호는 '광풍쟁이'의 정확한 사전적 의미는 모르겠지만 그가 말하는 뉘앙스로 보아 무슨 뜻인지 충분히 이해하고 있었다. 하지만 모르겠다며 시치미를 뚝 뗀 이유는 가능한 한 그와 대화를 길게 이어가 시간을 벌 필요가 있어서였다. 대원들이 자신을 구하러 올 시간.

"광풍쟁이도 모르네? 거짓뿌렁을 강냉이죽 먹듯이 하고 다니는 천하의 구라쟁이 말이야."

"그럼, 너는 지금 이런 상황에서 내가 거짓말이나 하고 있다고 생각하는 거야?"

"기래! 더 이상 후라이 까디 말라."

북한 병사는 가소롭다는 표정까지 지어 보이며 대꾸했다.

그가 이번엔 헬멧 속 사진을 손전등으로 요리조리 비춰 보고는 입을 벙긋거리며 말을 이었다.

"참 곱고만 기래. 남조선 에미나이들은 다 이렇게 이쁜 거이네?"

성호가 기우뚱한 자세로 누워 힘겹게 고개를 끄덕이며 답했다.

"당근."

"당근?"

자신의 대수롭지 않은 답변에 의외의 반응이 나오자 성호는 내심 짜증스럽다는 듯 재차 대꾸했다.

"그래, 당근!"

"당근? 이 뭔, 당나귀 개풀 뜯어 먹는 소리 하고 자빠졌네? 기리믄 기 다 아니믄 아니다, 해야디, 당근이 뭐이네, 당근? 이쁜 거이 당근이가, 남조선에선?"

그제야 성호는 왜 이 북한 병사가 발끈한 것인지 이해가 되었다.

화가 난 듯하면서 빈정거리는 듯한 그의 반응이 재미있는지 성호는 고개를 끄덕이며 코맹맹이 소리까지 곁들여 대꾸했다.

"응, 당근."

그는 도저히 이해할 수 없다는 듯 고개를 절레절레 흔들며 중얼거렸다.

"이거야 원! 나랏 말쓈이 듕귁에만 다른 거이 아니야."

성호는 그가 읊은 훈민정음 서문의 한 구절에 웃음이 나오면서도 왠지 모를 친근감이 느껴졌다.

"너 운빨 한번 좋구마이!"

그가 성호의 헬멧을 뒤집어 총에 맞은 부위를 살펴보는 중이었다. 헬멧의 중앙 정수리 부위는 총에 맞아 움푹 들어가 있었고, 그곳 위장 피복도 그을린 채 찢어져 있었다.

"이거이 분명 내가 쏜 총알일 기야."

북한 병사가 빤히 성호를 내려다보며 다소 거드름스러운 표정으로 말했다. 그의 한 손은 총 맞은 헬멧 부위를 가리키고 있었다.

성호는 순간 자신이 포로라는 사실을 잊을 정도로 터져 나오는 웃음을 참느라 애써야 했다.

바로 그때, 어디에선가 사람의 신음 소리가 들려왔다.

그는 소리가 나는 곳으로 급히 자리를 옮겼다.

"중사 동무, 괜찮습네까?"

동굴에서 차리팀과 교전 중 총상을 입은 바로 그 김준협 중사였다. 그는 동굴 한 귀퉁이 비교적 평평한 곳에 뉘어져 있었다.

"중사 동무, 내래 리철진이야요. 정신이 좀 드십네까?"

지금까지 성호와 대화를 나누고 김 중사를 돌보고 있던 이는 다름 아닌 북한의 상급 병사 리철진이었다. 그의 재차 물음에 대답은 없고 그저 신음 소리만 들려왔다.

"무슨 일이야?"

궁금해진 성호가 몸을 반쯤 일으키며 물었다.

철진은 대답 없이 김 중사의 상태만 살폈다.

"무슨 일이냐고?"

성호의 재차 질문에 마지못한 듯 그가 퉁명스럽게 내뱉었다.

"무슨 일이긴, 너희 국방군 아새끼들 기습에 우리 중사님이 이렇게 된 거이 아니네?"

신음 소리는 계속해서 들려왔다.

철진은 걱정스레 김 중사의 상태를 재차 확인했다.

"중사 동무, 정신 좀 차려 보시라요."

역시나 신음 소리만 들릴 뿐 대답은 없었다.

"야, 내가 좀 볼 수 있어?"

성호가 나섰다.

상대로부터 대답이 없자 재차 나섰다.

"나, 특임여단의 의무병이야."

역시 대답이 없자 성호는 보다 큰소리로 외치듯 말했다.

"야! 내 말 안 들려? 나 의무병이라고, 특임여단!"

김 중사의 신음 소리는 잦아들지 않고 있었다.

성호의 여러 차례에 걸친 소개에도 묵묵부답이던 그가 드디어 반응을 보였다.

"진짜 의무병이네? 아니면 넌 내 손에 뒈지는 기야."

"내 배낭 확인해 보면 될 거 아냐!"

철진은 성호의 배낭을 끌어와 직접 확인해 보고는 대검으로 성호의 결박을 풀어 주며 경고했다.

"섣부른 짓 하다 황천길 재촉하디 말라우."

"알았어."

성호가 퉁명스럽게 내뱉고는 김 중사 곁으로 다가갔다. 상처를 확인하려 했지만 조명이 너무도 흐렸다.

"야, 전구가 너무 흐려서 안 되겠다."

성호의 말에 철진이 다가가 들고 있던 손전등으로 김 중사의 상처를 비춰 주었다.

김 중사는 우측 하복부에 관통상을 입은 상태였다. 이미 많은 피를 흘려 전투복은 온통 피로 젖어 있었다. 지금까지 살아 있는 것만으로도 기적이었다.

성호는 배낭에서 응급함을 꺼내 북한의 의무병이 임시 조치한 붕대를 모두 제거한 후 새롭게 응급조치를 취했다. 진통제를 주입하자 김 중사의 신음 소리도 조금씩 잦아들었다.

성호의 능숙한 솜씨에 옆에서 손전등을 비추고 있던 철진이 다소 친근한 목소리로 물었다.

"이름이 뭐이네?"

"이름은 왜?"

"왜에?! 햐, 이 간나. 너는 내 포로야, 기걸 잊디 말라우!"

흥분한 철진이 들고 있던 손전등으로 삿대질까지 해 대며 쏘아붙였다.

"야, 안 보이잖아. 잘 좀 비춰 봐!"

성호의 일갈에 머쓱해진 철진이 다소곳이 손전등을 비추며 자기 소개부터 했다.

"내래 리철진이라구 해. 네 이름은 뭐이네?"

"윤성호."

"몇 살?"

"스물 둘."

성호가 다소 퉁명스럽게 대꾸했다.

"몇 달에 낳았네?"

철진의 계속되는 질문에 성호가 고개를 들어 짜증스럽다는 듯 내뱉었다.

"뭘, 그런 것까지 다 물어?"

철진이 약간 놀래며 말을 받았다.

"야, 이 간나야, 묻는 말이나 답하라!"

"알려주면 뭐, 생파라도 해 주게?"

"생파는 뭐이네?"

"생일 축하 파티."

"기거이는…… 야, 기거이 말해 주는 거이 기렇게도 어렵네?"

"치료하는 데 방해가 되니까 그렇지. 9월이다, 왜?"

철진이 약간 뜸을 들이다 뜬금없이 또 말을 툭 뱉었다.

"니, 앞으로 나한테 형이라 부르라!"

"뭐? 넌 몇 살인데 형이야?"

"나, 니하고 같애."

"헐!"

성호가 황당하다는 듯 빤히 올려다보자 철진은 두 눈을 내려 천연덕스럽게 또 말을 이었다.

"기리티만 내래 2월생이디. 기리니까니 형이라 부르라."

성호는 이 북한 병사의 다소 어리숙한 흰소리에 처음에는 쓸데없는 얘기를 많이 하는 애라고만 생각했었다. 하지만 처음의 팽팽했던 긴장감이 지나고 몇 번의 대화를 주고받으며 성호는 하나의 사실을 깨달았다. 그는 지금 그가 하는 얘기나 하고자 하는 얘기가 중요한 게 아니라 그저 그는 자신과 얘기를 나누고 싶어 한다는 사실을.

아무튼 그가 적대적이지 않은 것만으로도 감지덕지할 일이었다. 작금의 남북한 간에 흐르는 평화 기류가 한몫한 것이 아닌가 하는 생각도 들었다. 그렇다고 해도 지금은 서로 죽고 죽이는 교전 직후의 돌발적 만남이란 점에서 다소 의아스러운 것도 사실이었다. 적대감과 긴장감이 상당할 수밖에 없는 상황임에 비춰 이해가 되지 않을 정도의 자연스러움과 평온함이 자리하고 있었다.

성호는 이곳 동굴 내에 다른 공비들이 보이지 않는 것을 두고 좀 전에 아군 복장으로 변복하고 자신들과 교전을 벌인 자들이 이들과 한패일 거라 지레짐작하고 있었다. 따라서 그런 교전만 없었다면 지금의 분위기상 그들이 지금 어디 있는지 물어보는 것은 어렵지 않았다. 하지만 괜한 긁어 부스럼이 될까 싶어 성호는 그냥 넘어가기로 마음먹었다. 조심스럽게 이 상황을 이어갈 필요가 있었기 때문이었다.

성호는 철진의 형 타령에 하던 작업을 멈추고 그를 올려다보며 다소 날 선 투로 대꾸했다.

"여기는 남한이야. 너희 북조선이 아니라고. 남한에서는 같은 해에 태어나면 모두 다이다이야."

"다이다이? 다이다이는 또 무시기?"

"서로 말 까는, 그냥 반말하는 친구 사이란 얘기지."

"하디만 넌 지금 내 포로니까니, 형이라 부르라."

"야, 억지 좀 그만 부려!"

"간나, 자존감은 강해 개지고……."

철진은 나름대로 남조선 병사를 놀려 주고 싶었다. 아무리 보아도 샌님 타입의 희멀겋게 생긴 것이 자신의 상대는 되지 못할 듯싶은데, 어느 면에서는 당당하면서도 성깔 있어 보이는 남조선 병사의 태도가 밉지만은 않았다.

철진은 김 중사를 열심히 치료하는 성호를 보며 최대한 일하기 편하게 요리조리 자리까지 옮겨 가며 손전등을 비춰 주었다.

"아 참, 니 아까 특임려단, 뭐라고 하디 않았네?"

갑자기 생각이 난 듯 철진이 호기심 어린 표정으로 물었다.

성호는 이에 아랑곳하지 않고 김 중사에게 주입할 항생제 수액을 뽑아내는 데 열중하고 있었다.

뻘쭘해진 철진이 이번에도 자기부터 소개했다. 아까와 다른 점이라면 뭔가 우쭐대는 투였다.

"내래 인민무력부 정찰총국 소속 특수정찰대원이야. 너 정찰총국 특수정찰대가 뭐 하는 덴 줄이나 아네?"

남조선 병사는 전혀 신경 쓰지 않는 반응이었다.

철진이 머쓱한 표정으로 중얼거렸다.

"기래 뭐, 모를 수도 있디. 너 같은 바닥 쫄병이 뭘 알갔어?"

무시하는 투에 성호가 반응을 보였다.

"야, 나도 그 정도는 안다. 너희 같은 무장 공비 새끼들, 우리 남한에 침투시킬 때 데려다주고 데려오는, 빨갱이 호송 업무 맡고 있는 거 아니야."

성호의 도발적인 발언에 화를 내야 했지만 자신의 멋진 임무에 대해 남조선 병사도 알고 있다는 사실에 철진은 크게 고무되었다. 뭔가 속에서는 화가 일면서도 기분은 좋은, 그래서 화낼 타이밍을 놓치고 말았다.

그는 오히려 흐뭇한 표정까지 지어 보이며 기세 좋게 말을 이었다.

"야, 이 간나, 똑똑한 구석이 있구마이! 우리 대대장 동무는 말이야, 너희 남조선 괴뢰군 식당에서 따끈한 밥도 먹고 오신 분이야."

성호는 어떠한 반응도 없이 뽑아낸 항생제를 김 중사에게 주입할 뿐이었다.

철진은 한껏 자랑을 늘어놨는데 남조선 병사가 별 반응이 없자 못내 아쉬웠다. 아마도 자신의 얘기를 믿지 못하는 듯싶었다.

"내래 너처럼 광풍쟁이가 아니야. 우리 대대장님, 기거이 사실이야."

주사 주입을 마친 남조선 병사가 드디어 반응을 보였다.

"아이고, 기러세요? 우리 대대장님은요, 너희 공화국 주석궁에서 진지 드시고 이 쑤시며 걸어 나오신 분이셔요, 아시겠어요?"

완전히 비꼬는 투였다.

철진은 요즘 속된 표현으로 엄청 빡친 듯, 한 발을 땅에 내리찍으며 험한 표정으로 맞받았다.

"야, 이 간나새끼야! 우리 공화국의 최고 존엄께서 계신 곳인데, 어드렇게……?"

"야, 그거 다 뻥이야!"

"뻥? 뻥이 뭐이네? 아하, 후라이! 야, 내래 너 같은 광풍쟁인 줄 아네?"

성호도 오기가 발동한 듯했다. 상처 테이핑을 하다 말고 철진을 향해 고개를 뻣뻣이 쳐들고는 소리쳤다.

"야, 너!"

성호의 갑작스러운 돌발에 철진이 얼떨떨하게 말을 받았다.

"뭐이가?"

"너 좀 전에 특임여단 물어봤지? 너희 북조선에서는 특임여단이라고 뭐 들어 본 거 없어?"

"특전사 같은, 뭐 기렇고 기런 거 아니갔네? 기런데 니들 군대도 '특'자는 디럽게 좋아하는 거 같다야. 우리도 특수정찰대야, 특수!"

"여기는 특전사 중의 특전사들만 모인 곳이야, 너희 원수님 목 따는 부대. 내가 그 특임여단의 특전병이고."

지지 않으려는 감정이 앞서다 보니 성호는 자신도 모르게 다소 도발적인 발언을 쏟아 내고 말았다.

철진은 들고 있던 소총을 성호의 머리에 격하게 들이대며 악쓰듯이 소리쳤다.

"이런! 야, 이 간나새끼야, 어디 감히 원수님을……. 주딩이를 기냥……. 너는 기래서 나한테 이렇게 포로가 된 거이네? 너는, 여기 우리 중사님 덕분에 산 줄이나 알라. 기리구 니, 입부리 함부로 놀리디 말라."

순간 너무 나갔다 싶은 성호가 달래듯 말했다.

"야, 그러니까 옛날 당나라 적 얘기는 그만하라고. 너 알어? 미국하고 다이다이 붙어 몇 주간, 아니 몇 달간을 버틸 수 있는, 몇 안 되는 나라가 우리 대한민국이야."

미국 얘기가 나오자 험했던 철진의 얼굴이 다소 펴지며 당당한 어조로 말을 받았다.

"우리 공화국엔 핵무기가 있지 않네. 이제 남조선도 걱정하디 말라우. 아무리 미제가 강해도 공화국의 핵폭탄 하나면 바로 끝장이야."

"야, 너 정말 그렇게 생각하는 거냐? 한심하기는……."

"뭐이 어드래?"

"야, 집 지키는데 몽둥이 하나면 족하지, 대포 탄 가져다 놓으면 그 집안 참 편하기도 하겠다! 너, 빈대 한 마리 잡으려다 초가삼간 다 태운다는 우리 속담은 알고 있냐?"

"니가 뭔 얘기하려는 거인디는 알디만, 우리는 그딴 거 신경 안 써. 당이 한다면 하는 거이디."

성호는 다소 막힌 듯한 철진의 사고(思考)를 바라보며 많이 가까워졌지만 아직은 갈 길이 멀다는 생각을 하게 되었다. 다소 소모적인 언쟁은 피하는 게 낫겠다 싶어 의도적으로 화제를 바꿨다.

"여하튼 너희 대대장님 같은, 말 같지도 않은 얘기는 하지도 마라."

"기래두 내가 하는 우리 대대장님 얘기는 모두 사실이야."

"그거 다 옛날 얘기라니까 그러네, 다 뻥이야!"

철진은 오동길 대대장을 아버지처럼 믿고 따르고 있었다. 그가 생각하는 오 대대장은 결코 뻥이나 치는 그런 분이 아니었다. 철진은 그저 성호가 자신의 얘기를 받아들이기 멋쩍어 몽니를 부리는 거라 생각했다.

"간나, 자존심은 강해 개지구……. 여튼 수고했어, 우리 중사님."

철진은 주섬주섬 자신의 바지 주머니에서 무언가를 꺼냈다. 초코파이였다. 그것을 성호에게 슬며시 디밀었다.

"이거 아껴 먹다 남은 기야, 배고프면 먹으라."

성호가 웃으며 고개를 저었다.

멋쩍게 초코파이를 도로 집어넣으며 철진이 물었다.

"기래 우리 중사 동무는 좀 어떤 기야?"

"피를 너무 많이 흘려서 지금 쇼크 상태야. 상처 부위를 소독하고 지혈을 하긴 했지만 여전히 감염의 우려도 있고……, 일단 위기는 넘겼지만 본질적인 조치를 빨리 취하지 않으면……."

성호가 말을 잇지 못하고 심각한 표정으로 고개를 젓자 철진은 침울한 표정으로 말을 받았다.

"기래? 우리 중사 동무 꼭 살려야 돼. 혼인한디 일 년도 안 되었어. 우리 대대장 동무래 나보고 반드시 지키라 했는데, 이를 어쩌면 좋네?"

"응급조치로 일단 위기는 넘겼어. 하지만 피를 너무 많이 흘려서 큰일이다. 빨리 손을 쓰지 않으면……."

성호는 북한 김 중사를 치료하는 중에도 수혈의 필요성을 느끼고 있었다. 지금은 그나마 자신의 임시 조치로 링거를 투여하는 중이었다. 북한 의무병이 수혈은 했는지, 그것으로 충분한지 성호로서는 미덥지가 않았다. 생각이 여기에 미치자 당장 피를 뽑을 만한 이가 철진과 자신밖에 없다는 사실이 눈에 들어왔다.

"야, 그런데⋯⋯."

"기런데, 뭐?"

"여기 이분 수혈은 한 거야?"

"우리 간호병 동무가 조치를 한 거이로 알고 있어. 전투 중이라 보디는 못했디만."

"이분 혈액형이 뭐야?"

"오형일 기야. 간호병이 그때 오형을 급히 찾았거든."

"너는 무슨 형인데?"

"내래 삐형이야."

"너 오형인데 피 빼는 거 무서워 거짓말하는 거 아니야?"

"야, 이 간나, 내래 그까이 꺼 무서워 후라이 까갔네?"

사실 북한 부상 병사의 헌혈 문제는 걱정하지 않아도 되었다. 성호 자신의 혈액형이 오형이었기 때문이다. 성호는 헌혈을 구실 삼아 다른 공비들이 어디 있는지 알고 싶었다.

"그런데 너 말고 다른 동료들은 다 어디 있는 거야?"

"동료? 아하, 우리 공화국 전사 동무들?"

"그래. 네가 그렇게 입에 침이 마르도록 얘기한 너희 그 위대하신 대장님도 안 보이고⋯⋯ 야, 너 여기 혼자 내려온 거 아니잖아? 그리고 너희들, 어떻게 여기까지 내려온 거야, 안 들키고? 또 땅굴 판 거야?"

"땅굴은 무슨……, 우린 잠수함 타고 왔어."

"잠수함?"

"기래."

"우리 바다가 니들이 그리 쉽게 들락거릴 만큼 허술하지 않을 텐데……."

철진은 자세한 작전 내용은 모르지만 자신들이 잠수함을 타고 와 동굴에 진입하기까지, 그리고 동굴에서의 생활 등을 회상하며 자랑스럽게 늘어놓기 시작했다.

성호는 자신의 팔에 주사를 꽂아 빈 헌혈팩에 피를 모으며 그의 이야기에 귀를 기울였다.

"우리는 남조선의 엄중한 감시 체계를 간단 없이 무너뜨리고 비트에 무사히 도착한 것에 모두 고무되었디. 북조선에서는 장마당에서도 구경하기 힘든 물품들이 풍족하게 쌓여져 있었구. 처음에는 모든 거이 손바닥 뒤집는 거보다 쉬워 보여, 모두들 이거이 꿈인디 생신디 모를 지경이었디."

침투 당일, 동굴 내부

심마니 노인이 가져다 놓은 물품들을 바라보며 북한의 병사들은 철진의 말처럼 꿈인지 생신지 모를 안도감과 만족감에 휩싸여 있었다.

"이걸 안쪽으로 옮겨야 되갔어. 기리고 좀 더 편하게 지낼 만한 공간이 있는지도 좀 살펴야겠고."

오동길 대대장의 말이었다.

"대대장 동무, 비트에 잘 도착했다고 상부에 보고해야 되지 않갔습네까?"

무전병 리철진이었다.

"기래, 무전기 이리 가져오라!"

"여기 있습네다."

북한 병사들은 동굴에 들어와서는 모두 손전등을 사용하고 있었다. 야간 투시경은 배터리 충전 문제 때문에 아껴야 했다.

무전 교신을 위해 야간 투시경을 내려 쓴 오동길이 철진으로부터 무전기를 받아 들고는 주파수부터 확인했다. 무전기는 원래의 주파수인 12.40을 가리키고 있었다. 오동길은 밴드 하나를 40에서 41로 살짝 바꿨다. 이제 상대도 바뀐 주파수를 유지하고 있지 않는 한 서로 간의 교신은 불가능했다. 오동길은 교신 중 자칫 부대원들에게 자신의 명령 불복종 사실이 전해지는 것을 우려해 이런 조치를 취한 것이었다.

그는 무전기 수화기의 발신 버튼을 찍찍, 눌러가며 교신을 시도했다.

"여기는 대성산, 돛단배는 응답하라, 이상."

무전기에서는 지글거리는 소음만 미약하게 들릴 뿐, 당연하지만 어떠한 응답도 없었다.

그는 재차 발신 버튼을 짚으며 교신을 시도했다.

"여기는 대성산, 돛단배는 응답하라, 이상."

"여기는 대성산, 대성산, 돛단배는 응답하라, 이상!"

목소리를 높여 보지만 역시 응답은 없었다.

모든 대원들이 우려스러운 표정으로 이를 지켜보고 있었다.

동길이 천연덕스럽게 말했다.

"우리가 무전이 통하디 않는 구역에 들어와 있는가 보구만, 기래. 리철진이!"

"예, 대대장 동무."

"밖에 나가 교신을 시도할 때까디는 전지 아껴야 되니, 별도 지시가 있을 때까디 무전기 꺼 두라우."

"예, 알갔습네다."

"기리고, 최 상사!"

"예, 대대장 동무."

"동무는 몇 데리고, 우리가 머물 곳 좀 물색해 보라우."

"예, 알갔습네다. 누구 나랑 같이 둘러볼 사람 없네?"

"제가 가겠습네다."

한 병사가 나섰다.

"저도 가겠습네다."

철진이었다.

그들 셋은 소총만 멘 채 산보 가듯 동굴 속으로 향했다.

동굴은 인공이 들어가지 않은 천연의 모습 그대로였다. 그리고 굉장히 깊었다.

"상사 동무! 좀 답답해서 기러는데, 요 전투 야시경 끼고 살피면 안 되갔습네까?"

말한 이는 철진이었다.

그들은 야간 투시경이 아닌 손전등을 이용하고 있었다.

"너래 부족한 거이 있으면 공화국에서 보급이라도 날아오길 기대하는 거이네? 여기서 몇 주가 될지, 몇 달이 될지 자체 보급 투쟁을 벌이며 버텨야 되는 작전이라는 거 몰라서 기러네?"

"알고 있습네다. 죄송합네다, 내래 동굴 속을 한번 보고 싶은 짧은 소견으로다……."

철진이 풀이 죽어 답했다.

"괜티않아, 나두 궁금하니까니, 하하"

한두 걸음 앞서가던 철진이 물이 고여 있는 것을 발견하고는 그쪽으로 종종걸음을 떼며 말했다.

"여긴 물도 많이 보입네다."

물은 동굴의 한쪽 면을 따라 넓게 고여 있었다.

최 상사와 다른 병사도 그쪽으로 뛰어갔다.

"이야, 길티 않아도 대대장 동무와 물 때문에 걱정을 많이 했는데, 이거이 낙원이 따로 없구만!"

"기러게 말입네다. 우리가 필요한 거이는 다 있는 거 같습네다."

북한 병사도 호응했다.

그들이 조금 더 들어가자 모든 부대원들이 너끈히 지낼 만한 비교적 넓고 평평한 공간도 발견되었다. 이곳은 입구로부터 200여 미터가 넘는 지점에 위치해 있었는데 동굴은 실로 그 끝을 알기 어려웠다.

"이제 고만 돌아가 대대장님께 보고하자!"

그 정도면 됐다 싶었는지 최 상사가 일행의 걸음을 돌려세웠다.

그들이 동굴 입구를 향해 돌아설 때였다. 동굴 안쪽에서 알 수 없는 큰 소음에 이어 커다란 방울뱀이 소리를 내며 미끄러지듯 다가오는 듯한 기분 나쁜 소리가 들려왔다.

놀란 셋은 반사적으로 총을 내려 겨누고는 뒤를 향해 이리저리 손전등을 비춰 보았다. 하지만 소리의 진원지도 모호한 데다 어떠한 것도 발견되지 않았다. 그 기묘한 소리는 이내 작아지며 고요해졌다.

"뭘까요? 깜짝 놀랐습네다."

철진이 놀란 가슴에 손을 얹으며 말했다.

"나두 기랬어. 소름이 돋는 구마이!"

함께한 북한 병사까지 부화뇌동하자 최 상사가 나섰다.

"야, 이 간나들. 동굴 속 공명 현상 아니갔네. 공화국을 위해 기꺼이 목숨 바티겠다고 온 놈들이 뭐에 그리 두려워 호들갑이네?"

최 상사의 말에 모두는 한바탕 웃음을 터뜨렸다. 형장으로 끌려가던 사형수가 발을 헛디뎌 넘어질 뻔하자 하마터면 큰일 날 뻔했군, 하더라는 우스갯소리가 생각났기 때문이다.

"자, 고만 지체하구 날래 돌아가자우!"

"예."

셋이 안심하고 돌아서려는 순간이었다. 이번에는 등 뒤에서 퍼드덕, 하는 소리와 함께 수백 마리의 박쥐 떼가 이들 머리 위로 한꺼번에 날아들었다. 이들은 허리를 숙여 머리를 감싸 쥐고는 박쥐 떼가 다 지나간 후에야 허리를 폈다. 박쥐들도 좀 전에 울린 소리에 크게 놀란 듯했다.

"야, 이 간나들, 깜짝 놀래키는구마이!"

"기러게 말입네다."

최 상사의 말에 함께한 북한 병사도 호응했다.

이에 반해 철진은 장난기가 발동했다.

"기런데 상사 동무!"

"와?"

"방금 전 목숨을 바티러 온 놈들이 뭐가 어쩌구저쩌구하신 분이 상사 동무 아니셨습네까?"

"야, 이 간나 보소! 뒤넘스럽게 일개 상급 병사가 상사 말끄뎅이를 잡고 흔드누만. 너래 그러다 좀 있으면 나를 배워주려 하는 거이 아니네?"

"아이, 아입네다. 그저 웃자고 농한 겁네다."

"야, 리철진이!"

"예, 상사 동무."

최 상사는 자신의 검지를 얼굴에 곧추 세웠다가 이를 다시 철진을 향해 똑바로 가리키는 액션을 선보이며 자못 진지하게 말했다.

"내 말 똑대기 들으라! 니는 고저 내 발뒤끄트머리만 놓티디 말고 졸졸, 어? 졸졸 붙어 잘 따라오기만 하면 되는 기야, 알갔네?"

"옛, 알갔습네다, 상사 동무."

철진이 다소 과한 모션의 부동자세에 거수경례까지 붙이며 화답하자 모두는 한바탕 유쾌한 웃음을 터뜨렸다.

짐들은 최 상사 일행이 봐 둔 공간으로 옮겨졌다.

부대원들은 자동차 폐배터리에 연결된 백열전구 두 개의 빛에 의지하여 남한에 온 이후 처음으로 식사를 준비하고 있었다. 일회용 버너 위에는 노인이 가져다 놓은 커다란 양푼이 놓여 있고 그 속에서 라면이 맛있는 냄새를 풍기며 익어 갔다.

"야, 냄새가 아주 죽여줍네다!"

"이거이 장마당에서도 구하기 어렵다는 남조선 꼬부랑 국수를 다 먹어 보고, 진짜 호강합네다."

북한 병사들은 입이 귀에 걸린 채 양푼에서 뿜어져 나오는 냄새를 조금이라도 더 음미하려는 듯 코를 킁킁거렸다.

"모두 시장할 텐데 날라다 배껏 들라!"

대대장의 지시에 병사들은 배식받을 반합을 들고 앞다투어 모여 들었다. 한껏 들뜬 모습이었다. 무질서해 보였지만 오동길이나 최 상사의 얼굴엔 미소만 가득할 뿐이었다. 이는 사선을 넘은 이들에게 있어 최소한의 보상으로 여겨질 만했다.

부대원들은 각자의 반합에 라면을 푸짐하게 올려놓고는 노인이 가져다 놓은 김치를 곁들여 허겁지겁 들이켰다.

"자, 이것들 하나씩 받으라!"

오동길은 자신 옆에 있는 캔 박스 하나를 뜯어 부대원들에게 던져 주었다. 물론 심마니 노인이 가져다 놓은 것이었다.

"기거이 뭡네까?"

최 상사가 물었다.

"남조선 비르야, 자네도 하나 받지."

병사들은 먹던 라면 반합을 바닥에 내려놓고는 오 대대장이 던져 주는 캔 맥주를 받으려 일제히 손을 뻗었다.

"리철진!"

대대장의 부름이었다. 철진만이 그대로 앉아 라면 먹는 데 열중하고 있었기 때문이었다.

"예, 대대장 동무."

"너는 이거 안 마시는 거이네? 자, 하나 받으라!"

"저는 일 없습네다. 다른 동무들 주시디요."

철진의 양보에 병사들이 앞다퉈 손을 들자 동길은 남은 것까지 모두 던져 주었다.

동길은 눈을 들어 부하들의 모습을 찬찬히 살펴보았다. 지금껏 보아 온 부하들의 모습에서 이 순간만큼 행복해 보인 적이 있을까 싶었다. 그의 가슴 한 켠이 먹먹해 왔다.

오랜만에 배부른 식사를 마친 병사들이 곤한 잠에 빠져들었다. 사선을 넘는 극한의 긴장으로 보낸 하루였다. 피곤하지 않을 자가 없었다. 대부분 눕자마자 잠에 떨어졌고 벌써 코를 고는 병사도 있었다.

철진은 소총을 메고 불침번을 서고 있었다. 아무리 이곳이 은밀한 안전지대라 해도 최소한의 안전 대책은 세워야 했다. 오 대대장은 동굴 전방에 두 명의 보초와 아지트에 한 명의 불침번을, 순번을 정해 교대로 서도록 지시했다. 누구라도 오늘 만큼은 달갑지 않겠지만 철진은 불침번을 자청했다.

철진이 배터리를 아끼려고 백열전등 하나를 끄기 위해 걸음을 옮겼다. 그가 바위 턱에 걸쳐 놓은 전등을 끄려고 어정쩡하게 서 있을 때였다. 누군가 자신의 군화를 톡톡 치는 느낌이 들었다. 다름 아닌 오동길 대대장이었다.

철진이 대대장에게로 쪼그려 앉으며 작은 소리로 말했다.

"잠을 깨워 송구합네다. 전지 아끼려다가……."

"괜티않아, 아직 안 자고 있었어."

"주무셔야디요, 피곤하실 텐데."

"음, 자야디."

사실 오동길은 눈만 감고 있었을 뿐 잠을 이루지 못하고 있었다. 그만큼 그의 머릿속은 복잡했다.

동길은 누운 채로 옆에 있는 상자에서 초코파이 세 개를 꺼내 어정쩡하게 쪼그리고 있는 철진의 바지 주머니에 넣어 주었다.

"고맙습네다."

고개 숙여 인사하는 철진의 얼굴에는 미소가 한가득했다.

불을 끈 철진이 목례를 하자 동길은 고개만 살짝 끄덕이고는 그만 일 보라는 듯 손짓을 보냈다. 배낭을 가지런히 하여 베개 삼고는 다시 잠을 청했다.

철진이 자리로 돌아갈 때 최성욱 상사와도 눈이 마주쳤다. 철진이 말없이 목례를 하자 최 상사도 미소로 맞아 주었다.

철진은 소총을 멘 채 동굴 천정에서 떨어진 듯한 비교적 평평한 돌덩이 위에 걸터앉아 불침번을 섰다. 그러고는 좀 전에 대대장이 건네준 초코파이 하나를 꺼내 한입 떼어 맛을 음미했다.

"우와!"

그 오묘한 맛에 자신도 모르게 감탄사를 자아냈다.

한 개가 눈 깜박할 사이도 없이 그렇게 입 속으로 사라졌다.

시간이 흐르고, 피곤에 지친 철진에게도 졸음이 몰려왔다. 자신도 모르게 고개가 몇 번 까딱였다. 졸음을 쫓으려 열심히 고개를 흔들기도 하고 무릎에 얹어 놓은 소총을 바위에 기대 놓고는 쪼그려 뛰기와 팔굽혀 펴기도 했다. 때마침 자동차 폐배터리에 연결된 전구가 접속 불량인지 불빛이 약해졌다 강해지기를 반복하고 있었다.

얼마의 시간이 또 흐르고, 철진은 부대원들이 자는 모습을 살짝 둘러보았다. 모든 부대원들은 곤한 잠에 빠져 있었다. 자리로 돌아온 철진은 아까 먹었던 초코파이 생각이 절로 났다. 소총을 바위에 기대 놓은 철진은 호주머니에서 남은 초코파이 두 개를 모두 꺼냈다. 당장 먹을지 나중에 먹을지를 두고 갈등이 생겼다. 이리저리 겉봉지를 살펴보고는 한 개만 남기고 나머지 한 개는 호주머니에 도로 집어넣었다. 아껴 먹고 싶어서였다.

철진이 한입 베어 그 오묘한 맛을 또 한 번 음미할 때였다. 천정에서 알 수 없는 무엇이 종유석처럼 길게 드리운 바위를 둘둘 휘감으며 내려오고 있었다. 그 그림자가 전등 빛에 반사되어 동굴 벽면에 커다랗게 투영되고 있었지만 벽면을 등지고 있는 철진에게는 그게 보일 리 없었다. 게다가 초코파이의 그 오묘한 맛에 빠져 있던 터였다.

급기야 기름과 같은 끈적끈적한 투명 액체가 먹고 있던 손과 초코파이 위에 떨어졌다. 그제야 철진은 자신의 위에서 뭔가 심상치 않은 일이 벌어지고 있음을 직감했다. 철진은 슬며시 고개를 들어 올렸다. 그리고 그만 기겁을 하고 말았다. 그의 머리 위에서는 머리에서부터 꼬리까지 청새치의 등 미늘 같은 것이 달린 커다란 이무기가 자신의 머리보다 큰 입을 벌리고는 혀를 날름거리고 있었다.

이무기는 상대를 위압하려는 듯 괴음까지 내기 시작했다. 그 소리는 최성욱 상사와 함께 셋이 동굴 속을 탐사할 때 들었던 바로 그 기분 나쁜 소리였다.

철진은 재빨리 바위 옆에 기대어 놓은 소총으로 손을 뻗었다. 하지만 대응하기에는 너무 늦고 말았다. 그가 소총을 집어 올리기도 전에 괴물은 벌린 입을 더욱 크게 벌리고는 철진을 향해 덮쳐 왔다. 철진은 그저 손을 들어 자신의 얼굴을 막으며 절망적인 비명을 질러 댔다.

"아아악!"

비명과 함께 철진은 꿈에서 깨어났다.

그는 깨어나자마자 총부터 찾았다. 아직 꿈과 현실이 구분이 안 된 탓이었다.

피곤에 지쳐 자신도 모르게 잠이 든 모양이었다. 철진은 안도의 한숨을 내쉬었다. 꿈이라고 하기엔 그 느낌이 너무도 생생했다. 그의 등은 식은땀으로 홍건했다.

저 멀리에서는 최성욱 상사와 함께 동굴 수색을 할 때 들었던 기분 나쁜 괴음이 그때보다는 작지만 또렷하게 들려왔다. 그 소리가 궁금해진 철진은 부대원 쪽을 힐긋 한 번 돌아보았다. 모두들 곤한 잠에 빠져 있었다.

그는 소총을 앞세우고 소리가 나는 동굴 안쪽을 향해 발걸음을 뗐다. 이번에는 야간 투시경을 내려쓴 상태였다. 소리는 물이 많이 고여 있는 곳에 다다르자 점점 커져 갔다. 철진은 사격 자세를 취하며 조심스럽게 다가갔다. 그가 물가로 다가가자 공교롭게도 소리는 이내 잦아들었다. 주위를 자세히 살펴보았다. 물이 고인 건너편 동굴 벽면에는 물이 들었다 빠진 흔적이 띠처럼 고스란히 남아 있었다. 그리고 그 동굴 벽 가장자리 한쪽에서는 여전히 거품과 함께 소용돌이가 일고 있었다.

마지막 명령

철진은 자신의 이야기에 푹 빠진 듯했다. 그의 이야기는 끊임없이 이어졌다.

"남조선에 침투한 다음날 작전 명령이 하달되기를 기다리고 있는데, 남조선 국방군 차림을 한 놈들의 공격을 받았디."

"우리?"

"아니야. 그 아새끼들은 우리 대대장 동무 말에 의하면 너희 국방군이 아니래."

"그럼?"

"기거이를 내래 어드렇게 알갔어?"

"그럼 너희들 한 번이 아니라 두 번씩이나 공격을 받은 거야?"

"기래. 처음 국방군복을 입은 아새끼들 공격을 격퇴하고 며칠 뒤에 또 다른 국방군 아새끼들의 급습을 받았디. 그때 동굴이 무너졌고."

"이상하다. 우리가 너희들을 공격한 건 한 번인데, 동굴이 무너지던 날."

"기래? 기럼 대대장님 말씀이 옳은 거인데⋯⋯."

철진은 고개를 갸우뚱하며 혼잣말 투로 중얼거렸다.

"뭐가 옳다는 거야?"

철진은 자신도 모르는 일이기에 성호의 질문을 애써 피했다.

"아니야. 기런데⋯⋯ 너희들 그 두 번째 공격에 우리 공화국 전사들이 많이 상했어야."

"야, 우리도 그때 네 명이나 중상을 입고 후송됐어. 다 너희들 때문이야."

"네 명 다친 거 가디구 뭘 그리 호들갑이네? 우리는 아홉이나 죽었어야. 저기 우리 중사 동무도 그때 기렇게 된 거이구. 그나마 너희들은 우리 대대장 동무 덕에 산 줄이나 알라."

철진의 말에 성호가 어이없어하며 발끈했다.

"참나! 야, 그 무슨 귀신 씻나락 까 처먹는 소리하고 있냐? 너희 대대장님 덕에 우리가 살았다고? 애초에 니들이 내려오지 않았으면 이런 일도 없었잖아. 정상 회담에서 상호 간 적대적 행위를 하지 않겠다고 약속한 마당에, 너희들 지금 뭐 하는 거냐고?"

"야, 내 말은 기런 뜻이 아니야."

"그럼 뭐야? 그 잘난 니네 대대장님 덕분에 우리가 네 명밖에 안 다친 거잖아?"

"야, 기런 뜻이 아니라니까……."

철진은 답답하다는 듯 인상을 잔뜩 찌푸리며 말을 이어 나갔다.

"처음 국방군복을 입은 아새끼들 공격을 받고 우리 대대장 동무는 동굴 입구 쪽에 폭약 설치를 명령했디."

그는 폭약이 설치되는 상황을 회상하며 말을 이어 나갔다.

동굴 내부, 오동길 부대의 폭약 설치 현장

자신들의 비트가 처음 공격을 받은 직후 오동길 대대장은 동굴 입구 쪽에 뭔가 조치를 해야 할 필요성을 느꼈다.

"일단 동굴 입구에 대비책을 세워야 되갔어."

"예, 아무래도 기래야 될 거 같습네다."

최 상사가 말을 받았다.

오동길은 지뢰와 폭약 설치를 지시했고, 즉시 작업이 이루어졌다.

병사들은 지뢰를 매설하고 그 근처에 폭약을 터뜨릴 인계 철선도 설치했다. 그들이 폭약을 인계 철선 가까이에 설치하려 하자 오동길이 제지하고 나섰다.

"아니, 아니야. 폭약은 저 안쪽으로!"

"예? 기거이……."

"저 안쪽으로 설치하라!"

폭약을 설치하던 병사들은 멍하니 자리만 지키고 서 있을 뿐이었다. 그들은 대대장의 지시가 전혀 이해되지 않고 있었다. 폭약은 인계 철선 가까이에 매설해야 적의 살상과 피해가 커진다는 것은 기본 상식이기 때문이었다.

"대대장 동무, 기럴 만한 이유라도 있습네까?"

마지못해 최성욱 상사가 나섰다.

"만약에 남조선 병사들이 많이 상하게 되어 남조선 인민들의 감정이 험해지기라도 하면 협상이 제대로 이루어지갔어? 우리는 지금 남조선 국방군과 교전하러 온 거이 아니야."

그럴듯한 변명이었다. 하지만 오동길에게 있어 이런 조치는 다목적 포석이 깔려 있었다. 사실 작전 때문이라기보다는 자신의 부대원들을 위한 향후 보험의 성격이 강했다.

"기렇군요, 알갔습네다. 너희들은 저쪽 오십 보 뒤에 설치하라!"

철진의 이야기는 계속되었다.

그로부터 동굴 붕괴 상황도 들을 수 있었다.

"우리는 너희 남조선 국방군과 한차례 교전 후 먼저 동굴 깊숙이 후퇴해서는 경계 태세를 갖추고 있었디. 그때 굉장한 폭발음과 함께 어마어마한 흙먼지가 우리 쪽으로 밀려들었구. 우리가 설치한 폭약을 너희들이 건든 거이 틀림없었어. 하디만 우리 대대장 동무와 상사 동무가 돌아오디 않은 상태여서 걱정을 많이 하고 있었는데, 다행히 두 분 다 무사히 돌아오셨디. 동굴이 완전히 붕괴되어 적들이 우리에게 다가올 수 없다는 사실에 기쁨도 잠시, 우리의 존재가 너희 남조선 국방군에게 알려졌다는 사실과 거기에 퇴로도 없다는 공포감이 우리를 엄습했디. 그때, 우리는 대대장 동무로부터 뜻밖의 사실과 함께 마디막 명령을 받게 되었어."

"마지막 명령? 그게 뭔데?"

성호의 눈이 동그래졌다.

철진은 티 나지 않을 정도의 한숨을 내쉬고는 그날의 일들을 회상하며 말을 이었다.

동굴 붕괴 직후, 동굴 내부의 오동길 진영

동굴이 붕괴되고 퇴로가 막혀 오도 가도 못하게 된 오동길 부대는 이제 두 가지 선택밖에는 남아 있지 않은 듯했다. 그대로 죽느냐 아니면 전향을 하느냐.

오동길은 자신이 업고 온 어린 병사가 죽자 큰 결심을 하게 된다. 그는 일단 부대원들부터 모이게 했다. 막상 병사들이 다 모이자 정작 오동길은 마음이 흔들렸다. 무엇보다 이들이 받을 충격과 혼란 때문이었다. 상황이 어떻게 전개될지, 그건 오동길 자신조차도 감내하기 어려운 부분이었다. 또 하나는 황 국장의 계략을 저지해야 한다는 절박함이 자리하고 있었다. 이는 북에 남겨진 가족들을 살릴 확실한 길이기도 했다. 따라서 할 수만 있다면 결자해지하고 싶었다.

동길이 생각에 잠긴 듯 말이 없자 최 상사가 나섰다. 대대장이 뭔가 중대한 결심을 하고 있다는 느낌을 갖고 있던 그였다.

"대대장 동무, 마디막 명령이란 거이 뭡네까?"

"아, 기보다도 여기를 빠져나갈 퇴로가 있는지부터 먼저 살펴야 되갔어."

"아하, 좋은 생각입네다."

그렇게 동길이 병사들에게 전하고자 했던 작전에 대한 진실은 잠시 미뤄진 채 부대원들은 탈출로 찾기에 나섰다. 하지만 몇 차례에 걸친 대대적인 수색에도 빠져나갈 구멍은 고사하고 밖으로 통하는 구멍 하나 발견되지 않았다.

지금은 그 마지막을 기다리는 중이었다. 최 상사가 아픈 몸을 이끌고 자진하여 부대원들과 마지막 수색에 나선지 두세 시간이 지난 시점이었다. 최 상사와 부대원들이 허탈한 표정으로 다가오고 있었다.

"없습네다."

최 상사가 고개를 저으며 말했다.

"기래, 모두들 수고 많았다. 지금부터 자리에서 쉬며 내 얘기 잘 들으라!"

오동길은 다소 굳은 표정으로 입을 열었다.

대대장의 쉬라는 말에 최성욱 상사만이 치료를 위해 좀 떨어진 바위에 걸터앉았을 뿐 모든 부대원들은 대대장 주위로 모여든 상태 그대로였다.

"이건 내 마디막 명령이 될 기야. 내래 아까도 얘기하려다 말았디만, 이 작전은 애당초부터 잘못되었어."

대대장의 폭탄과도 같은 발언에 모든 부대원들은 놀란 토끼 눈처럼 두 눈을 동그랗게 뜬 채 서로의 얼굴만 쳐다보았다. 그것은 최 상사도 마찬가지였다.

동길이 담배를 꺼내 한 모금 피우고는 말을 이었다.

"이 작전은 공화국이 우리에게 부여한 작전이 아니야."

그 한마디에 부대원들의 표정은 아주 얼이 빠진 모습들이었다.

정신을 가다듬은 최 상사가 앞쪽에서 자신을 치료하고 있는 간호병을 밀치며 비교적 큰 소리로 되물었다.

"기거이 무슨 말입네까, 대대장 동무? 아까부터 용인된 작전이 아니라느니, 공화국에서 부여한 작전이 아니라느니 하시는데, 기러면 우리는 와 여기에 온 겁네까, 남조선엔?"

"다시 한 번 말하디만 이 작전은 공화국이 우리에게 부여한 작전이 결코 아니야. 우리는 고저 한 인간의 뱀풀이에 동원된 거 뿐이디. 따라서 작전에 성공을 하든 실패를 하든 우리는 공화국의 반역

자가 되는 거이야."

사실, 이때까지도 오동길은 황 국장의 좌천에 따른 개인적인 화풀이 정도로 인식하고 있었다. 따로 거대한 음모가 있다 한들 실질 권력으로부터 멀어진 마당에 어찌해 볼 도리도 없을 것으로 생각되었다. 다만 한 가지 미심쩍은 것은 아무리 개인적인 화풀이라도 이처럼 엄중한 사태를 황 국장 개인이 감당할 수 있는 일인지, 또 그걸 어떻게 감당하려는 것인지, 나아가 그 해결책은 갖고 추진하는 것인지는 여전히 가늠이 되지 않고 있었다. 그저 자신들이 원전을 탈취하면 작금의 남북한 평화 기조에 흠집을 내게 되고, 따라서 남한과 국제 사회에 북한 지도부의 진정성에 타격을 입히게 된다는 정도였다. 이때 황 국장이 전면에 나서 이를 해결하는 모양새를 갖춤으로써 다시 권좌에 복귀하는 수순 정도로만 생각하고 있었다. 따라서 자신들은 황 국장의 목적을 위해 희생되어야 할 제물에 불과했다.

"예에?"

최성욱 상사를 비롯한 부대원들은 대대장의 발언에 거의 패닉에 가까운 반응을 보였다.

"나는 김철환 동무를 비롯하여 이미 많은 부하를 잃었다. 더 이상의 불필요한 희생은 원티 않아. 이건 내 마디막 명령이야. 이곳을 나서는 즉시 기거이 남조선이든 북조선이든 개념티 말구 온전히 목숨을 보전토록 한다, 알갔나?"

병사들은 어떠한 대답도 하지 못했다. 그들은 그저 어리둥절한 표정으로 서로의 얼굴만 바라볼 뿐이었다.

최성욱 상사가 더 이상 안 되겠다 싶었는지 자리에서 벌떡 일어나 반발하듯 나섰다.

"기거이 무슨 말씀입네까? 우리래 목숨이나 구걸하러 여기에 온 거이 아니디 않습네까? 기껏 퇴로 하나 막혔다고 싸워 보디도 않고 항복하겠다는 겁네까? 내래 홀로 남더라도 임무 완수하고 공화국에 영광스럽게 복귀하갔습네다."

"야, 최성욱이, 지금 기런 거이 아니야! 너, 목숨이 아까워서 내래 이러는 거라 생각하네? 이거이 공화국이 부여한 명령이라면 내래 폭탄을 들고서라도 기꺼이 불지옥에 뛰어들기야. 하디만 이번 작전은 기런 성격의 거이 아니야. 말 그대로 개죽음, 그 이상도 그 이하도 아니디. 따라서 나는 이 작전의 지휘관으로서 너희들에게 부여한 임무를 이 시간부로 종료한다. 기리고 너희들의 직책도 이 시간부로 해제한다, 알갔나?"

병사들은 어찌 대답해야 할지 몰라 서로 눈치만 볼 뿐이었다. 그도 그럴 것이 이들 모두는 북미 간 핵 협상이 깨져 전쟁이 임박할 경우 남조선 원전을 탈취하여 전쟁을 막는다는 것이 자신들에게 부여된 임무로 알고 있었다. 이는 오 대대장으로부터 직접 전해 들은 내용이기도 했다.

최 상사가 병사들을 대신하여 재차 나섰다.

"대대장 동무, 왜 이리 나약한 말씀을 하십네까, 대대장 동무답지 않게? 기리구 기거이 무슨 말씀입네까? 우리가 아는 대남조선 공작 임무는 공화국이 부여한 신성하고도 절대적인 명령입네다. 대대장 동무가 종료하느니 마느니 할 소관의 거이가 아니다, 이 말입네다."

"야, 최성욱이! 이건 내 명령이야, 잔말 말구 따르라!"

오동길이 최 상사를 쏘아보며 외쳤다.

최 상사도 물러서지 않았다. 그는 부대원을 살리려고 오동길이 일부러 거짓말을 하는 것으로 생각하고 있었다. 그동안 자신이 보아 온 강단 있는 오동길의 모습은 결코 아니었다. 여기서 더 흔들린다면 자못 부대원들을 통제하기 어려운 지경으로 흐를 수도 있겠다는 생각이었다. 최성욱은 나약하게 흔들리는 오동길을 잡아 주고 싶었다.

"대대장 동무, 더 이상은 참지 못합네다."

"야, 최성욱!"

"다시 그런 반동 같은 개나발이면, 내래 공화국의 이름으로 대대장 동무를 처단할 수도 있습네다."

어느 정도의 혼란과 반발은 예상했던 터였다. 하지만 최 상사가 이렇게까지 자신을 막아서리라고는 생각하지 못했다.

"야, 최성욱이! 너래 나를 기렇게 많이 봐 왔으면서두 기러네?"

"기래서 내 자신이 한심스럽다, 기케 생각하는 거 아닙네까. 이런 간나를 믿고 기렇게 진급시키려고 그 야단을 친 거이를 생각하면……."

마지막 말은 남이 듣기 어려운 혼잣말 투였다. 일단 생각이 여기에까지 미치자 최성욱은 울진 원전 공격에 나선 김철환 부대대장과 부대원들의 얼굴이 떠올랐다.

"기거 아십네까, 김철환 동무가 대대장 동무 진급시키려 기렇게 무던히도 애쓴 거?"

순간 오동길의 눈시울이 뜨거워지며 하마터면 눈물을 쏟을 뻔했다. 하지만 지금은 아니었다. 아무 죄 없는 그들을 수정 명령이란 미명으로 희생시킨 것도 지금의 이들을 살리기 위한 고육지책이었다. 그들의 희생을 헛되지 않게 하기 위해서라도 반드시 이들을 구해야만 했다.

오동길은 마음을 다잡았다. 대화를 좀 더 극한 상황으로 끌고 갈 필요성이 있었다.

"야, 최성욱이! 너래 진정 기케 생각하는 거이네? 기럼 좋아, 내래 마디막으로 한마디만 하갔어. 기런 다음 나를 처단하든가 말든가, 니 맘대로 하라우."

최성욱의 단순한 머리로는 오동길은 변절자에 다름 아니었다. 처음엔 오도 가도 못하는 상황에 처한 부대원의 목숨을 구해 보려는 선의의 나약함으로 생각했지만 뜻을 굽히려 하지 않는 것을 보고는 실제 변절자가 아닌가 의심스럽기까지 했다.

최 상사는 지금 북에 남겨진 가족을 생각하고 있었다. 자신만큼은 가족을 위해 기꺼이 죽을 각오가 되어 있었다.

사실 북에 두고 온 가족의 안위는 부대원들이 개성을 떠나는 순간부터 무언의 공통 관심사가 되어 버렸다. 이는 오동길이 누구보다도 더 잘 알고 있을 터였다. 따라서 지금의 오동길의 행위는 부대원들에게 마음의 갈등만 부추기는 꼴이었다.

부대원들도 몹시 혼란스러워 하고 있고, 지금이라도 오동길을 제 위치에 올려놓지 않으면 상황은 어디로 흘러갈지 모를 일이었다.

최성욱은 권총을 뽑아 들고 오동길을 겨누며 격한 어조로 소리쳤다. 그의 두 눈에는 눈물이 솟구쳐 눈가를 적시고 있었다.

"처단하라면 내래 못할 거 같네? 더 이상 개나발 같은 변명 필요

없어야! 이 시간부로 모든 작전 명령권을 온전히 내게 넘긴다는 말, 그 한마디면 족해."

"상사 동무!"

놀란 병사들이 최 상사가 실제 총을 쏘는 게 아닌가 하여 앞다퉈 말리듯 외쳤다.

"대대장 동무, 상사 동무, 지금 이럴 때가 아니디 않습네까?"

철진이 눈물까지 글썽이며 나섰다.

"야, 리철진이, 너는 나서디 말라우!"

철진을 돌아보며 최 상사가 나무라듯 소리쳤다.

"모두 잘 들으라. 내래 다시 한 번 말하디만, 이건 공화국의 명령이 결코 아니야. 착각하디 말라우. 이 작전은 공화국 수뇌부 그 누구도 모르는 일이야."

오동길은 리철진이 나선 막간을 이용해 다시 한 번 설득하려 노력했다.

최성욱은 오동길의 행위가 반역에 다름 아니라는 생각에 그의 이성은 점점 마비되고 있었다.

"개소리하디 말라우. 우리가 기걸 믿을 거 같네? 이제 기런 잡소리로 목숨 구걸하디 말고, 공화국 전사답게 마디막 하직 인사나 하라우."

최성욱이 격한 발언과 함께 들고 있던 권총을 장전하여 방아쇠를 당기려는 모션까지 취했다.

"상사 동무!"

놀란 철진과 부대원들이 다시 소리쳤다.

그리고 바로 그때였다.

"대대장 동무!"

무너진 동굴 쪽으로부터 다급하게 부르는 소리였다. 그는 무너진 동굴 상황을 살피러 갔던 병사 중 한 명으로 먼지를 뚫고 숨을 헐떡이며 뛰어오고 있었다.

모든 시선이 그에게로 쏠렸다.

병사는 최 상사가 대대장에게 권총을 겨누고 있는 상황에 당황한 듯 말을 잇지 못하고 가쁜 숨만 몰아쉬었다.

"무슨 일이네?"

오동길이 나서 물었다.

"큰일 났습네. 무너진 동굴에서 굴착하는 소리가 들립네. 점점 가까워지고 있습네. 긴데……?"

그는 전방 동굴 상황에 대해 전하면서도 지금 이곳에서 벌어지고 있는 상황에 몹시 당황스러워하는 눈치였다.

"대대장 동무, 기리고 상사 동무, 지금은 이럴 때가 아니디 않습네까? 상사 동무, 지금 무전이 안 되고 있습네. 뭔가 잘못된 거이 확실합네. 작전에서 무전이 안 된다는 거이……."

철진이 다시 용기를 냈다.

철진의 발언에 힘입은 오동길이 재차 나섰다.

"야, 최성욱이, 기리고 너희들도 대가리가 있으면 한번 생각해 보라. 남조선에 침투하면서 국방군 아새끼들 복장이나 민간 복장으로 변복하는 거이 당연한 거 아니네? 기런데 너희들 좀 보라우. 공화국에서 입던 거 그대로이디, 와 기렇갔어? 여기 아는 놈 있으면 말해 보라!"

순간 최성욱은 비밀이라도 들킨 양 속이 뜨끔했다. 뭔가에 뒤통수를 한 대 세게 맞은 느낌이었다. 자신도 이에 대해 이상하다고 느꼈지만 뭔가 그럴만한 사유가 있겠거니 하는 정도로 넘어갔던 사안이었다.

다른 병사들 역시 눈만 껌벅일 뿐 나서는 자가 없었다.

오동길이 말을 이었다.

"내래 너희들한테서 이런 질문이 나올까 봐 솔직히 됴마됴마했어. 나도 뭐라 대답해 줘야 할디 막막했거든. 야! 너희들 공화국에서 배운 전술 다 어드메 두고 온 거이네? 너희들 지금 남조선에 마실 온 거이네?"

다들 꿀 먹은 벙어리가 된 듯 말이 없었다.

오동길은 더욱 몰아붙였다.

"기리구 황기룡 총국장이래 와 기케 된 거인디 너희들도 대충은 알고 있을 기야. 아무리 기렇더라도 인민군 총정치국이 당 조직지도부의 검렬을 받는다는 거이 말이 된다고 생각하네? 기렇다면 거꾸로 생각해서, 또 기럴만한 리유가 있지 않갔느냐는 생각을 해 볼 수 있디 않갔어? 너희들 허구한 날 민가니 장마당에 나가 보급 투쟁을 벌여 왔디? 어이, 최성욱이! 내래 드러내기도 낯 뜨겁디만, 우리래 염소며 개새끼 잡다 해 처먹은 거이 몇 번이었디? 너 4년 전 겨울, 염생이 사건은 기억나네?"

둘은 이미 4년 전 겨울, 염소 사건이 있던 바로 그때로 돌아가 있었다.

4년 전 겨울밤, 개성의 오동길 부대

부대 전체가 보름간의 혹한기 산악 행군을 마친 날이었다. 병사들이 고된 훈련을 무사히 마쳤지만 제공된 식사라고는 푸성귀 반찬에 감자와 옥수수가 반이나 섞인 밥이 전부였다. 그것도 내일부터는 평상시처럼 하루에 두 끼만 제공되거나 세 끼를 제공하되 그 양을 줄여야 했다.

부대원들의 사기를 위해서라도 뭔가를 해야 했다. 이를 위해 대대장실에는 오동길 대대장과 김철환 부대대장이 함께하고 있었다. 하지만 그들에게 있어 별 뾰족한 방법이 있는 것도 아니었다.

김철환은 등화관제를 위해 내려진 도톰한 천으로 된 커튼을 살짝 올려 창밖을 내다보고 있었다.

"밖에 눈이 많이 내리고 있습네다."

"아, 그런가."

오동길이 무심히 받았다.

창밖으로 대여섯 명의 병사들이 연병장을 가로질러 부대 밖으로 향하는 모습이 김철환의 눈에 들어왔다.

"최 상사가 밖으로 보급 투쟁을 나서려나 봅네다."

"눈이 내리는데 사고라도 나면……"

"부대의 로런한 최고 선임 아닙네까. 걱정하지 마시디요. 최 상사가 아녔으면 끼니도 끼니디만 부대 체면이 말이 아니었을 겁네다."

부대대장의 말에 오동길은 조용히 고개만 끄덕였다.

부대의 지휘관으로서 부대원의 불법 행위를 눈감아야 되는 자신의 처지가 내심 부끄럽고 서글펐다. 이도 그때뿐이라는 것을 스스로는 잘 알고 있었다. 그동안 자신이나 부대대장이 이런 상황에 못 본 척 넘겨 온 것이 한두 번도 아니었기에 이젠 무덤덤해지는 것도 사실이었다.

최성욱 상사를 비롯한 여섯 명의 부대원들은 야간 투시경을 쓰고 열심히 눈길을 헤치며 빠르게 나아갔다.

"어이, 신참내기!"

최성욱 상사가 입을 열었다.

"예, 상사 동무. 리철진이라고 합네다."

"기래, 리철진이. 너래 보급 투쟁은 처음이디?"

"예, 기렇습네다."

"아주 긴장 넘치는 색다른 경험이 될 기야. 상대방도 준비 단디하고 있을 거니까니, 정신 똑대기 차리라우!"

"예, 알갔습네다."

이들이 두 시간에 걸쳐 눈길을 헤치며 도착한 곳은 개성에서 제일 큰 집단 농장의 한 울타리였다. 이곳은 목초지에 염소를 방목해 키우는 농장이었다. 울타리는 커다란 통나무를 일정한 간격으로 세우고 가로 목재와 격자 철망을 서로 얼기설기 연결시킨 구조로 되어 있었다. 울타리의 상부에는 가시철망이 설치되어 있었고, 이 때문에 전체 높이는 제법 높았다.

이들은 먼저 주변 상황부터 살폈다. 눈보라 소리와 함께 가끔 개 짖는 소리가 들려왔다. 소음기 달린 북한의 78식 저격 보총의 스코프를 통해 살핀 풍경은 2층짜리 농장 건물의 방 한 칸에만 불이 켜져 있었다. 방안에는 가끔 창밖을 향해 두 손으로 빛을 가리고는 농장 초지 쪽을 바라보는 이가 하나 보였다. 그가 농장 초지를 감시하는 것이 분명했다.

농장 안의 초지에는 염소 떼들이 추위를 피해 두 무리로 옹기종기 모여 있었다. 저격수의 스코프에 무리에서 좀 떨어진 염소의 관자놀이가 겨눠지고 방아쇠가 당겨졌다. 피웅, 하는 바람 빠지는 소리와 함께 염소는 그 자리에서 털썩 고꾸라졌다. 이 때문에 주변의 염소 떼가 놀라며 분주히 움직였지만 이내 언제 그랬냐는 듯 잠잠해졌다. 다시 한 번 무리에서 떨어진 염소에 스코프의 초점이 맞춰지고, 그렇게 또 한 마리의 염소가 쓰러졌다.

최 상사와 저격병을 제외한 병사 넷은 곧바로 울타리를 넘어 염소가 쓰러진 곳으로 향했다. 쓰러진 염소는 병사 둘이 각각 한 마리씩 어깨에 둘러메고, 나머지 둘은 뒤에서 염소를 받치며 일행이 기다리는 울타리 쪽으로 신속하게 퇴각했다. 울타리에 도착한 병사들은 죽은 염소를 최 상사가 있는 울타리 너머로 힘을 합쳐 던져 넘기고는 자신들은 각자 넘기 쉬운 곳을 찾아 나섰다. 농장은 울타리 안쪽으로 비탈진 사면을 이루고 있어 안이 밖에서보다 넘기가 어려웠다.

철진도 울타리를 따라 넘을 만한 곳을 찾아보았다. 그의 눈에 낡은 격자 철망의 일부가 떨어져 나가 낮아진 울타리가 보였다. 가시철망도 밑으로 처져 있어 넘기엔 안성맞춤이었다. 그는 즉시 그곳에 기어올라 눈 위로 뛰어내렸다.

"아악!"

철진은 자신도 모르게 소리를 내지르고 말았다. 그가 뛰어내린 곳은 농장 측이 만들어 놓은 함정이었다. 울타리를 따라 얕게 파놓은 구덩이에는 대못이 박힌 송판이 숨겨져 있었다.

철진은 눈 위에 털썩 주저앉은 채 일어서지도 못하고 끙끙대고만 있었다. 쇠못 하나가 그의 군화를 뚫고 올라와 눈 위를 붉게 물들이고 있었다.

철진이 내지른 비명 때문인지 농장 측 개들이 요란스럽게 짖어 댔다.

"뭐이가?"

"빨리빨리!"

농장 건물 여기저기서 불이 켜지며 사람들이 몰려나오는 것이 보였다. 그들의 손에는 몽둥이나 연장 같은 것들이 들려 있었다. 2층에 있던 남자도 밖을 내다보며 어딘가로 급히 전화를 거는 모습도 보였다.

"서두르셔야겠습네다."

저격 소총의 스코프를 통해 이를 살피던 병사가 최 상사를 향해 다급하게 말했다.

"이런 간나, 조심하라구 했디?"

"죄송합네다."

철진이 울상이 되어 답했다.

철진의 군화에서 못을 빼낸 최 상사는 포승줄로 임시 지혈을 시킨 후 일으켜 세우며 낮은 톤으로 말했다.

"어서 서두르라!"

"예."

이들은 서둘러 현장을 떠났다.

저 멀리 보이는 목초지에는 울타리를 향해 달려오는 손전등 불빛과

개 짖는 소리가 요란했다. 농장의 인부들로 보이는 이들이 울타리 현장에 도착해서는 손전등으로 이곳저곳을 비추며 둘러보고 있었다.

얼마 안 되어 울타리에는 건물 2층에서 전화를 걸던 이와 인민복으로 말쑥하게 차려입은 사내가 다가왔다. 그는 국가안전보위부 개성 분소장이었다. 그는 먼저 도착한 농장 인부들의 안내를 받으며 범죄 현장을 보다 면밀히 살폈다.

분소장은 눈 속에서 무언가를 발견하고는 집어 올렸다. 탄피였다. 그는 그것을 손전등으로 요리조리 비춰 보고는 알 수 없는 야릇한 미소와 함께 자신의 상의 주머니에 집어넣었다.

그가 문제의 구덩이로 안내되었다. 구덩이 주위엔 여전히 피가 흥건했다.

"간나새끼들, 얼마 못 갔겠구만."

그는 곧바로 남겨진 발자국과 핏자국을 따라 인부들과 함께 손전등을 비추며 추적해 나갔다. 내리는 눈 때문에 발자국만으로는 흔적을 찾고 추적하는 데 어려움이 있겠지만 혈흔이 있어 불가능해 보이지는 않았다.

하지만 이들은 얼마 못 가 포기해야 했다. 어느 순간부터 흔적이 사라져 보이지 않았다. 농장 사람들로 하여금 흩어져 찾아보게 했지만 모두 헛수고였다.

"간나새끼들, 기다리라우!"

화가 난 분소장이 날 선 투로 중얼거렸다.

한편, 최 상사 일행은 눈이 푹푹 빠지는 눈보라 속에서도 빠른 속보로 부대를 향해 나아가고 있었다. 두 병사는 각각 비닐로 싸맨 염소를 짊어지고, 찔린 발을 비닐로 얼기설기 싸맨 철진은 최성욱 상사의 등에 업혀 있었다. 맨 뒤에는 저격병과 나머지 병사가 나무로 만든 넉가래로 자신들의 눈발자국을 지우며 뒤따르고 있었다.

연병장에는 한 대의 검은색 지프가 헤드라이트를 비추며 들어서고 있었다. 차에서는 인민복을 차려입은 사내 하나가 내렸다. 집단 농장에서 본 바로 그 분소장이었다. 그는 경비병의 안내를 받으며 대대 상황실로 향했다.

대대 상황실에는 마치 기다리기라도 한 듯 늦은 시간임에도 오동길 대대장과 김철환 부대대장이 함께하고 있었고, 헤드셋을 두른 두 명의 통신병은 열심히 대대 통신망에 잭을 꽂으며 부대 간 통신을 중개하고 있었다.

"실례하갔습네다. 국가안전보위부에서 나왔습네다."

분소장이 먼저 인사말을 건넸다. 그의 태도는 심히 뻣뻣했다.

오동길이 다소 짜증스러운 표정으로 대꾸했다.

"이 야심한 밤에, 보위부가 여긴 어인 볼일이오?"

"오늘밤 호위총국이 관리하는 곳간에 쥐새끼 몇 마리가 다녀갔는데, 이곳에 숨어들었다는 신고가 접수되어 잠시 살펴보기 위해 나왔습네다. 잠시만 협조해 주시디요."

북한에서는 부족한 식량 수급을 위해 부대 내에서 가축을 직접 기르게 하거나 큰 부대의 경우엔 외부에 대규모 농장을 마련하여 위탁 운영하기도 하였는데, 최 상사 일행이 다녀 간 곳은 다름 아닌 호위사령부가 운영하는 농장이었다. 호위총국이 호위사령부로 격상된 지 얼마 되지 않은 시점이라 분소장이 입에 익은 대로 호위총국이라 말한 것이지만, 부대 가까이에 다른 소규모 농장들이 자리하고 있음에도 최 상사가 보다 먼 이곳을 선택한 이유도 부대 간에 흐르는 미묘한 경쟁의식이 작용한 탓이 없지 않았다.

"이거야, 원!"

오동길이 심히 불쾌한 투로 중얼거렸다. 그 소리는 상대방인 분소장에게도 충분히 들릴 정도였다.

오동길의 심기가 느껴진 듯 분소장은 다소 누그러진 말투로 말을 이었다.

"잠깐 둘러보기만 하면 됩네다."

"좋소. 기럼 같이 둘러봅시다."

"기냥 자리 지키시디요. 제가 안내하갔습네다."

김 부대대장의 만류에 오동길이 고개를 저었다.

"아니, 함께 둘러보자우. 자, 이쪽으로!"

분소장의 요청으로 이들은 먼저 부대 취사장으로 향했다. 분소장은 취사장에 들어서자마자 부식 창고부터 찾았다. 하지만 부식 창고의 문은 열쇠로 잠겨 있었다. 부대대장이 문을 따주자 분소장은 창고 이곳저곳을 손전등으로 비추며 살펴보았다.

오동길은 취사장 입구 쪽에 서서 분소장의 행동을 멀뚱히 바라보고 있었다. 분소장이 큰 솥을 열어 확인하려는 순간이었다. 그의 등 뒤로 천정에서 핏방울 같은 것이 바닥으로 떨어지는 것이 오동길의 눈에 들어왔다. 그가 눈을 들어 위를 보았다. 천정에는 양 끝을 가로 지르며 전체 지붕을 떠받치는 커다란 넉가래 통나무가 하나 자리하고 있었는데 바로 그 통나무에 두 마리의 염소가 나란히 걸쳐져 있었다.

"도대체 뭘 찾는 것이오?"

동길이 얼른 자리를 옮겨 떨어진 핏방울을 지르밟으며 능청스럽게 물었다.

"아, 여기는 됐습니다. 내무반을 좀 볼까 합니다만."

"보는 거야 어렵디 않소. 하디만 우리 부대는 오늘 혹한기 전투 행군을 마친 상태라 모두가 기진맥진한 상태니 절대 깨우거나 잠을 방해하디는 마시오."

"아 예, 그러디요."

내무반의 문이 열리고 스위치가 올려졌다.

내무반의 모습이 드러나자 분소장은 신음에 가까운 낮은 한숨을 토해 내고 말았다.

"허어!"

최근 북한의 전력 사정을 대변이라도 하듯 흐릿하게 비쳐진 내무반엔 병사들이 서로의 몸을 부대끼며 곤한 잠에 빠져 있었다. 그들 모두의 발에는 하나같이 발바닥과 발뒤꿈치에 흰 광목천이 둘둘 싸매져 있었다. 몇몇 병사의 발은 이미 광목천과 피떡이 되어 붙어 있었다.

분소장은 들고 있던 손전등으로 병사들의 발 하나하나를 비춰가며 보다 자세히 살폈다. 그중 한 병사의 발바닥은 비교적 깨끗한 천으로 감겨 있으면서도 방금 흘린 듯한 핏자국이 선명했다. 거기에 천의 매듭도 급히 매다 풀린 듯 느슨했다. 분소장은 병사가 깨지 않도록 풀린 매듭을 마저 풀고는 감긴 천을 천천히 제거했다.

병사의 풀린 발이 드러났다. 순간 분소장의 얼굴엔 몹시 놀라고 당황하는 빛이 역력했다. 병사의 발바닥엔 커다란 물집이 잡혀 있었고 무른 곳이 터져 피가 흘러나오고 있었다. 분소장은 미안했는지 자신이 들고 있던 손전등을 병사 옆 침상에 내려놓고는 풀린 천을 두 손으로 정성껏 감싸 주며 매듭까지 마무리해 주었다.

　그들은 말없이 상황실로 돌아왔다.

　"무엇을 찾고 있는지는 모르겠으나 찾고자 하는 것은 못 찾은 듯싶습니다만."

　동길이 시치미 뚝 떼고 찔러 보았다.

　"아무래도 제가 잘못 찾아온 듯합네다. 다른 곳을 찾아봐야 될 듯……."

　분소장이 멋쩍게 답하며 말끝을 흐렸다.

　"아, 기러시면 서두르셔야 되겠군요."

　"이거 실례가 많았습네다. 아, 기리고…… 내일 농장 관리원 동무에게 연락해, 염소 두 마리를 이쪽으로 보내도록 조치하디요."

　"아, 기렇게까디, 고맙소."

　"여른 실례가 많았습네다. 기럼 수고들 하시디요."

　분소장이 목례를 하고 돌아서려 할 때였다.

　"대대장 동무!"

　낯익은 목소리가 들려왔다. 다름 아닌 리철진이었다.

　오동길이 고개를 돌리자 그가 보고했다.

　"정찰총국입네다. 전화 받아 보시디요."

　"아, 기래."

오동길이 통신병 쪽으로 자리를 옮기려 하자 분소장도 서둘러 작별 인사를 고했다.

"기럼 일들 보시디요."

"살펴 가시디요."

오동길이 답례를 하고는 수화기를 받기 위해 돌아섰다.

배웅을 위해 김철환 소좌가 따라 나섰다. 문을 나서기 전 오동길과 가벼운 미소를 교환했다.

수화기를 대대장에게 건넨 철진이 자리에서 일어났다. 그의 군화에 선 피가 밖으로까지 배어 나오고 있었다.

"날래 가서 발부터 살피고 그만 쉬라!"

"네, 알갔습네다."

철진이 거수경례를 붙이고는 쩔뚝거리며 물러 나왔다.

오동길이 수화기를 들어 답했다.

"특수정찰대 대대장 오동길 상좌입네다."

"야, 최성욱이! 우리는 고저 살아남기 위해 지금까지 신물 나는 투쟁을 벌여 왔디? 기거이 당과 수령을 위한다는 위대한 사명으로 말이야. 기리티만 수뇌부와 상급 부대 지휘관들은 호의호식하며 일선엔 쥐꼬리 보급에 기거이마저도 끊기기 일쑤고, 기럼에도 하급 부대는 민폐를 끼티며 상납을 준비해야 했구. 지금 기거이 문제가 된 거이야, 알갔네?"

최성욱 상사가 말을 받았다. 하지만 그의 말투는 상당히 누그러져 있었다.

"기거야 미제를 비롯한 호전광들의 대조선 압살 봉쇄 정책으로 고난의 시기를 보내야 하기에……."

바로 그때였다.

최 상사의 말이 끝나기도 전, 어디선가 휴대폰 진동 소리가 울려퍼졌다. 휴대폰은 오동길의 바지 주머니에서 울리고 있었다. 밀폐된 공간이라 그런지 진동 소리가 제법 크게 느껴졌다. 박 노인이 전해준 바로 그 휴대폰이 처음으로 울리는 순간이었다.

오동길은 휴대폰을 꺼내 확인했다. 화면에는 '발신 번호 표시 불가'란 글자가 떠 있었다. 그에게 예기치 못할 일이 생길 것만 같은 직감이 들었다. 그는 망설임 없이 모든 병사들이 들을 수 있도록 스피커폰 통화를 시도했다. 만약을 위해 녹음을 하는 것도 잊지 않았다.

최성욱 상사는 막간을 이용해 총을 겨누던 손을 내려 자신의 왼어깨를 어루만졌다. 그의 얼굴은 통증으로 일순 일그러졌다.

"오동길입네다."

통화가 시도되었다.

— 야, 오동길이, 내래 황기룡이야. 용케 살아 있었구만 기래.

실로 뜻밖이었다. 오동길 자신도 황 국장이 직접 전화를 걸어오리라고는 조금도 예상하지 못했다. 그도 그럴 것이 북한의 무선 중계망은 남한의 것과 호환이 되지 않기에 서로 통화가 불가능했기 때문이었다. 하지만 알고 보면 놀랄 일도 아닌 것이, 지금 황 국장은 북한의 개성 공단 내에 설치되어 있는 남한의 무선 통신 기지국을 이용하여 통화를 시도하는 중이었다.

놀란 것은 최 상사와 병사들도 마찬가지였다. 황기룡이란 소리에 그들의 입에서는 탄식의 웅성거림이 한꺼번에 터져 나왔다. 그 소리가 제법 컸다.

오동길은 입에 자신의 검지를 갖다 대며 조용하라는 신호를 보냈다. 그러고는 보란 듯이 빈정거렸다. 지난번 무전 때처럼 황 국장의 불같은 성격을 역이용해 보려는 심산이었다.

"총국장 동무의 안녕 기원 덕분 아니겠습네까?"

— 야, 간나새끼야! 너래 나를 배신하고서리 살아남을 거이 같애?

"기거까디는 걱정하디 마시디요. 기거이는 제 몫 아니겠습네까?"

— 간나새끼, 잘 들으라. 공화국에서는 너와 너희 부대원들 모두 공화국을 탈영한 반역 분자로 이미 처결되었어. 기거이 너희들이 나를 배신한 값이니 원망은 말라우.

황 국장의 이 발언은 병사들의 낯빛을 하얗게 만들었다.

"으으, 이런 간나!"

최성욱 상사는 분을 삭이지 못해 신음까지 토해 냈다.

오동길은 그런 최 상사에게 손가락을 입에 갖다 대며 다시 한 번 조용히 하라는 신호를 보냈다.

"기런데 무전기는 놔두고 손전화로 이거이 뭐 하는 겁네까, 총국장 동무답지 않게?"

— 야, 오동길이. 너래 내 모가지가 열 개라도 된다고 보는 거이네? 만에 하나 너희 반동 아새끼들하고 연결돼 있는 거이 발각되기라도 하면, 내 모가지가 남아나갔어?

생각한 그대로였다. 오동길은 무엇보다 황 국장의 반동이란 말에 분노가 치밀어 올랐다. 그는 마치 엄중한 경고라도 하듯 무거운 톤으로 되받았다.

"우리는 공화국을 배신한 적이 없소. 권력에 눈이 멀어 앞뒤도 가리디 못하는 총국장 동무의 무지함을 일깨워 준 거뿐이디요."

— 너는 내레 권력에 눈이 멀어 이 사업을 하고 있다고 생각하네? 너두 알다시피 우리 군부는 십수 년을 허리띠 졸라매며 공화국의 핵무력 완성을 위해 피나는 전투를 해 오디 않았네? 하디만 어린 새 지도자와 먹물쟁이 당 관료 아새끼들은 미제와 국제 사회의 대조선 압살 봉쇄에 너무도 쉽게 공화국의 핵 무력을 포기하려고 들었다.

"기러면, 총국장 동무는 공화국의 통치 리념인 당과 수령의 령도력을 무시하고, 기간 어렵게 조성된 북남 간 평화 기조를 깨면서까디 핵 무력을 유지해야 된다고 생각하는 겁네까? 기것도 공화국 수뇌부까디 속이며?"

— 당연하디 않네? 너는 군부의 일원으로서 억울하디도 않네? 기렇게 개고생을 해 놓구?

"억울하다니요, 천만에. 총국장 동무는 현실을 똑바로 주시하시디요. 솔딕히 우리 공화국은 더 이상 버틸 힘도 없디 않소? 공화국의 핵 무력은 조미 간 협상의 지렛대로서 조선반도의 항구적 평화를 추동해 내고, 우리 공화국 인민들의 삶에 도움이 되는 정도면 기것으로 족하다 생각하오."

— 기렇다구 알아서 굽히고 까발려 내줘야 되는 거이네?

"내레 20여 년 전에도 남조선에 와 봤디만 그때와 비교해 눈이 부실 차이를 확인했소. 우리 공화국은 어떻소? 총국장 동무는 핵폭탄과 탄도 로켓만 끌어안고 있으면 우리 공화국이 남조선만큼 잘살게 된다고 보는 것이오?"

— 야, 이 간나새끼야! 너래 남조선 물 좀 며칠 먹었다고 벌써 부르주아 사상에 물든 거이네?

"하하, 기렇게 생각하십네까? 딱두 하십네다, 총국장 동무. 기러나 저러나 총국장 동무의 뜻을 관철시키기 위해선 쿠데따라도 일으켜야 될 거인데, 지금의 신세가 말이 아니라서리……"

오동길이 어떤 의도나 기대를 갖고 이 말을 꺼낸 것은 아니었다. 그저 그의 심기를 노엽게 하여 부대원들에게 황 국장이란 자의 실체와 이 작전에 대해 보다 명확하게 전해 주고 싶었을 뿐이었다.그런데 황 국장으로부터의 답변은 실로 충격적이었다.

— 못할 것도 없디. 내래 그만한 준비도 없이 이 위업을 도모했갔네? 한윤철 무력부장과 림경호 총참모장 동무래 당의 핵 무력 포기에 반대하다 저세상 사람이 되지 않았네? 우리 군부는 절대 핵 무력을 포기하디 않아, 절대로. 알갔네?

황 국장의 이 발언을 통해 오동길 자신도 본 작전의 실체를 어느 정도 파악할 수 있었다.

그는 대수롭지 않은 듯 애써 침착하게 말을 이어 나갔다.

"내래 다시 한 번 말하디만, 공화국의 핵 무력은 공화국과 조선반도의 평화를 지켜내는 것만으로 족하다 생각하오. 또한 이를 위해서라면 기꺼이 포기하는 것도 바람직하갔디요. 총국장 동무, 력사에 돌이킬 수 없는 패악질, 이쯤에서 멈추시디요."

— 야, 오동길이! 기래서 시키디도 않은 울진을 공격한 거이네, 우리 일 죽탕치려구, 이 간나새끼야?

"약빠른 줄만 알았는데 총국장 동무도 분별력은 조금 있어 보이오. 여튼 마디막으로 내래 한마디만 할 터이니, 총국장 동무는 잘 들으시오. 우리는 절대로 남조선 원전을 공격하디 않을 것이오, 절대로!"

황 국장은 약이 오를 대로 올라 있었다.

— 야, 이 간나새끼야! 야 오동길이, 잘 들으라우. 내래 황기룡이야, 황기룡! 내래 니 까이 꺼 하나 막아선다구 작전을 이행하디 못할 거이 같네? 너희들은 고저 미끼야, 미끼. 알간?

"아하, 기렇습네까? 기럼 어디 한번 해 보시디요."

— 오동길이, 너 지금 착각하고 있는 모양인데, 너희들은 이미 공화국의 반역자들이야, 알갔네? 착각하디 말라우.

황 국장의 반역자란 말에 오동길은 다시 한 번 정색을 하며 엄중한 투로 맞받았다.

"다시 한 번 말하디만, 나는 몰라도 내 부하들만큼은 욕보이디 마시오. 그들은 지금까디 단 한 번도 공화국을 배신한 적이 없소."

— 간나새끼. 네가 아무리 발버둥 쳐 봐도 소용없어. 작전은 너희들부터 먼저 요절을 낸 뒤에 리행이 될 기야. 기러니까니 조금만 기다리라.

황기룡의 이 말이 끝나기 무섭게 탕, 하는 총소리가 동굴 속에서 크게 울려 퍼졌다. 오동길은 물론이고 부대원 모두는 깜짝 놀라고 말았다. 최성욱 상사가 분에 못 이겨 천정을 향해 권총 한 발을 발사한 것이었다.

"이런, 간나새끼. 야, 황기룡이!"

최 상사는 권총 발사로도 분이 삭히지 않는 듯 소리 높여 외쳤다.

놀란 것은 황기룡도 마찬가지였다.

— 이건 또 뭐이가? 설티디들 말구 황천길이나 잘 닦고 있으라!

그 말을 끝으로 황 국장과의 통화는 끝이 났다. 다른 이의 목소리가 들리자 당황한 황 국장이 일방적으로 끈 것이었다.

통화가 끝나고 동굴 내부에는 한동안 무거운 침묵이 흘렀다.

최성욱이 오동길 앞으로 나아가 무릎을 꿇고는 자신의 머리에 권총을 들이대며 흐느꼈다.

"대대장 동무, 송구합네다."

기겁한 병사들이 "상사 동무!"를 외치며 만류했다.

놀라기는 오동길도 마찬가지였다.

"뭐 하는 기야?"

오동길이 권총을 빼앗기 위해 날쌔게 움직였지만 찰칵, 하는 격발 소리가 먼저였다. 천만다행으로 최 상사의 권총은 비어 있었다. 정작 최 상사 본인은 경황이 없어 생각지도 못하고 있었지만 오동길과 함께 후퇴할 때 권총 엄호 사격으로 탄환이 소모된 덕분이었다.

황기룡에 반발하여 천정에 쏜 한 발이 마지막 총알이었다. 어찌 보면 황 국장이 최 상사의 목숨을 살린 꼴이 되었다.

"송구합네다, 정말 송구합네다."

최 상사의 권총을 뺏어 든 오동길은 긴 안도의 한숨을 내쉬었다.

"괜티않아, 잘못이 있다면 내게 있갔디. 이 모든 사실을 알면서도 결연히 맞서디 못하고 부하들을 사지로 몰았으니……"

오동길이 말을 잇지 못하자 최 상사가 대신 말을 받았다.

"대대장 동무, 그게 그리 쉽지 않았을 거라는 거이는 돌대가리인 저도 압네다. 너무 자책하디 마시디요."

"기렇습네다. 너무 자책하디 마시라요."

이번엔 철진이 나섰다. 그러자 모든 병사들도 이에 호응해줬다.

오동길이 잠시 생각에 잠겼다 입을 뗐다.

"기래, 일단 너희들부터 살리고 봐야 되갔디. 최 상사는 얼른 일어나 마저 치료 받으라! 간호병은 뭐하네?"

"예, 대대장 동무."

"날래 최 상사 살피라!"

"예, 알갔습네다."

의무병은 최 상사에게로 다가가 치료를 시작했다. 최성욱은 쓰라린 듯 간간히 얼굴을 찡그렸다.

"정말이디 이럴 거라구는 상상도 못했습네다."

최 상사가 오동길을 돌아보며 다시 한 번 미안한 감정을 드러냈다.

"그럴 기야."

"이제 어찌 해야 하는 겁네까, 우리는?"

"반드시 저지 해야디. 기거이 우리가 사는 길이구. 또한 공화국에 남겨딘 가족들을 살리는 길이 되갔디."

최성욱 상사는 입술을 굳게 깨문 채 고개를 끄덕였다.

성호는 철진의 이야기에 푹 빠져 있었다. 스스로도 이 사실을 인지하지 못할 정도였다. 상대의 이야기가 재밌다기보다는 자신이 처한 상황을 타개할 작은 단서라도 있지 않을까 하는 일말의 기대감이 작용한 탓도 없지 않았다.

"아하, 그랬구나!"

성호는 상대가 왜 자신에 대해 크게 적대적이지 않은 것인지 어느 정도 이해가 되었다. 실제 상대의 적대감은 예상했던 것보다 훨씬 덜했다. 이는 단순히 상대편 김 중사의 치료 덕분만은 아닌 것이 확실했다.

그의 이야기가 모두 사실이라면 상대는 지금 상당한 심리적 갈등을 겪고 있음이 분명했다. 성호는 다행이라는 생각과 더불어 좀 더 이야기를 끌고 갈 필요성을 느꼈다.

"듣고 보니 참 재밌네."

"기리티?"

"어. 야, 그런데……."

"기런데? 기런데 뭐?"

"야, 그런데 너희들, 어떻게 무너진 동굴을 빠져 나간거야? 너희들 뭐, 땅 파는 기술이야 두더지도 울고 갈 정도라는 건 익히 알고 있지만, 너희들 감쪽같이 사라진 것 때문에 우리 팀장님이나 우리나 복귀하면 아주 경을 치게 생겼다."

성호의 궁금중에 철진은 장난기가 발동했다. 그가 장난스레 고개를 쭉 내밀고는 입을 삐쭉거리며 말을 받았다.

"알고 싶으나?"

성호가 고개를 끄덕이자 철진은 빙그레 웃으며 말을 이었다.

"남조선에선 궁금하면 얼마인디 알고 있다?"

"장난 좀 그만하고, 그런데 궁금하면 얼마인지 너희들이 그건 어떻게 아나?"

"내래 많이 알디? 기것두 궁금하면 오백 원 내라우."

철진이 손까지 내밀며 말했다.

성호가 한바탕 웃고는 대꾸했다.

"얘기 다 해 주면 줄게."

"기래 알갔어. 니가 워낙 광풍쟁이라 믿음이 안 가디만, 형으로서 넓은 아량으로 믿고 말해 주갔어."

철진은 무슨 굉장한 얘기라도 하려는 양 깊은 심호흡을 한 후 천천히 입을 뗐다.

"우리 대대장 동무래 황기룡 총국장과 손전화 통화 직후, 우리는 탈출로도 없고 모두가 이러지도 저러지도 못하는 신세였어. 대대장 동무는 동굴을 빠져나가 황 국장의 원전 탈취 공작을 막아야 된다 며 애타 하셨디. 기래서 우리들은 자진하여 한 번 더 탈출구를 찾 아 나섰어. 하디만 끝내 찾아내디 못했디. 너희 남조선 국방군의 착 굴 소리도 점점 가까이 들려오고, 이때 내래 우리 대대장님께 제안 하나를 했드랬어."

"제안? 무슨 제안?"

"제안이라기보다 확인해 볼 거이 하나 있다고……."

"그래? 뭘 확인했는데?"

"좀 전에 얘기해 줬디? 우리 전사 동무들 자고 있을 때, 내래 불침 번 선 거."

성호가 대답 대신 고개를 끄덕였다.

"그때 내래 동굴 저수지의 물이 소용돌이치며 빠지는 걸 확인했잖네?"

"아하, 네가 그 물밑 통로를 발견한 거구나. 그곳으로 너희들이 빠져나간 거구."

"기래. 저기 밑으로 들어가면 너희들이 죽탕 친 바로 그 동굴이 나올기야."

철진은 환한 미소와 함께 자신들 앞쪽에 고여 있는 물을 가리키며 의기양양하게 대꾸했다.

그리고는 갑자기 손전등을 들어 자신들 위쪽으로 펼쳐진 바위들도 비춰 주었다. 바위는 위에서부터 4, 50미터를 굽이치듯 매끈하게 파여 있었다. 그곳을 통해 약간의 물이 흐르고 있었다.

"비가 오면 물이 넘쳐나 폭포수가 되어 흐르디. 그 소리가 공명이 되어 기렇게도 귀에 거슬렸던 기야. 우리가 남조선으로 오던 바로 그날 밤에도 비가 억수로 쏟아졌잖네."

"아, 그랬구나!"

성호가 고개를 끄덕였다.

철진은 마치 승리라도 거둔 양 어깨를 으쓱해 보이며 미소지었다.

이때, 김준협 중사의 신음 소리가 들려왔다.

철진이 그에게로 달려갔다.

"중사 동무, 내래 리철진이야요. 정신이 좀 드십네까?"

"대대장 동무는?"

뜻밖이었다. 놀랍게도 김 중사의 첫마디는 오동길 대대장에 대해 묻고 있었다.

"원전 작전에 들어갔습네다."

김 중사가 턱을 내밀어 성호 쪽을 가리키며 물었다.

"저기는 뭐이네?"

"국방군 포롭네다."

김 중사는 힘겨워하며 철진을 힘주어 불렀다.

"리철진!"

"예, 중사 동무."

"대대장님이 위험……, 저기 남조선 병사 동무 좀……."

"예?"

"저기 남조선 병사 동무 좀 부르라."

"아, 예. 야, 윤성호! 이리 좀 와 보라!"

성호가 다가왔다.

김 중사가 힘겹게 입을 뗐다.

"남조선 병사 동무, 기리고 철진이는 내 말 잘 들으라. 난 괜찮으니 어서……, 어서 대대장님부터 구하라!"

놀라운 일이었다. 부상으로 비록 혼수상태에 빠져 있었지만 김 중사는 그동안 자신 주변에서 일어난 일들에 대해 모두 인식하고 있는 듯했다. 그는 힘겨워하며 신음에 가까운 소리로 오동길과 부대원들이 처한 상황을 두 사람, 특히 철진에게 이해시키려 애썼다.

철진도 이미 이 모든 상황을 이해하고 있는 듯했다. 김 중사가 말할 때마다 입술을 굳게 다문 채 군말 없이 고개를 끄덕였다.

철진은 김 중사를 업고, 성호는 철진과 자신의 소총을 둘러메고 오동길 부대원들이 빠져나갔을 법한 길을 따라 서둘러 내려갔다. 동굴 속 물길이 만들어 낸 길이었다.

철진의 등에 업힌 김 중사가 작은 소리로 입을 열었다.

"나는 괜찮다고 했잖아."

"대대장 동무래 중사 동무를 꼭 지켜내라 명하셨습네다. 안 무거우니 걱정하디 마시라요."

말은 그랬지만 철진의 얼굴엔 힘든 기색이 역력했다. 울퉁불퉁한 길을 따라 자신보다 무거운 이를 업고 있으니 힘겨울 만도 했다.

"내가 교대해 줄까?"

보기에 안쓰러웠는지 성호가 나섰다.

"괜티않아, 희멀거니 힘 하나 못쓰게 생긴 거이 무슨……? 내래 우리 중사님 업고 개성까디 가라 하면 지금부터 반나절이면 도착이야."

"아이고, 기러세요? 광풍쟁이는 내가 아니라 너다."

"야, 그만 좀 웃기라, 힘 빠진다."

동굴 속을 힘겹게 나아가던 철진이 잠시 숨을 고르려는 듯 멈춰 서는 성호를 향해 말했다.

"내래 여기 나서면 니 애인도 함 보고 싶구마이."

성호가 환한 미소로 고개를 끄덕였다.

동굴 속 계곡물은 도회지로 흐르는 인공의 수로 터널과 연결되어 있었다. 성호와 철진은 어렵사리 그 수로 터널을 빠져나왔다. 어스름한 기운이 남아 있는 새벽녘이었다.

수로 터널의 끝은 덮개가 없는, 도회지로 흘러드는 하천을 이루고, 터널 끝 덮개 상부는 산으로 연결되는 초입 트래킹 코스를 이루고 있었다. 그 수로 터널의 끝부분에 해당하는 트래킹 코스의 좀 널

찍한 야지에는 임시 대간첩 지휘 본부와 의무대 천막이 설치되어 있었고, 그 트레킹 코스를 따라 전투 차량이 즐비하게 세워져 있었다. 임시 대간첩 지휘 본부의 입구에는 두 대의 장갑차와 모래 자루로 쌓아 올린 임시 방호대 및 진지가 양쪽으로 배치되어 있었다. 진지에는 기관총이 거치되어 있었고, 소총으로 무장한 병사들과 기관총 사수가 함께 근무 중이었다.

인공 수로 터널을 빠져나온 셋은 덮개가 없는 하천 변 위로 올라섰다. 철진은 김 중사를 업은 엉거주춤한 상태로, 성호는 그 옆에서 철진과 자신의 소총을 양어깨에 나눠 멘 채 우두커니 서 있었다.

진지의 초병들은 조는 건지, 아니면 다른 데 정신이 팔린 건지 아직 이들의 존재를 알아채지 못한 듯했다.

성호가 진지 초병들을 향해 소리쳤다.

"나는 특임여단의 윤성호 일병입니다. 북한의 부상병과 전향 병사를 데리고 왔습니다."

그제야 진지의 초병들은 마치 불이라도 난 듯 분주히 움직였다.

그들은 성호에게 어깨에 멘 총을 땅에 내려놓게 하고는 손을 머리 위로 얹도록 존대하여 명했다.

곧이어 본부 천막으로부터 무장한 여러 명의 장교들이 일시에 쏟아져 나왔다. 그들은 성호와 북한 병사들을 호송하여 안으로 데리고 갔다.

저지 작전

어둠이 채 가시지 않은 새벽.

'방사성 폐기물 처리 전문 (주)방진산업'이라 쓰인 버스가 시원스레 도로를 달리고 있었다.

버스 안 운전석 바로 뒷좌석에는 광명호 선장과 오동길 대대장이 나란히 앉아 있고, 그 뒤로 촘촘히 자리한 병사들은 무심히 밖의 풍경을 내다보고 있었다. 오동길을 비롯한 모든 병사들은 민간복으로 갈아입은 상태였다. 급조된 탓에 사이즈가 맞지 않거나 시절에 맞지 않은 옷이어서 볼썽사나운 것도 사실이었다.

버스의 좌석 가운데 통로에는 커다란 가방 몇 개가 놓여 있었다.

버스의 외부 짐칸에는 정 과장과 버스 기사가 팬티만 남기고 벌거 벗겨진 채 양손과 발이 서로 묶여 있었고, 입에는 청 테이프가 붙어 있었다. 이들은 한동안 발버둥을 치다 지쳐 체념한 듯 버스의 움직임에 그대로 몸을 맡기고 있었다.

새벽녘, 선장은 정 과장에게 연락을 취했다. 자신이 알고 있는 젊은 친구들이 같이 일을 하고 싶어 한다며 새벽 인력 시장으로 향하던 버스를 집 가까이로 유인, 탈취한 것이었다.

어느덧 버스는 고리 원자력 발전소 정문에 다다랐다.

순간 북한 병사들은 자신들의 다리 사이에 숨기고 있던 소총을 일제히 만지작거리기 시작했다. 그들의 얼굴엔 긴장한 모습이 역력했다. 창밖으로 무장한 사람들의 모습이 보였기 때문이었다. 운전석 백미러를 통해 그런 병사들의 모습이 광명호 선장의 눈에도 들어왔다. 그는 뒤를 향해 가벼운 손짓으로 진정하라는 신호를 보냈다.

"바깥일 도울 새로운 일용직 인부들입니다."

선장이 버스 창문을 열고 침착하게 소리쳤다.

바리케이드가 걷히고 버스는 유유히 발전소 경내로 들어섰다.

버스 안은 긴장했던 얼굴들이 살짝 펴지며 작은 웃음소리도 들려왔다. 선장이 어깨를 으쓱하며 우쭐한 표정을 지어 보이자 오동길이 호응하여 가볍게 미소를 지어 보였다.

이윽고 버스는 해체를 위해 가동이 중단된 1호기의 주차장 안으로 들어섰다. 이곳은 발전소 내 철거 폐기물을 임시 적치시키는 곳이기도 했다. 버스가 세워진 주차장 맞은편 쪽으로 폐기물들이 제법 많이 쌓여 있었다.

평소보다 이른 아침임에도 몇몇 인부들이 나와 일하는 모습을 제외하면 평소와 다름없는 모습이었다.

오동길과 병사들은 소총 등 전투 장비 등을 버스 안 통로에 놓여 있던 가방에 나눠 담고는 광명호 선장의 안내를 받으며 일용직 인부들이 쓰는 탈의실로 향했다.

아침 6시 42분, 고리 원자력 1호기 발전동

겉으로 보기엔 평온해 보일지 모르지만 오동길 부대원이 탄 버스가 원자력 발전소에 도착하기 거의 한 시간 전, 1호기의 발전동에서는 은밀한 원전 탈취 공작이 진행되고 있었다.

　원자력 발전이 이루어지는 발전동 건물에는 직원들이 드나드는 메인 출입구 이외에 그 옆쪽으로 원전 가동에 필요한 자재들을 운반하는 차량들이 드나들 수 있는 커다란 작업 통로가 하나 나 있었다. 이곳에는 평소보다 이른 시간임에도 철거 폐기물을 실은 지게차들이 바지런히 들락거리고 있었다. 작업 통로 거의 끝자락에는 메인 출입구와 마찬가지로 직원이나 인부들이 통과할 수 있는 간이 출입구가 마련되어 있었다. 이 간이 출입구 뒤편 통로 쪽으로 'SWAT 특수기동대'라고 쓰인 검은색의 차륜형 장갑차 한 대가 벽면에 기대어 주차되어 있었다.

　메인 출입구에서와 마찬가지로 이곳 간이 출입구에도 짧은 기관단총으로 무장한 두 명의 대테러 요원들이 경비를 서고 있었다. 며칠 전 울진 원전이 무장 공비의 공격을 받게 되자 모든 원전에 대한 '갑호 비상경계 강화 조치'가 내려짐에 따라 이곳에도 특수 경찰 병력이 급거 배치된 상황이었다. 다만 가동이 영구 중단된 곳이라 배치 병력은 다른 곳에 비해 상대적으로 적었다.

　직원이나 인부들이 간이 출입구를 통해 발전동 안으로 들어가기 위해서는 메인 출입구에서와 같이 ID카드를 찍고 들어가 따로 보안 검색대를 통과해야 했다.

　고리 원자력 1호기에는 비록 원전 가동은 멈췄지만 사용 후 핵연료인 폐연료봉이 많이 남아 있었다. 고준위 방사선을 내뿜는 폐연료봉은 최고 수준의 위험군 물질로 보안 강화의 필요성은 일반 원전과 크게 다를 바 없었다.

폐기물을 싣고 작업 통로 쪽 간이 출입구 앞을 지나 밖으로 향하던 지게차 한 대가 2, 30여 미터를 가다 갑자기 통로 정중앙에 멈춰섰다.

지게차 운전수가 내리며 간이 출입구 쪽 경비를 맡은 두 명의 대테러 요원들을 향해 손짓하여 외쳤다.

"여기요, 이리 좀 와 보세요!"

"무슨 일입니까?"

"여기요!"

운전수는 요원의 물음에 구체적인 대답 대신 그저 손가락으로 지게차 앞에 실린 폐기물 담는 나무 상자를 가리킬 뿐이었다.

두 요원은 일단 가서 확인해 보려는 듯 더 이상 묻지 않고 지게차 쪽으로 향했다.

바로 이때, 통로 바깥쪽으로부터 지게차 한 대가 통로 안쪽으로 들어서고 있었다. 이는 두 요원의 눈에도 들어왔다. 건물 바깥 임시 야적장에 폐기물을 버리고 들어오는 통상의 지게차였다.

통로 안쪽 깊숙한 곳에 설치된 CCTV를 통해 이를 지켜보던 CCTV 보안실의 한 보안 요원으로부터 지게차로 다가가는 대테러 무장 요원에게 무전이 날아들었다.

— 지금 그쪽, 무슨 일입니까?

"지게차가 고장인 것 같습니다. 가서 확인하고 보고 드리겠습니다."

두 요원이 지게차에 다다랐다.

"무슨 일입니까?"

한 요원이 물었다.

"이것 좀 봐 주세요."

지게차 운전수는 여전히 폐기물을 담는 나무 상자 안을 가리켰다. 하지만 그 나무 상자 안에는 폐기물이 담겨 볼록한 여러 개의 은색 방진포대만이 보일 뿐이었다.

두 요원은 이해할 수 없다는 듯 고개를 갸우뚱하며 거의 동시에 반문했다.

"뭘 말입니까?"

"저기요, 저기."

운전수는 별다른 설명 없이 여전히 놀란 표정으로 상자 안을 가리킬 뿐이었다.

요원 중 한 명은 지게차 정면 쪽으로 자리를 옮겼다.

다른 요원은 운전수 곁으로 좀 더 가까이 다가가서는 그의 손가락 지시 방향을 따라 자신의 시선을 고정시켰다.

"저게 뭐야?!"

급기야 뭔가를 발견한 듯 요원은 크게 놀란 표정으로 외쳤다.

폐기물을 담는 방진포대 중 한 포대의 지퍼가 조금 열려 있고, 그곳에 사람의 손으로 보이는 것이 살짝 밖으로 삐져나와 있었다.

"뭐가?"

지게차 앞쪽으로 자리를 옮긴 요원이 허리를 굽혀 상자 안을 두리번거리며 되물었다. 그는 여전히 특이 사항을 발견하지 못한 듯했다.

먼저 발견한 요원은 대답 대신 자신의 기관단총을 등 뒤로 돌려 메고는 발뒤꿈치를 들어 상자 안으로 깊숙이 허리를 굽혔다. 해당 포대의 지퍼를 열어 직접 확인해 주려는 의도였다.

그가 손을 뻗어 조심스레 지퍼를 내렸다. 그리고 그 찰나의 순간이었다. 요원은 순식간에 상자 안으로 끌려 들어갔다.

포대 안에 있던 것은 죽은 시체가 아니었다. 죽은 척하고 있다 지퍼가 열리자 순식간에 요원을 상자 안으로 잡아 끌어들이고는 간단하게 그의 목뼈를 부러뜨렸다. 요원은 대응 한번 제대로 하지 못한 채 죽임을 당하고 말았다. 순식간에 벌어진 일인데다 요원이 다소 방심한 탓도 없지 않았으나 그의 능숙한 솜씨로 보아 대단히 훈련된 자임에는 틀림이 없었다.

CCTV 모니터에는 지게차 운전수에 가려져 요원이 상자 안으로 사라지는 것조차 확인할 수 없었다.

지게차 정면 쪽에서 이 충격적인 상황을 마주한 또 다른 무장 요원이 자신의 기관단총으로 대응해 보려 했지만 이 또한 늦고 말았다. 그는 장전도 하기 전에 통로 앞쪽으로부터 다가오던 지게차에 의해 그대로 압사되고 말았다.

얼마 후 CCTV 보안실의 해당 모니터에는 대테러 복장의 두 무장 요원이 멀쩡하게 간이 출입구 쪽으로 돌아오고, 두 지게차도 원래 가던 방향으로 나아가고 있었다.

좀 전 무슨 일이냐고 물었던 CCTV 보안실의 요원으로부터 확인 무전이 날아들었다.

— 무슨 일입니까?

"아, 별거 아닙니다."

한 요원이 짤막하게 대답했다.

두 요원은 서로의 얼굴을 바라보며 회심의 미소까지 교환했다.

복도에는 검은색 대테러 복장의 두 무장 요원이 앞장서고, 하얀 방진복을 착용한 직원으로 보이는 예닐곱 명이 그 뒤를 따르고 있었다. 이곳은 원자력 가동과 안전의 핵심을 이루는 제어실과 보안실로 통하는 길이었다. 직원으로 보이는 몇몇은 통상의 공구 가방으로 보이는 것을 어깨에 메고 있었다.

이들이 복도를 따라 움직이며 처음 맞닥뜨린 곳은 CCTV 보안실이었다. 이곳부터는 인가된 핵심 직원들만 출입하는 곳으로, 보안실 앞 복도에는 역시 대테러 복장을 한 무장 요원 둘이 지켜 서 있었다. 복도 중앙에 통제 구역이란 삼각 팻말이 세워져 있었지만 이들은 거침없이 나아갔다.

보안실 앞의 두 무장 요원들은 이들을 제지하기는커녕 자신들의 동료라고 생각했는지 경계하는 기색조차 보이지 않았다.

"무슨 일이십니까?"

한 요원이 이들을 향해 물었다.

대테러 복장을 한 두 요원 바로 뒤를 따르던 하얀 방진복 차림의 사내가 주머니에서 무언가를 꺼내 들며 냉소적으로 외치듯 대꾸했다.

"무슨 일이긴……"

그의 손에는 소음기 달린 권총이 들려 있었다.

두 요원은 그의 말이 다 끝나기도 전에 그의 총알부터 받아야 했다.

"이렇게 하려구."

두 명의 무장 요원을 간단하게 처치한 이들은 곧장 CCTV 보안실로 밀고 들어갔다. 그곳에는 무수히 많은 모니터들이 실내의 삼면을 빼곡히 채우며 발전동 곳곳을 비추고 있었다. 네다섯 명으로 보이는 요원들이 자리에 나눠 앉아 열심히 모니터를 살피고 있었지만 정작 자신들 등 뒤에서 벌어지고 있는 일에 대해서는 깜깜밤중이었다.

소음 권총이 정중앙에 자리한 한 모니터 요원의 뒤통수를 강타했고, 그는 비명을 지를 겨를도 없이 피와 뇌수를 뿜으며 테이블에 고꾸라졌다. 그제야 실내는 아비규환으로 돌변했다. 그의 양옆에 자리한 이들이 소스라치며 용수철 튕기듯 일어서고, 다른 이들도 기겁하여 자리를 피해 보지만 이들이 피할 곳은 그 어디에도 없었다. 몇 걸음 떼지도 못하고 모두는 소음 권총에 절명하고 말았다.

CCTV 보안실이 접수되고, 곧이어 이곳으로 들어서는 새로운 인물이 있었다. 그는 대테러 요원 복장을 한 두 명의 사내로부터 근접 경호까지 받고 있었다.

"어서 오십시오, 대장님."

"기래 수고들 많다."

그는 테이블에 고꾸라져 여전히 피를 토하고 있는 정면의 모니터 요원 시신을 신경질적으로 바닥에 내팽개치고는 그의 자리에 털썩 주저앉았다. 그는 왼쪽 턱 밑에 큰 점이 나 있는, 일전에 직원 식당에서 광명호 선장에게 ID카드를 주워 준 바로 그 사내였다.

"보안실은 접수됐으니, 동무들은 즉각 작전을 실행하라우!"

점박이 사내가 모니터를 올려다보며 휴대용 사설 무전기로 지시를 내렸다.

보안실의 각 모니터는 총으로 무장한 일단의 사람들이 작업실에 난입하여 직원이나 작업자들을 위협해 어딘가로 끌고 가는 모습들을 고스란히 보여 주고 있었다. 하지만 대테러 요원들에 대해서만큼은 자비가 없었다. 그들 모두는 현장에서 사살되었다.

보안실에서 이를 지켜보던 사내들은 만족스러운 듯 득의양양하게 소리 내어 웃어 댔다. 이들은 남한에 침투하여 오랜 기간 암약해 온 고정간첩들이었다.

발전동 내의 직원 탈의실에는 30여 명의 직원들이 무릎을 꿇고 머리에 손을 얹은 채 공포에 떨고 있었다. 이곳에는 4명의 남파 공작원들이 소총으로 무장하고 이들을 지키고 있었는데 한 명은 대테러 요원 복장을, 나머지 셋은 일반 방진복 차림을 하고 있었다.

두려움에 소리 없이 흐느끼던 한 여직원의 얼굴엔 마스카라가 번져 엉망이 되어 있었고, 한 소심한 남자는 바지에 오줌을 싸 바닥을 흥건히 적시고 있었다.

무거운 정적이 흐르는 가운데 이를 깨기라도 하듯 실내에 요란한 음악 소리가 울려 퍼졌다. 누군가의 휴대폰에서 울리는 착신 벨소리 음악이었다.

닐리리야, 닐리리야, 니나노 난실로 내가 돌아간다. 닐리 닐리리 닐리리야. 청사초롱 불 밝혀라, 잊었던 낭군이 다시 돌아온다. 닐리 닐리리 닐리리야…….

태평가의 부분 소절이 반복적으로 이어지고 있었다.

"누구야?"

대테러 요원 복장의 공작원이 신경질적으로 소리 질렀다.

인질들의 웅성거림 속에 겁에 질린 한 중년의 남성이 주머니에서 휴대폰을 꺼내 얼른 벨소리를 껐다. 하지만 그것으로 끝이 아니었다. 급한 나머지 통화 거절 버튼만 누른 모양이었다. 곧 그의 휴대폰에서는 태평가 소절이 또다시 울려 퍼졌다.

대테러 요원 복장의 사내는 온 인상을 찌푸린 채 말 대신 손짓으로 그에게 일어서라는 신호를 보냈다. 중년의 남성은 다리가 풀린 듯, 한차례 넘어질 듯 비실거리다 바듯이 중심을 잡고 일어섰다. 대테러 복장의 공작원은 귀찮다는 듯 이번에도 말 대신 손짓으로 그에게 뒤로 가라는 신호를 보냈다.

다른 인질범 셋은 이 상황을 지켜보며 알 수 없는 야릇한 미소와 함께 자신의 소총을 매만지고 있었다.

"살려 주세요. 살려 주세요, 제발!"

중년의 남성도 상황의 엄중함을 인식한 듯했다. 그는 뒤를 향하는 중에도 멈칫멈칫 인질범들을 향해 애원했다. 벽에 다다르자 그는 무릎을 꿇고 머리까지 조아리며 살려 달라고 절규에 가까운 애원을 보냈다. 하지만 그에게 베풀 자비는 이들에겐 조금도 없어 보였다. 정확하게 세 발의 총성이 울리고 그는 그 자리에서 쓰러졌다.

야속하게 그의 휴대폰 착신 벨소리도 그제야 멈췄다.

"자, 가지고 있는 휴대폰, 즉시 앞으로 반납한다!"

대테러 요원 복장의 사내가 건들거리는 목소리로 소리쳤다.

그의 말이 떨어지기 무섭게 직원들은 자신의 휴대폰을 꺼내 앞사람에게 릴레이 하듯 전달했다. 소풍이나 야외 행사 때 종종 하던 '물건 이어 나르기' 놀이에 비추어 이번 휴대폰 릴레이는 실로 세계 신기

록감이라 할 만했다. 죽음의 공포 속에서 동료의 죽음을 눈앞에서 경험한 이들이었다. 그들 모두는 사실상 패닉 상태에 빠져 있었다.

공작원들은 흐뭇한 표정으로 그 광경을 지켜보며 즐기고 있었다.

아침 7시 56분, 일용직 노동자 탈의실

직원 숙소동의 탈의실에서는 오동길 부대원들이 북한 전투복으로 갈아입느라 분주했다. 먼저 갈아입은 병사들은 그 위에 하얀 방진복을 덮어 입었다.

광명호 선장은 필요한 물품을 챙기러 잠시 밖으로 나간 상태였다. 선장은 이와 관련해 사소한 실수 하나를 저지르게 된다. 밖으로 나서며 탈의실 문 잠그는 걸 깜빡했던 것이다. 보통의 출근 시간보다 한 시간이나 이른 데다 자신이 얼른 돌아오면 될 거라 쉽게 생각한 부분이 없지 않았다.

이로 인해 오동길 부대원들은 경을 치는 경험을 하게 되는데 그건 바로 김 씨 아저씨의 뜻하지 않은 출현 때문이었다. 그는 엊저녁 회식 자리에서 마신 술이 과해 회사 식당에서 아침 해장을 하고 일하려고 평소보다 일찍 출근하게 되었다. 물론 정 과장으로부터 아침 식권까지 받아 챙긴 그의 살뜰함이 작용한 탓도 있었다.

김 씨가 탈의실 문을 열고 들어오려다 깜짝 놀라며 바로 문을 닫아 버렸다. 탈의실을 잘못 들었나 싶어서였다. 그가 주위를 한 번 살피고는 슬며시 문을 열고 고개만 살짝 들이밀었다.

"어어, 이건 뭐여? 시방, 우리 탈의실이 공산화된 겨?"

김 씨의 뜻하지 않은 출현에 오동길은 물론이고 부대원들 모두는 사색이 되고 말았다. 시간이 멈춘 듯 모든 동작을 멈춘 부대원들은 하나같이 눈을 동그랗게 뜬 채 김 씨만을 바라볼 뿐이었다.

최성욱 상사가 조용히 권총을 뽑아 들자 이를 눈치챈 오동길이 슬며시 고개를 저었다.

낯선 분위기 탓인지 밖에서 얼굴만 자라목처럼 쑥 내밀고 있던 김 씨가 무슨 생각을 했는지 이내 탈의실 안으로 들어섰다. 자신의 캐비닛을 열고 그도 작업복으로 갈아입기 시작했다.

"오늘 영화들 찍나? 나도 소싯적에는 영화배우가 꿈이었는디……. 근데 자네들 말여, 빨갱이가 뭐여, 빨갱이가? 할 거면 특전사나 국정원 요원 뭐, 이런 걸 해야지, 폼 나잖아?!"

전지적 참견 시점이라고나 할까. 워낙 나서기 좋아하는 성격의 김 씨인지라 이번에도 그냥 넘기지 못하고 구시렁거리듯 자신의 생각을 툭 던졌다. 물론 상대로부터는 어떠한 반응도 없었다.

이때까지만 해도 김 씨는 옷을 갈아입느라 이들의 면면을 제대로 살피지 못한 상태였다. 방진복으로 거의 다 갈아입은 그는 그게 궁금했는지 고개를 돌려 병사들을 찬찬히 훑어보았다. 주연은 아니어도 앞으로 조연급으로 활동할 만한 자가 있는지 살펴보고 싶어서였다.

오동길은 김 씨가 옷을 갈아입기 위해 캐비닛 쪽으로 잠시 돌아섰을 때, 자신부터 옷 입기를 재개하며 부하들로 하여금 옷 입기를 계속하라는 신호를 보냈었다. 자연스럽게 보이기 위한 조치였다. 하지만 오동길의 바람과 달리 몹시 긴장한 병사들은 옷을 차려입으면서도 그들의 시선은 한결같이 김 씨를 향해 있었다. 그 덕분에 어렵지 않게 인물들의 면면을 세세히 살필 수 있었던 김 씨는 씁쓸한 표정과 함께 입맛까지 다시며 고개를 까딱였다.

"뭐, 액면들을 보니 딱 빨갱이네, 빨갱이. 엑스트라의 길은 멀고도 힘든 길이지, 암! 내가 충분히 이해 혀. 그래서 그러는디, 내가 한 가지 팁을 알려 줄까?"

김 씨의 말에 병사들은 말로 움직이는 무슨 자동 로봇인 양 또 한 번 일제히 동작을 멈춘 채 눈을 동그랗게 뜨고 그만을 주시했다.

김 씨는 이들의 신세가 몹시 딱해 보였다. 오지랖이라면 태평양보다 넓은 그였다. 싫다 좋다 그 누구의 대답도 없었음에도 그저 자신을 주시하는 그 애절한 눈빛을 봐서라도 뭐라도 하나 가르쳐 줘야겠다는 의무감에 사로잡혔다.

"엑스트라에 생명은 뭐? 오바액션이여, 오바액션! 죽어도 그냥 죽지 마! 감독이 막 뭐라 그래도, 총에 맞잖아? 그러면 있잖아……."

그는 마치 자신이 영화 전문가라도 되는 양 자신의 검지를 곧추세우고는 기세 좋게 말을 잇다, 갑자기 자리를 박차고 나가 바닥에 미끄러지듯 무릎을 꿇고는 두 손을 높이 들어 뒤로 젖히며 소리쳤다.

"으악!"

김 씨는 영화의 한 장면을 흉내 내고 있었다.

그가 무릎을 꿇은 상태 그대로 주의를 상기시키려 부대원들에게 일일이 손가락으로 가리키고는 강한 어조로 말을 이어 나갔다.

"이거 봤지? 캬! 왜 그, 미국 영화 있잖아?"

인상을 찌푸리며 한참을 생각하던 그가 영화 제목이 생각난 듯 다시 환해지며 말을 이었다.

"아, 맞다! 영화 '플래툰'에서 걔 미국 배우가 뻬트콩한티 총에 맞아 죽을 때 하던 그 할리우드 액션. 캬, 그 장면! 이런 식으로 죽을 때 오바액션하면 말이지 영화가 상영될 때, 저게 나야 나, 하고 알 수 있거든."

김 씨의 장엄한 액션을 가미한 설명에도 상대는 미동도 없이 그저 강 건너 불구경하듯 빤히 쳐다만 볼 뿐이었다. 그건 오동길이나 최성욱 상사도 마찬가지였다.

그가 멋쩍게 무릎을 털고 일어서며 중얼거렸다.

"뻘쭘하구만……. 아이구, 아야!"

광명호 선장이 민간복 차림 그대로 폐기물 임시 야적장에 나타났다. 작전을 위해 오동길 부대가 가져온 전투 장비 등을 담을 방진포대 몇 개를 챙기려는 것이었다.

젊은 인부 다섯 명은 아침 일찍부터 나와 있었다. 그들 모두는 선장의 관리하에 있는 공작원들이었다.

"간밤엔 잘 주무셨습니까?"

"어, 그래. 모두들 나왔군. 아직까진 별일 없지?"

"이것을 좀 보셔야 될 것 같습니다."

한 공작원이 광명호 선장을 방진포대가 쌓여 있는 곳으로 안내했다. 그는 방진포대 하나를 가리키며 그 포대의 지퍼를 열어 내부를 살짝 들춰 보여 줬다. 포대 안에서 사람의 발 하나가 삐져나왔다.

"작전이 시작된 듯합니다."

선장이 굳은 표정으로 고개를 끄덕이며 말을 받았다.

"그렇군."

선장은 인부들이 폐기물을 옮기는 데 쓰는 삼각 손수레를 끌고 서둘러 탈의실로 향했다. 그 손수레에는 빈 방진포대 몇 장이 실려 있었다.

그가 탈의실에 거의 다다를 무렵이었다. 마침 방진복으로 갈아입고 탈의실 문을 나서는 김 씨와 정면으로 마주쳤다. 순간 선장은 돌처럼 굳어 버리고 말았다.

"형님이 이 시간에 여긴……?"

김 씨는 재밌다는 듯 싱글벙글한 표정으로 입을 열었다.

"뭘 놀라? 안이나 들어가 봐, 아주 가관여. 거기는 이미 공산화됐어, 빨갱이헌티."

그는 탈의실 쪽으로 턱을 쭉 내밀어 들어가 보라는 시늉과 함께 선장의 어깨를 툭 치며 지나쳤다. 그의 입가엔 야릇한 웃음기까지 머금고 있었다.

복도를 씩씩하게 걸어 나가는 김 씨의 뒷모습을 선장은 한동안 지켜봐야 했다. 그의 이상 행동 여부를 살필 필요 때문이었다. 김 씨는 곧장 복도 끝에 자리한 직원 식당으로 향했다. 다행히 그에게서 평소와 다른 이상 징후는 발견되지 않았다. 선장의 입장에서는 그의 드넓은 오지랖이 처음으로 믿음이 가는 순간이었다.

선장도 탈의실 안이 궁금했다. 김 씨가 식당 안으로 사라지자마자 곧바로 탈의실 안으로 들어갔다.

부대원들은 방진복으로 차려입고 얼추 준비를 마친 상태였다. 선장은 가져온 손수레와 방진포대를 병사들에게 넘겨주었다. 그들은 소총과 폭약 등 전투 장비를 챙겨 그 안에 담았다.

오동길이 근심 어린 표정으로 다가와 입을 열었다.

"좀 전에 당신네들 같은 일꾼 하나가 들었소. 무슨 일 없겠소?"

"아, 예. 저도 방금 봤습니다만, 다행히 의심하는 눈치는 아니었습니다."

"다행이오. 그 동무 어쩌나 말이 많던지……."

무슨 말을 하려는 것인지 충분히 인지하고 있던 선장이었지만 새삼 오 대장의 말에 자신도 모르게 비교적 큰소리로 헛웃음을 치고 말았다.

오동길이 다소 언짢은 표정을 지었다. 그는 내심 걱정하고 있던 터였다.

오 대장의 심기를 눈치챈 선장이 순간 아차 싶었는지 정색을 하고는 곧장 본론으로 들어갔다.

"서두르셔야겠습니다. 작전이 시작된 것 같습니다."

선장은 주차장 임시 적치장에서 확인한 상황을 설명해 주었다.

오동길은 고개를 끄덕이며 전투 장비를 챙기고 있는 부대원들을 둘러보았다.

오동길과 부대원들은 광명호 선장을 따라 폐기물 임시 야적장으로 향했다. 오동길은 야적장에 도착하자마자 방진포대에 담긴 시체부터 확인했다. 선장이 얘기해 준 바 그대로였다. 시체는 작전이 이미 시작되었음을 말해 주고 있었다. 마음이 조급하지 않을 수 없었다.

오동길은 최성욱 상사에게 고갯짓과 눈짓으로 무언의 신호를 보냈다. 최 상사는 즉시 권총을 빼들고는 사나운 기세로 돌변하며 광명호 선장을 비롯해 그와 함께 한 젊은 공작원들을 일시에 제압했다.

"모두 꼼짝 말고 그 자리에!"

부대원들도 기다렸다는 듯 선장과 그 수하 공작원들의 무장 해제를 도왔다.

광명호 선장이 어리둥절해 하며 소리쳤다.

"대장 동무, 우리에게 왜 이러십니까? 우리가 무슨 잘못이라도 저지른 겁니까?"

"그런 거 없소. 이 작전은 우리가 맡을 것이오."

"우리도 도울 수 있습니다."

.여러 차례에 걸친 선장의 호소에도 오 대장은 들은 척도 하지 않았다. 그는 조금의 미련도 없는 듯했다.

최 상사는 선장 일행을 마치 포로 대하듯 윽박질하며 몰아붙였다.

"자자자, 모두 이쪽으로!"

선장이 오 대장을 돌아보며 재차 호소했다.

"대장 동무, 우리는 같은 편입니다. 우리도 도울 수 있습니다."

"우리의 지시를 따라 주시오. 그게 우리를 돕는 길이오."

최 상사와 병사들은 반강제적으로 선장 일행을 빈 컨테이너 안으로 밀어 넣었다.

컨테이너의 문이 닫히려 하자 선장은 다시 한 번 다급하게 소리쳤다.

"대장 동무, 우리도 도울 수 있습니다."

하지만 오동길의 태도는 심히 단호했다.

"선장 동무, 우리 조치에 따라 주는 거이 우리를 돕는 길이오. 답답하더라도 조금만 참고 기다리시오. 여기가 안전할 것이오."

오동길의 말이 끝나기 무섭게 컨테이너의 문은 굳게 닫혔다.

때마침 부대원이 있는 곳으로 폐기물을 담은 지게차 한 대가 다가오고 있었다. 병사들은 즉각 운전수를 제압하고 지게차를 탈취했다. 폐기물을 싣는 나무 상자에 최성욱 상사를 비롯한 세 명의 병사들이 날래게 올라타고, 지게차는 그대로 발전동 작업 통로로 향했다.

같은 시각, 발전동 CCTV 보안실

CCTV 보안실에는 턱에 점이 도드라지게 난 사내와 대테러 요원 복장을 한 공작원 등 십여 명이 자리를 지키고 있었다.

작업 통로 쪽을 비추던 CCTV가 고장을 일으킨 듯 갑자기 화면이 나오지 않았다. 평범한 지게차 한 대가 간이 출입구를 지나친 바로 그 시점이었다.

얼마 지나지 않아 모니터를 지켜보던 공작원의 눈에 이상스러운 광경 하나가 포착되었다. 이삼십 명으로 보이는 자들이 갑작스레 나타나서는 거침없이 복도를 활보하고 있었다. 그들 모두는 직원들이 입는 하얀 방진복 차림을 하고 있었다.

"대장님, 이쪽을 좀 보시지요."

그의 말에 점이 도드라진 사내를 비롯해 모든 시선이 그 모니터로 향했다.

"저것들은 뭐야?"

한 공작원이 놀란 표정으로 외쳤다.

"조치할까요?"

대테러 요원 복장의 공작원이 점이 도드라진 사내를 바라보며 의미심장하게 물었다.

그가 손을 들어 제지하며 뭔가 생각에 잠긴 듯한 반응을 보이고는 혼잣말처럼 중얼거렸다.

"바깥 일 보는 놈들인가? 부르지도 않았는데 와 기어들어 온 기야?"

한동안 그들의 행동을 지켜보던 사내는 좀 전 자신에게 조치 여부를 물었던 대테러 요원 복장의 공작원에게 지시했다.

"빨리 연락해서 알아봐!"

그는 즉시 헤드셋 무전기를 이용해 통로 쪽 간이 검색대를 지키는 동료 공작원을 호출했다.

"해왕성이다. 명왕성 1, 2호는 응답하라."

들려오는 대답이 없었다.

"명왕성, 명왕성, 해왕성이다. 명왕성 1, 2호는 응답하라."

재차 호출에도 대답이 없자 단단히 화가 난 그가 소리쳤다.

"야, 명왕성! 이 간나새끼들, 지금 뭐 하고 있는 기야?"

그의 다그침은 통로 쪽 간이 출입구에 마련된 X선 검색대 안에서 울려 퍼지고 있었다. 대테러 요원 복장의 그들 두 남파 공작원은 싸늘한 시신이 되어 서로 포개진 채로 그곳에 누워 있었다.

오동길과 그의 부대원들은 폐연료 저장실을 향해 거침없이 나아갔다.

CCTV 보안실의 남파 공작원들은 모니터를 통해 계속해서 그들의 동선을 주시하고 있었다. 얼마 지나지 않아 CCTV의 위치를 나타내는 팻말에 '폐연료 저장실 - 제2방호돔'이라고 쓰인 모니터에는 이들 공작원들의 눈을 사로잡을 만한 광경이 펼쳐지고 있었다. 그곳에 들어선 이들은 곧바로 방진복을 벗기 시작했다. 그러자 속에 입고 있던 북한 전투복이 고스란히 드러났다. 그리고 가져간 방진포대에서는 소총과 헬멧을 비롯해 폭약과 RPG-7 등 각종 화기들이 쏟아져 나왔다.

서서 이를 지켜보던 공작원 한 명이 우려와 짜증이 뒤섞인 톤으로 한마디 뱉어 냈다.

"뭡니까, 저것들은?"

점이 도드라진 사내가 대답 대신 누구인지 알겠다는 듯 혼잣말 투로 중얼거렸다.

"간나새끼들, 용케도 살아남았구만 기래."

그의 말투에서는 짜증스러움과 분노가 동시에 묻어 있었다.

또 다른 대테러 요원 복장의 공작원이 나서 재차 물었다.

"아는 자들입니까?"

역시나 묻는 말엔 아랑곳하지 않고 자리에서 벌떡 일어서며 그가 소리쳤다.

"손무전기 이리 가져오라!"

명령과도 같은 그의 한마디에 휴대용 무전기 한 대가 바로 건네졌다. 그 무전기는 광명호 선장의 것과 같은 모델이었다.

그가 선 채로 해당 모니터를 바라보며 교신을 시도했다.

"어이, 동길이, 오랜만이야."

모니터 상에서 오동길은 무전기를 꺼내 들었지만 대답에 응하지는 않았다. 자신을 알아보고 친근하게 이름까지 불러 주는 무전 소리에 다소 놀란 모습이었다.

"목소리도 잊었네? 내래 창순이야, 림창순."

— 점백이 림창순이? 군관학교?

동길이 처음으로 무전에 응했다.

"기래, 군관학교, 특수8군단."

— 우리는 네가 죽은 줄로만 알고 있었는데, 어드렇게 된 거이네?

"기렇게 되었다. 내래 공화국을 떠나 남조선에 온 지도 어언 20년이 돼 가고……. 기나저나 자네를 여기서 만나니 옛 기억이 새롭구만. 너도 알디? 내래 너를 넘어서려고 무던히도 애쓴 거. 솔직히 자네에게 빚진 것도 있고……."

그는 말끝을 맺지 못하고 약한 한숨을 내쉬었다.

몇 초간 뜸을 들인 그가 다시 무전기 키를 잡고 말을 이어 갔다.

"20여 년 전 일은 내가 미안하게 됐다. 이제 와서 말하지만 기건 내 뜻이 아니었어. 내래 나서지 못하고 침묵한 거이는 내 잘못이지만 그땐 나두 어쩔 수 없었다."

— 다 지난 일 아니갔네.

친구로부터 쿨한 대답이 들려왔지만 림창순의 마음은 오히려 헛헛했다.

둘의 대화 속에 이들은 이미 20여 년 전, 그 기억 속으로 돌아가 있었다.

＊ ＊ ＊

20여 년 전 여름, 남측 GOP 철책선 부근

군번도 이름표도 없는 얼룩무늬 남한 군복에 허름한 배낭과 M16 소총으로 무장한 두 사내가 가쁜 숨을 몰아쉬며 어두운 산길을 헤쳐 나가고 있었다. 바로 20대 중반의 파릇파릇한 오동길과 림창순이었다. 지금 이들은 실전 훈련의 마지막 단계로, 남한에 직접 침투하여 부여된 임무를 하나하나 수행하며 복귀하는 중이었다.

이곳은 남한 측 GOP 철책선을 얼마 남겨두지 않은 지점이었다. 이들에겐 이제 마지막 임무 하나만을 남겨두고 있었다. 그것은 남한 병사의 목이었다.

오동길이 앞서고 바로 뒤를 림창순이 사주 경계를 하며 따르고 있었다. 칠흑같이 어두운 밤에 이슬비까지 내리고 있어 바위투성이인 산은 더없이 미끄럽고 위험했다.

오동길이 방금 디딘 곳은 이끼가 많은 듯 미끄러움이 더했다.

"거기 미끄러우니 조심하라우."

오동길의 말이 떨어지기 무섭게 림창순은 발이 미끄러지며 균형을 잃고 바로 옆 낭떠러지로 굴러떨어지고 말았다. 그가 균형을 잃으며 본능적으로 앞에 있던 오동길의 배낭 끝을 잡아채는 바람에 오동길도 균형을 잃고 떨어질 뻔한 아찔한 순간이었다. 오동길은 간신히 중심을 잡아 위기를 모면했지만 복귀를 코앞에 둔 시점에서 림창순의 사고로 둘은 예기치 못한 난관에 봉착하고 말았다.

오동길은 서둘러 낭떠러지를 기어 내려갔다.

"좀 어떻네?"

림창순은 대답도 못한 채 그저 끙끙 신음 소리만 낼 뿐이었다.

"어디 좀 보자우."

오동길은 손전등을 비춰 림창순의 상태를 살폈다. 상태는 생각보다 심각했다. 림창순의 정강이 부분에는 제법 큰 나무 꼬챙이가 박혀 있었고, 그의 발목은 완전히 꺾여 돌아가 있었다.

오동길은 우선 그의 신발을 벗기고 꼬챙이가 박힌 부분까지 바지를 찢었다. 군화가 아닌 일반 운동화임에도 이를 벗기는 동안 림창순은 크게 신음 소리를 토해 냈다. 그 소리가 제법 컸는지 저 멀리서 개 짖는 소리가 들려왔다.

"내래 틀린 거이 같애."

림창순이 고통으로 일그러진 표정으로 입을 열었다.

"약해 빠딘 소리 하디 말라우. 입 꽉 깨물라!"

오동길은 나무토막 하나를 림창순의 입에 물려 주었다. 박힌 나무 꼬챙이를 빼내기 위해서였다. 마취 없이 하는 것이기에 그 고통은 이루 다 말할 수가 없었다. 림창순은 모진 신음을 토해 냈다.

저 멀리서 개 짖는 소리가 또 들려왔다.

"맘 단디 먹으라, 우리는 반드시 같이 돌아간다."

오동길이 상처를 동여매며 말했다.

"난 틀렸어. 너만이라도……."

"약해 빠딘 소리 하디 말라 했디? 우린 죽어도 같이 죽고, 살아도 같이 산다."

오동길은 절뚝거리는 림창순을 부축하여 어두운 밤길을 재촉했다.

둘은 GOP 내 남측의 한 초소 근처에 다다랐다.

오동길은 림창순을 안전한 곳에 쉬게 하고는 마지막 남은 임무 완수를 위해 남한 초소 막사로 접근했다. 부대 막사 바로 옆으로는 취사장이 가까이 붙어 있었다. 취사장의 모든 창문에는 등화관제용 커튼이 쳐져 있었지만 말려진 부분으로부터 약하게나마 빛이 흘러나오고 있었다. 그곳을 통해 취사장 내부를 들여다볼 수 있었는데 내부에는 3명의 취사병으로 보이는 이들이 마무리 작업에 한창이었다.

오동길은 또 다른 누가 있는지 확인을 위해 조금이라도 빛이 흘러나오는 창문을 찾아 옮겨 가며 안을 살폈다.

그렇게 정신없이 안을 살필 때였다. 발밑에서 개가 으르렁거리는 소리가 들려왔다. 깜짝 놀란 오동길이 아래를 내려다보니 중간 크기의 누런 개 한 마리가 자신을 올려다보며 으르렁대고 있었다. 크게 짖지 않는 것만으로도 다행이었다. 전문적으로 훈련된 개는 아닌 듯싶었다.

동길의 손에는 대검이 들려 있었다. 마지막 임무 수행을 위한 것이었다. 그렇다고 이를 당장 사용하기에는 무리가 있었다. 자칫 실수하여 소리라도 커지면 임무를 그르칠 수 있어서였다.

일단 개를 진정시키는 게 급선무였다. 먹을 걸 던져 주는 게 최선이겠지만 자신도 굶은 지 며칠 된 상태로, 던져 줄 만한 게 없었다. 효과를 기대하긴 어렵지만 다른 방도 또한 없기에 오동길은 입으로 쉬, 하는 소리와 함께 개에게 손을 내밀어 보았다. 그러자 그 개는 즉각적인 반응을 보였다. 언제 그랬냐는 듯 꼬리를 흔들며 동길의 손을 반가이 핥아 댔다.

"이놈 또 어디 갔어? 맹구야, 맹구 아저씨!"

안에서 들려오는 소리였다.

견공의 이름은 맹구였다.

맹구는 자신을 부르는 선임 취사병에게로 날쌔게 달려가서는 그의 주위를 기쁜 듯 껑충대며 짖어 댔다.

선임병은 허리를 굽혀 그런 개를 쓰다듬으며 마치 사람 대하듯 수다를 떨었다.

"이궁, 어디 갔다 오셨세요, 맹구 띠? 저 아래 부대 떡순 씨하고 또 바람을 핀 겨? 걔하고는 놀지 마세요, 레벨이 다르잖여. 걔는 근본도 없고, 우리 맹구 씨는 뭐여? 셰퍼드, 시베리아허스키 뭐, 그런 잡것들하고는 차원이 다른, 바로 세계가 인정하는 똥개 아녀, 한국산 토종 똥개. 그츄?"

마치 그의 말을 알아듣기라도 하는 양 선임병이 말하는 내내 맹구는 그 앞에서 온몸을 흔들어 대며 깡충거렸다.

이윽고 선임병이 후임 취사병들을 돌아보며 말했다.

"야, 얼른 짬통 처리하고, 우리도 들어가자!"

"예, 알겠습니다."

"나 먼저 들어간다, 뒤처리 잘 하구."

"예, 들어가십시오, 충성!"

선임병은 돌아보지도 않고 손을 머리 위로 튕기듯 답례를 하고는 맹구를 향해 말했다.

"아이고, 우리 맹구 띠도 오늘 수고 많으셨세요. 맹구 띠, 우리도 언능 들어가자."

동길은 본능적으로 그 선임 병사의 동선을 쫓았다. 그는 곧 혼자가 될 터였다. 하지만 오동길은 자신의 생각을 바로 접어야 했다. 다름 아닌 맹구라는 그 견공 때문이었다.

선임병이 취사장을 나설 때 맹구도 그의 뒤를 졸졸 따랐다. 오동길이 움직일 때마다 자신은 이미 그의 존재를 알고 있다는 양, 맹구는 그쪽을 향해 사정없이 짖어 댔다.

"야, 맹구, 왜 그래? 빨랑 와!"

선임병은 그럴 때마다 맹구를 채근했다. 그는 맹구의 깊은 뜻을 알리 없었다.

이제 취사장에는 두 명의 후임병만이 남았다. 그들은 취사장 바닥을 닦으며 마지막 정리를 하고 있었다. 바닥 청소를 마친 두 병사는 잔반통을 양쪽으로 나눠 들고는 바깥으로 향했다. 막사로부터 2, 30미터 떨어진 곳에 마련된 잔반 처리장으로 향하는 중이었다.

동길은 조용히 그들 뒤를 밟았다. 사실상 지금이 가장 좋은 기회였다. 막상 실행에 옮기려 하자 그에게 심한 내적 갈등이 밀려들었다. 그 것은 사람을 죽이는 것에 대한 죄책감이나 연민이 아니었다. 바로 부상을 당한 친구 림창순 때문이었다.

동길에게 있어 무기를 들지 않은 무방비 상태의 두 병사를 소리 없이 처치하는 것은 그리 어려운 일이 아니었다. 이들의 시신이 설사 빠르게 발각되더라도 자신 홀몸이라면 얼마든지 해 볼 만하다는 생각이었다. 하지만 부상당한 동료와 함께라면, 그래서 자칫 경계 강화 조치라도 내려진다면 둘 모두 위험에 빠지는 결과를 가져올 수 있었다. 그는 결국 임무를 포기하는 쪽으로 마음을 정했다.

두 병사는 잔반을 처리하고 취사장 안으로 들어갔다. 곧 취사장의 불도 꺼지며 인기척도 사라져 갔다.

　잔반 처리하는 곳으로부터 향기로운 음식 냄새가 날아들었다. 동길의 발걸음은 자신도 모르게 그쪽으로 이끌리고 있었다. 그와 동료는 족히 삼 일은 굶은 상태였다.

　그가 잔반 처리하는 곳에 다가갔을 때 그곳에는 이미 중간 크기의 제법 큰 멧돼지 두 마리가 앞서 시식 중이었다. 사람이 다가섰음에도 그들은 아랑곳하지 않았다. 이곳의 오랜 터줏대감인 듯했다. 오동길이 한 발을 바닥에 쿵, 하고 내리찍어 경고하자 그제야 슬그머니 자리를 피해 주었다.

　동길은 고개를 숙이고 허겁지겁 잔반을 입으로 가져갔다. 실로 오랜만에 맛보는 진수성찬이었다.

　오동길의 군 이력에 있어 남한 침투 경험은 이것이 마지막이었다. 이후에는 훈련이든 실전이든 그런 기회조차 주어지지 않았으니, 철진과 부대원들에게 자랑스레 들려주었다던 오동길 대대장의 '남조선 식당 무용담'의 실체는 바로 이 잔반 사건으로 보는 것이 타당하겠다. 물론 성호의 짐작처럼 식당 안에서 따스한 밥을 챙겨 먹고 유유히 사라진 것으로 각색되었음은 두말할 필요도 없을 것이다.

　남한이나 북한이나 군대 얘기는 다 그렇고 그런 것 같다.

　림창순은 커다란 나무 밑동에 등을 기대어 앉아 있었다. 뒤틀려진 다리와 정강이뼈에서 올라오는 통증은 거의 혼절할 지경이었다. 그는 조용히 눈을 감은 채 자신의 목에 총구를 들이댔다.

　"간나, 뭐 하는 짓이야!"

그가 막 방아쇠에 힘을 가하려는 순간, 누군가 힘껏 총을 걷어 냈다. 바로 동길이었다. 그는 마지막 임무 수행을 위해 떠났다 때마침 돌아오는 길이었다.

림창순은 흐느껴 울기 시작했다.

"맘 단디 먹으라 했디?"

동길은 흐느껴 울고 있는 림창순의 배 위에 검은 비닐봉지 하나를 던져 주었다. 그 속에는 취사병이 내다 버린 잔반이 들어 있었다. 원래 그 봉지에는 남측 병사의 수급과 그의 신원을 증명할 군번줄 등이 담겨 있어야 했다.

오동길은 림창순을 업고 산행을 계속했다.

네 명이 한 조가 된 GOP 남측 병사들이 철책을 따라 순찰하며 지나갔다. 곧이어 나타난 오동길이 사람이 통과할 만한 크기로 철책을 절단했다. 림창순부터 철책 밖으로 밀어낸 동길은 자신도 통과한 다음 철망을 가지런히 하여 위장했다. 다시 림창순을 들쳐 업은 오동길은 어둠 속으로 유유히 사라져 갔다.

웅장한 홀에는 예복을 차려입은 오동길과 림창순이 경직된 자세로 서 있었다. 림창순은 귀환 때 입은 부상 때문에 목발을 짚고 있었다. 이 자리는 실전 특수 훈련 임무를 마치고 돌아온 대원들에게 수료증 및 훈포장이 수여되는 자리였다.

놀라운 것은 이 자리 최고의 영예가 오동길이 아니라는 점이었다. 바로 같은 조의 동료 림창순의 차지였다. 최종 보고서에는 림창순이 동료 오동길의 목숨을 구하기 위해 다친 것으로 각색되었고, 이 때문에 마지막 임무를 수행하지 못한 것으로 보고되었다. 공훈 심사 위원회에서도 그렇게 받아들여졌다. 오동길은 끝내 모르고 있었지만 그 위원회의 심사 위원장이 바로 림창순의 아버지였다.

동길은 이에 대해 올바른 정정을 끊임없이 요구했었다. 하지만 정정은 고사하고 남의 공훈을 탐내는 파렴치한이라는 낙인만 찍혔을 뿐이었다. 그의 탁월한 능력에도 불구하고 군 이력 내내 야전만 전전하게 된 이유였다.

이때 훈장을 수여하던 이가 바로 특수8군단장 황기룡이었다.

블랙아웃

발전동 CCTV 보안실

폐연료 저장실은 삼중 벽으로 방호되고 있었다. 저장실 자체는 자동화된 기계에 의해 처리되고 있어서 기계가 고장을 일으키지 않는 한 사람이 들어가는 일은 드물었다. 그리고 그 외부는 핵 발전 시설과 더불어 폐연료봉의 방사능 유출을 막기 위해 두꺼운 콘크리트 방호돔이 이중으로 에워싸고 있었다. 복도 층을 포함하여 이 이중의 방호돔으로 들어가는 입구에는 육중한 방폐문이 각각 설치되어 있었다.

저장실 자체는 제어실에서 모니터링하며 관리하고 있지만, 복도 층을 비롯한 이 두 곳의 방호돔 내부 감시는 CCTV 보안실에 마련된 모니터를 통해서도 이루어지고 있었다.

오동길 부대원 대부분은 복도 층의 제2방호돔 내에 머물고 있었다. 이들은 자신들이 머물고 있는 복도 층 여기저기에 시한폭탄을 설치하고 있었고, 머리에까지 방호복으로 무장하고 산소 탱크까지 짊어진 부대원 몇몇은 제1방호돔 안으로 들어가 폐연료 저장실 외벽 곳곳에까지 시한폭탄을 설치하고 있었다.

모니터를 통해 이를 함께 지켜보던 공작원 한 명이 입을 열었다.

"저것들이 지금 뭐 하는 겁네까?"

"지켜보자우."

림창순이 퉁명스럽게 대꾸했다.

잠시 후, 그가 무전기를 다시 집어 들었다.

"어이, 동길이! 너희들 지금 뭐 하는 거냐? 너, 여기 총국장 동무 방해하러 왔디?"

동길이 무전을 받았다.

— 천만에, 내래 방해할 거 같으면 여긴 뭐 하러 와서 이러고 있갔어?

오동길의 말이 끝나기 무섭게 림창순은 귀에 대고 있던 무전기를 내리고는 혼잣말 투로 투덜거렸다.

"간나새끼, 뭔 꿍꿍이가?"

여전히 모니터에는 부대원들이 여기저기에 시한폭탄을 설치하느라 분주한 모습이었다.

림창순이 다시 무전기를 집어 들었다.

"기럼, 여긴 뭐 하러 온 기야?"

— 보면 모르네? 내래 임무 완수하러 왔디.

림창순이 신경질적으로 무전기를 내리고는 재차 냉소적으로 중얼거렸다.

"임무? 간나새끼, 누구를 바보 멍충이로 아나?!"

림창순은 험한 표정으로 다시 무전기를 집어 올렸다.

"어이, 친구, 자네는 내가 바보로 보이는가 보군? 내가 그걸 믿을 거라 생각하나?"

— 자네가 믿든 안 믿든 기건 중요하디 않아. 자네도 알다시피, 우리가 임무를 완수해야 공화국에 남겨딘 가족들만이라도 살릴 거이 아니네?

오동길의 무선 답신을 듣자마자 림창순은 대답 대신 눈을 부라리며 소리쳤다.

"간나새끼, 산에서 그냥 뒈지지 친구 손에 꼭 피를 묻혀야 되갔어?!"

큰 결심이라도 선 듯 그가 자리를 박차고 나서며 명했다.

"다들 따르라!"

때마침 바퀴 달린 커다란 여행용 가방을 끌고 들어오던 공작원이 림창순을 보자 반가운 표정으로 말했다.

"대장 동무, 여기 준비 다 되었습네다."

폭약과 시한장치들이 담긴 가방이었다. 림창순이 미리 준비시킨 것들이었다.

"이제 이거 필요 없어, 우리를 대신해 죽어 줄 놈들이 오셨거든."

림창순이 득의양양하게 소리 내어 웃어 제쳤다.

공작원은 무슨 뜻인지 몰라 그저 얼떨떨한 표정으로 서 있기만 했다. 그는 지금까지의 상황을 알지 못하고 있었다.

림창순은 그런 그에게 회심의 미소를 머금은 표정으로 어깨를 툭 치며 말했다.

"이거 다 치우고 저기에서 필요한 거나 좀 챙기라!"

그가 가리킨 곳은 보안실 구석 한 편에 자리한 비상도구함이었다.

이들이 CCTV 보안실을 나설 때였다. 출입문 바로 옆 한 켠에는 이곳 직원들의 시신이 아무렇게나 쌓여져 있었다. 그 중 한 명은 아직 숨이 붙어 있었다. 그는 피가 흘러나오는 배를 움켜쥔 채 벽에 기대어 가쁜 숨을 몰아쉬고 있었다. 림창순은 일고의 망설임도 없이 그의 머리에 권총 한 발을 발사하고는 호탕하게 웃으며 문을 박차고 밖을 나섰다.

대테러 요원 복장의 공작원을 비롯한 수 명이 그의 뒤를 따랐다.

림창순 일행이 나간 후, CCTV 보안실에는 대테러 요원 제복을 차려입은 두 명과 하얀 방진복 차림의 공작원 두 명 등 네 명만이 자리를 지키며 계속 모니터를 주시하고 있었다.

재미있는 광경 하나가 모니터상에 나타났다. 모니터에는 통로 쪽 간이 검색대를 지나 1층의 복도를 향해 북한 인민군복 차림의 병사 하나가 남한 군복을 차려입은 자에게 총을 겨누며 들어오는 모습이 비치고 있었다. 남한 군복의 병사는 포로인 양 헬멧에 양손을 얹고 있었다. 그들은 다름 아닌 성호와 철진이었다.

CCTV 보안실의 공작원들은 이 광경을 지켜보며 재밌다는 듯 서로 낄낄거렸다.

어느덧 그 둘은 인질들이 모여 있는 직원 탈의실로 들어서고 있었다. 직원 탈의실 내에는 개인 프라이버시 문제로 CCTV가 설치되어 있지 않았다. 공작원들은 결말을 보지 못해 아쉬운 듯 입맛을 다셨다.

얼마의 시간, 아마도 그 둘이 탈의실로 사라진지 채 십 분도 지나지 않은 시점이었다. 직원 탈의실 앞에서는 실로 충격적인 장면이 연출되고 있었다. 인민군복을 차려입은 자와 자신들 동료인 대테러 요원 제복의 공작원이 탈의실 출입문에 처박히듯 튕겨져 나와 고통스럽게 몸부림치다 이내 그 움직임도 잦아들었다. 더욱 충격적인 것은 탈의실 문이 빠끔히 열리며 국방군복 차림의 병사가 얼굴만 살짝 내밀어 주변을 살피고는 곧바로 들어가 버리는 것이 아닌가.

"어어, 저건 뭐이가?!"

보안실의 공작원들은 상황이 어찌 돌아간 것인지 충분히 이해가 되고도 남았다.

"이런, 제길! 야, 너, 너, 가서 처리해!"

자리에 앉아 이를 지켜보던 대테러 요원 제복의 사내가 자리에서 벌떡 일어서며 같은 제복 차림의 공작원과 방진복을 차려입은 사내를 가리키며 지시했다.

두 공작원은 소총으로 무장하고 사건 현장인 직원 탈의실로 향했다.

모니터에서 본 대로 탈의실 앞에는 두 명이 피를 흘린 채 쓰러져 있었다. 사채 주변의 복도 바닥은 이미 피로 흥건히 젖어 있었다.

방진복 차림의 공작원이 출입문 쪽으로 총구를 겨냥할 때 대테러 요원 복장의 공작원은 시체들을 확인하려는 듯 그쪽으로 향했다. 가까이에 대테러 요원 제복의 시체가 많은 피를 흘린 채 반쯤 엎어져 있었다. 그가 발로 사체를 밀어젖혔다.

"이런, 쌍!"

그는 자신도 모르게 분노의 욕지기를 내뱉었다. 예상한 대로 죽은 이는 자신의 동료 공작원이었다.

인민군복을 차려입은 시체는 굳이 확인해 볼 것까지도 없어 보였다. 그도 피를 많이 흘려 군복을 흥건히 적시고 있었다.

사실 이들 공작원은 이곳 시체들보다 탈의실 안의 남한 병사가 더 신경 쓰이고 있었다. 그가 어떤 대응을 해 올지 모르기 때문이었다.

탈의실 출입문 쪽을 감시하던 공작원이 살짝 고개를 돌려 상황을 살폈다. 대테러 요원 복장의 공작원은 고개를 저어 절명 사실을 알리고는 자신의 턱으로 앞쪽 탈의실을 가리키며 공격 사인을 보냈다. 둘은 탈의실 문을 향해 조심스레 발걸음을 뗐다.

탕, 탕, 두 발의 총성이 크게 울려 퍼졌다. 두 공작원은 비명 한번 제대로 지르지 못한 채 쓰러졌다.

총소리의 진원지는 다름 아닌 철진이었다. 상반신만 세우고 있던 철진은 자리에서 일어나 쓰러진 이들을 향해 재차 확인 사살을 가했다.

곧이어 탈의실 출입문이 열렸다. 성호가 활짝 웃으며 나타나서는 철진을 향해 엄지를 치켜세웠다.

철진이 멋쩍게 웃으며 받았다.

"일 없어야. 이거나 날래 치우자!"

철진이 시체 한 구의 양다리를 잡아 탈의실 안으로 끌자 성호도 다른 한 구를 맡아 안으로 옮겼다. 둘은 다시 나와 처음 복도로 튕겨 나왔던 대테러 요원 제복의 공작원 사체 다리를 하나씩 나누어 잡아끌고는 안으로 들어갔다.

얼마의 시간이 지나고, 탈의실 문이 재차 열리며 성호와 철진이 나와 외쳤다.

"어서 나오세요, 어서!"

탈출을 독려하는 둘의 재촉에도 직원들은 선뜻 나서질 못했다. 그들은 눈앞에서 죽고 죽이는 생지옥을 경험한 터였다. 방금 전 밖에서 교전이 벌어진 상황이었다. 밖이 더 위험하다고 느끼는 것도 어찌 보면 당연했다.

"구하러 올 때까지 그냥 여기 있으면 안 되겠습니까?"

둘의 채근에 인질로 잡혀 있던 한 직원이 용기를 내어 자신의 의견을 제시했다.

"그래, 당신들이 여길 지켜 주면 되겠네."

"그리 해 주이소."

여기저기서 그에 호응하는 말들이 쏟아져 나왔다.

사실 직원들은 둘의 존재를 믿지 못하고 있었다. 무엇보다도 철진에 대한 경계심은 자못 컸다. 북한 말씨에, 낯선 인민군복을 입고 있으니 그들이 반신반의하는 것도 무리는 아니었다.

철진이 밖에서 연막작전을 펴는 동안 성호는 직원들에게 자신의 소속과 자초지종을 간단하게나마 설명해 주었다. 하지만 이들을 이해시킬 정도의 충분한 것은 되지 못했다. 그럴 시간도, 그럴 상황도 아니었다. 다름 아닌 부상자 때문이었다. 성호와 철진이 탈의실 안으로 진입하여 교전을 벌일 때 인질범 중 한 명이 발악하듯 갈겨댄 총탄에 세 명의 직원이 부상을 입고 말았다. 두 명은 경미한 편이었지만 한 명은 생명이 위중할 정도의 큰 부상이었다. 성호는 부상자들 응급조치와 함께 같은 부서 직원들로 하여금 부축하여 이동하는 방법을 설명하느라 많은 시간을 할애해야 했다.

결국 철진까지 나섰다.

"내래 모양새는 이래도 남조선으로 전향한 병사입네다. 내래 당신들과 같은 편입네다. 믿고 따라 주시라요."

그의 말에 몇몇이 용기를 내어 밖으로 향했다. 그러자 이번에는 서로를 밀치며 먼저 나가려는 진풍경이 연출됐다. 거기에 몇몇은 가까운 메인 출구 쪽으로 나가려 고집을 피우는 바람에 애를 먹기도 했다. 메인 출구 쪽은 애초에 공작원들에 의해 장악되었다는 사실을 이들이 알 리는 만무했다. 이런저런 실랑이로 귀중한 시간만 허비한 꼴이 되고 말았다.

한편 이를 모니터를 통해 지켜보던 보안실의 두 공작원 중 한 명이 안 되겠다 싶었는지 소총을 집어 들고는 나머지를 향해 소리쳤다.

"따라오라우!"

그는 자신들이 이곳을 나서면 발전동 전체를 감시 통제할 수 있는 보안실이 비게 된다는 사실 때문에 잠시나마 망설였던 터였다. 그에게 인질과 성호 일행을 간단하게 처리할 나름의 묘안이 떠올랐던 모양이다.

두 공작원은 각기 소총을 꼬나들고 밖으로 튀어 나갔다.

이제 CCTV 보안실에는 한쪽 구석에 직원들 시신만 쌓여 있을 뿐 감시 인원은 한 명도 없게 되었다.

같은 시각, 특임여단

수 대의 KAI 수리온 헬기가 대운산을 출발하여 고리 원자력 발전소를 향해 날아가고 있었다. 이동하는 동안 각 팀장들은 대대장으로부터 작전 명령을 하달받았다.

알파팀의 박대규 팀장이 무전으로 하달받은 명령은 이러했다.

— 작전 개시 5분 전에 발전동의 모든 전원이 내려진다. 적을 혼란에 빠뜨리고, 혹시 어디 숨어 있을지도 모를 직원의 탈출을 돕기 위해서다. 작전은 20분이다. 핵 시설물의 안전을 위해 20분 후에는 전

원이 다시 들어온다. 건물 내에는 4, 50여 명의 직원이 인질로 잡혀 있거나 살해된 것으로 보인다. 인질과 시설의 안전을 위해 총을 들었거나 위험 인자는 모두 적으로 간주하고 사살해도 좋다는 상부의 지시다.

이어 대대장으로부터 뜻하지 않은 낭보 하나가 날아들었다.

— 한 가지 주지할 사항은 현재 우리 대원 윤성호 일병이 발전동에 침투해 있다. 윤성호 일병의 신변과 안전은 반드시 확보하도록. 이상, 건투를 빈다.

윤성호 일병이 살아있다는 소식에 모든 대원들, 특히 알파팀 대원들은 마치 전투에서 이기기라도 한 양 환호성을 질러 댔다. 송이 하사는 흘러나오는 눈물을 주체하지 못했다. 그녀를 바라보는 대원들의 눈에도 이슬이 촉촉하게 맺혀 있었다. 알파 팀원들에 있어서 성호의 생존 소식은 그동안의 고생과 피로를 모두 날려 버리는 청량제와도 같았다.

앞으로 몇 분 후면 새로운 작전 구역인 고리 원자력 1호기 경내로 진입하게 된다. 실전의 경험이 대원들을 많이 변화시킨 것 같았다. 대원들에게서 처음 출동 때 보였던 불안이나 초조함은 조금도 찾아볼 수 없었다. 동굴에서의 치욕을 씻겠다는 각오로 모두 하나가 되어 있었다.

같은 시각, 오동길 부대

육중한 방폐문이 열렸다. 시한폭탄 설치에 분주하던 오동길 부대원들의 시선이 그쪽으로 향했다. 일부는 그쪽을 향해 소총을 겨누기도 했다. 이들은 다름 아닌 림창순 일행이었다.

"동무들, 수고들 많소."

림창순은 자신을 겨누는 소총에도 아랑곳하지 않고 당당하게 걸음을 떼며 인사말을 전했다.

"어이, 림창순, 이게 얼마 만이네?"

늦게 알아본 오동길이 그에게로 다가오며 애써 반가운 표정으로 말을 받았다.

"남조선에서 자넬 보게 되다니, 자네와 난 무슨 특별한 운명의 고리가 연결된 거이 아닌가 싶어."

"운명은 무슨, 이렇게 살아 있으니 만나게 되는 거이 아니갔네? 긴데 넌 여긴 어케 된 거이네, 남조선엔?"

"알다시피 너에게 빚진 것도 있고, 그때 지저분한 일도 있고 해서……. 자진해 남조선으로 왔다."

"나에게 빚지다니, 당티도 않아!"

"20년 전 일은 미안하게 됐다. 그때는 나도 어쩔 수 없었어. 내 본심도 아니었구."

"미안하긴, 다 지난 일 아니갔네."

동길의 위로 섞인 대답에 림창순은 오히려 쓴웃음을 지어 보였다. 림창순은 그저 친구의 마지막 가는 길에 그와 응어리진 과거사만이라도 풀고자 다시는 돌이키고 싶지도, 기억하고 싶지도 않은 과거를 끄집어 낸 것뿐이었다. 따라서 그의 마음은 여전히 헛헛했고, 또 한편으로는 분한 마음을 누그러뜨리기 위해 애써야 했다. 지금 이 순간도 오동길과의 과거, 정확히 말하면 평생 자신을 옭매어 온 그 과거로부터 속히 벗어나고 싶은 마음뿐이었다. 그가 긴 얘기 없이 단도직입적인 질문을 가한 이유이기도 했다.

"야, 동길이, 내 단도직입적으로 묻갔는데, 여긴 뭐 하러 온 기야?"

"아까도 얘기했디만, 우리가 임무를 완수해야 공화국에 남겨딘 가족들만이라도 살려 낼 거이 아니네?"

동길의 답변에 림창순은 야릇한 실웃음을 지어 보였다. 눈을 지그시 감은 그는 생각에 잠긴 듯 잠시 뜸을 들였다. 이내 어느 정도 이해가 된다는 듯 가벼운 미소와 함께 고개도 몇 번 끄덕였다. 그리고는 갑자기 눈을 치뜨며 험한 표정으로 돌변해서는 권총을 빼들었다. 총구는 오동길을 향하고 있었다.

"기렇다면 모두 총 내려 놓으라우!"

림창순의 말이 떨어지기 무섭게 약속이라도 한 듯 공작원들도 일제히 오동길 부대원을 향해 총을 겨눴다. 당연한 수순이듯 최성욱 상사를 비롯한 오동길 부대원들도 총을 맞들었다. 뜻하지 않게 양측은 팽팽한 긴장 상태가 되고 말았다. 총을 들지 않은 이는 오직 오동길뿐이었다.

"지금 뭐 하자는 거이네?"

동길이 화난 표정으로 림창순에게 쏘아붙였다.

"너희들이 그게 진심이라면, 이 일을 우리에게 맡기면 되지 않갔어. 기리티 않네, 오동길 상좌 동무?"

림창순은 한쪽 눈초리를 치켜 올리며 차갑게 내뱉었다.

"기래, 알갔어. 모두 총 내리라!"

대대장의 명령에 대부분의 부대원들은 총을 내렸지만 최성욱 상사가 반발했다.

"대대장 동무, 이건 아니디 않습네까."

"잔말 말고 따르라!"

오동길의 거듭된 지시에 최 상사도 마지못한 듯 총을 내렸다.

림창순 측 공작원들은 마치 기다렸다는 듯 병사들의 소총을 빼앗다시피 하여 모두 수거해 갔다. 하지만 오동길 대대장의 권총집에 있는 권총만큼은 건드리지 않았다. 림창순도 자신의 권총을 내리면서도 오동길의 무장 해제까지는 바라지 않은 듯 그의 권총을 요구하지는 않았다.

의외로 순순히 응하는 부대원들의 모습에 림창순도 다소 고무된 듯했다. 그가 비릿한 미소까지 지어 보이며 입을 열었다.

"기래기래, 너희들이 그게 진심이라면 순순히 따라야디."

말하는 동안 림창순의 시선은 딱 한 사람에게 고정되어 있었다. 바로 최성욱 상사였다. 부대원 중 유독 그만이 험한 표정으로 자신을 계속 쏘아보고 있었기 때문이었다. 자신에게 불만이 많은 듯했다.

"어이 너, 뭐이 그리 불만이네?"

림창순의 건들거리는 말투에 화가 치민 최 상사는 대답 대신 마치 죽일 듯한 사나운 눈초리로 그를 더욱 쏘아봤다.

림창순은 헛웃음과 함께 권총을 뽑아 들고는 뭔가 본때를 보여주겠다는 기세로 최 상사를 향해 발걸음을 뗐다. 순간 최 상사는 움찔하며 자신도 모르게 한 발 뒤로 물러섰고, 그 바람에 자신의 발뒤꿈치에 숨기고 있던 시한폭탄 격발 장치를 넘어뜨리고 말았다.

시한장치는 림창순의 눈에도 들어왔다. 그에게 이제 최 상사는 안중에도 없어졌다. 그렇지 않아도 찾던 물건이 눈앞에 나타나 줬기 때문이었다.

"야, 그 격발 장치 이리 넘기라!"

림창순이 최 상사에게로 향하던 걸음을 멈추고 명했다.

최 상사는 재빠르게 격발 장치를 뒤로 숨기며 반발했다.

"이거이 만큼은 동무에게 내줄 수 없소. 여기에 온 이상, 이는 내래 직접 하갔어."

"최 상사, 기냥 넘기라!"

오동길이 나무라듯 소리쳤다.

의외였다. 최성욱 상사로서는 도저히 이해가 되지 않았다.

"안 됩네다. 내래 임무를 완수하고 영광스럽게 공화국으로 복귀할 겁네다."

최 상사는 비록 이런 말을 했지만 따로 생각하는 바가 있었다. 그의 생각에 원전 탈취 공작을 저지하기 위해선 최소한 이 시한장치만큼은 저들의 손에 들어가면 안 되었다. 목숨을 걸고 지켜야 하는 물건이었다. 이 때문에 그럴싸한 핑계로 자신이 하겠다며 고집을 피우는 중이었다.

"복귀? 햐, 이 간나새끼. 내래 너희들을 척살하라는 지령을 진작에 받았어. 하디만 내 손으로 친구를 죽일 수가 없어, 작전을 다른 동무들에게 일임했을 뿐이디. 너희들은 이 작전에 성공을 하든 실패를 하든 애초에 내 손에 죽게 되어 있었어, 알갔네?"

림창순이 헛웃음을 삼키며 차갑게 내뱉었다.

한 성깔 하는 최 상사였다. 화가 머리끝까지 치민 그는 격발 상자를 자신의 무릎에 올려놓으며 격하게 토해 냈다.

"이런 간나새끼, 우리를 어드렇게 알고……, 기렇다믄 다 같이 디져 보자우!"

최 상사는 조금의 망설임도 없이 무릎 위에 놓인 격발 상자를 보란 듯이 열어젖혔다. 사실 최 상사는 격발 장치를 진짜로 누르려는 건 아니었다. 그저 화를 못 이기는 척 시한장치가 가동되기 전 장치의 회로를 회복 불능으로 망가뜨리려는 의도였다.

탕, 하는 단발의 총성이 돔 안에서 크게 울려 퍼졌다. 폐쇄된 공간이라 소리는 더욱 크게 느껴졌다. 최 상사는 외마디 비명과 함께 바닥에 나가떨어졌다. 최 상사의 돌발 행동에 놀란 림창순이 그의 허벅지에 권총 한 발을 발사한 것이었다.

놀란 오 대대장과 부대원들이 쓰러진 최 상사 주위로 몰려들었다.

"너 이거, 뭐 하자는 거이네?"

동길이 림창순을 향해 소리쳤다.

"너야말로 뭐 하자는 거이네?! 너 정말 이 정도밖에 안 돼? 어디 감히 대장님 말씀에 상사 나부랭이가 토나 달게 하구……."

림창순은 최 상사가 떨어뜨린 격발 상자를 주워 들고는 쓰러져 있는 그를 향해 건들거리는 말투를 쏟아 냈다.

"기러게 너는 왜 매를 버는 거이네? 기렇게 설치디 않아도 황천길로 고이 보내줄 거인데."

"으으, 이 간나새끼, 너는 반드시 내 손에 죽게 될 기야."

최 상사도 지지 않고 날 선 투로 되받아쳤다.

"햐, 이 간나, 무식한 게 뒈질 줄도 모르고 아주 매를 벌어요, 매를. 기렇게 죽고 싶다는데 먼저 보내 줘야디, 어띠 하갔어."

림창순이 권총을 꼬나들고는 병사들에 둘러싸인 최 상사 쪽으로 다가갔다. 그의 표정은 심히 험했다.

순간, 안 되겠다 싶은 동길이 림창순의 권총 앞을 막아서며 끼어들었다.

"림창순! 너 이거, 같은 편끼리 뭐 하자는 거이네?"

림창순은 오동길을 쏘아보며 가소롭다는 듯 코웃음을 쳤다.

"같은 편? 하하, 간나……."

다행히 최 상사에게로 향하던 림창순의 권총은 내려졌다. 대신 그는 권총을 들어 병사들을 향해 이리저리 휘저으며 마지막 경고를 날렸다.

"다들 명들 재촉하디 말라우. 내래 말하디 않았네, 이미 너희들은 죽은 목숨들이라고. 너희들이 이 작전에서 조용히 죽어 준다면 내래 너희 소원대로 너희 가족들 목숨만큼은 반드시 보존해 주갔어. 기러니 허튼 수작들 하디 말라우, 알갔네?"

말을 마친 림창순이 부하 공작원들을 향해 외쳤다.

"자, 그만 가자우!"

공작원들은 오동길 부대원을 향해 겨눈 총을 거두고 즉시 림창순의 뒤를 따랐다.

때마침 불이 나가며 돔 안은 칠흑 같은 어둠이 찾아들었다.

앞선 림창순의 호탕한 웃음소리가 어둠 속에서 돔 안 가득 울려 퍼졌다. 그의 웃음소리는 육중한 방폐문이 닫히고서야 멈췄다.

성호와 철진의 상황
직원 탈의실 앞 복도

림창순이 최 상사의 시한장치를 빼앗기 위해 서로 실랑이를 벌이던 시각, 성호와 철진은 본격적인 직원 탈출을 감행하고 있었다. 문제는 부상자들이었다. 부축을 통해 이동해야 하기에 이동 속도가 꽤나 느렸다. 둘은 부상자들의 이동 속도에 맞춰 가까이에서 이들을 경호하며 간이 출입구 쪽으로 향했다.

이들이 내려다보이는 맞은편 3층의 복도 난간에서는 소총으로 무장한 두 명이 달려와 서둘러 자리를 잡고 있었다. 그들은 CCTV 보안실을 마지막으로 지키던 바로 그 공작원들이었다.

복도 난간에 소총을 거치하고 성호와 철진을 향해 조준 사격을 가하려는 순간이었다. 갑자기 정전이 되며 발전동 건물 전체가 칠흑같은 어둠 속으로 빠져들었다. 앞을 볼 수 없게 된 두 공작원은 인질들이 있을 법한 곳을 향해 무차별적 총격을 가했다. 순간 먼저 빠져나려는 직원들끼리 서로 부딪히고 넘어지는 바람에 복도는 한순간 아비규환으로 변했다. 그나마 다행인 것은 이들이 이곳 건물 구조에 익숙한 탓에 어둠 속에서도 어느 정도 방향을 잘 잡고 있다는 점이었다.

"반대편 3층이야!"

성호가 외쳤다.

"내래 확인했어."

성호의 스코프에 3층 복도 난간에서 소총을 난사하는 대테러 요원 복장의 공작원이 포착되고 그의 얼굴이 정확하게 표적되었다.

탕, 하는 단발의 총성이 울리고 그의 머리가 뒤로 크게 젖혀지며 이내 몸뚱이와 함께 난간 뒤로 넘어가 버렸다.

놀란 방진복 차림의 공작원이 총을 걷어 도망치기 시작했다. 하지만 그도 몇 발자국 떼지 못하고 대기하고 있던 철진에 의해 곧바로 사살되었다.

성호와 철진의 야간 투시경을 통해 비친 복도는 실로 아수라장이었다. 직원들의 짝 잃은 신발들이 어지러이 흩어져 있고, 몇몇은 공작원의 무차별적 총격에 이미 희생된 상태였다. 부상을 당했음에도 필사적으로 탈출을 감행하는 이들의 모습도 보였다.

둘은 인질 구출 작전을 완벽하게 수행해 내지 못한 데 대한 죄책감과 아쉬움이 많이 남았다. 하지만 어쩔 수 없는 일이었다. 안타깝지만 성호와 철진이 인질 구출을 위해 할 수 있는 일은 여기까지였다. 작전 명령에 따라 둘은 그곳을 떠나 CCTV 보안실 접수를 위해 이동해야 했다.

림창순과 공작원들

방호돔 안에 오동길과 부대원들을 가둬 두고 시한폭탄 격발 장치까지 챙긴 림창순이 공작원들과 방폐문을 나설 때였다. 비교적 가까운 곳으로부터 총소리가 들리더니 이내 조용해졌다. 이는 두 공작원이 3층의 복도 난간에서 탈출하는 인질들을 향해 무차별적 총격을 가하자 성호와 철진이 대응 사격을 가한 상황이었다.

림창순과 공작원들은 방폐문을 봉쇄하고는 서둘러 자리를 떴다.

이들 또한 간이 출입구로 향하는 중이었다.

간이 출입구에 다다르자 작업 통로 쪽으로부터 희미하게나마 빛이 들어왔다. 덕분에 어느 정도는 사물의 분별이 가능해졌다. 림창순은 귀찮은 듯 야간투시경을 풀어 내팽개치듯 벽 언저리에 던져 버렸다.

이들이 간이 출입구를 나서자마자 'SWAT 특수기동대'라고 쓰인 검은색 차륜형 장갑차가 다가왔다. 물론 이들에 의해 사전 탈취된 물건이었다. 장갑차의 문이 열리며 공작원들이 하나둘 안으로 들어갔다.

마지막으로 림창순이 오를 차례였다. 그는 무슨 생각인지 작업 통로 쪽 전방 주변을 살폈다. 통로 벽에 기대어 신음하는 인질 몇이 눈에 들어왔다. 이들은 탈출을 감행하다 남파 공작원의 무차별 총격에 당한 자들이었다. 탈출은 고사하고 혼자 몸을 가누는 것조차 힘들어 보였다.

림창순이 장갑차에 올랐다.

장갑차의 시동이 걸리고 10여 미터를 미끄러지듯 나아갈 때였다.

"잠깐! 차 세워 봐."

림창순의 급한 외침이었다.

그가 손을 들어 앞쪽을 가리켰다. 전방에는 진압대로 보이는 병력이 통로 쪽을 향해 다가오고 있었다. 진압대는 발전동 건물 앞 광장으로부터 작업 통로 쪽으로 진입하기 직전에 있었다.

공작원들이 앞다퉈 머리를 내밀며 전방을 살폈다.

"진압 병력 같습네다."

한 공작원이 놀라 소리쳤다.

공작원들은 결전을 벌이려는 듯 소지한 소총 등 무기를 점검하느라 부산을 떨었다.

"아니야, 아니야!"

림창순이 급히 제동을 걸었다.

"왜 그러십네까?"

"시간 없어, 빨리 나가 부상자들 몇 태우라!"

림창순의 명령에 공작원들은 이유도 모른 채 부상자 몇을 태웠다.

장갑차가 출발하려 할 때 진압대원들은 이미 통로 안쪽으로 진입한 상태였다. 이들은 브라보팀 대원들이었다. 방탄 방패를 앞세운 대원들은 통로 양쪽으로 고도의 전술 대형을 이루며 진입하고 있었다.

"자, 그만 출발하라!"

림창순의 지시에 교전에 대비하며 장갑차가 출발했다.

"천천히 천천히!"

속도가 다소 빠르다 싶었는지 림창순이 다급하게 소리쳤다.

장갑차는 성인이 걷는 속도를 유지하며 천천히 앞으로 나아갔다.

브라보 팀장은 장갑차를 그냥 지나치게 했다. 장갑차가 제지나 검문 없이 발전소 경내를 빠져나갈 수 없다는 판단과 내부 수색이 무엇보다 시급했기 때문이었다.

장갑차는 브라보팀 대원들 사이를 유유히 통과했다. 통로를 무사히 빠져나왔지만 발전동 건물 전방에는 향토 사단의 긴급 대응 전력이 이미 출동해 있었다. 그들은 모래주머니 진지를 쌓고 소총과 각종 화기로 무장하고 있었다. 휴대용 중거리 대전차 미사일인 LIG 넥스원의 '현궁'이 자신들을 겨냥하고 있는 모습도 보였다. 대전차용이기에 자신들이 타고 있는 장갑차 정도는 흔적도 없이 사라질 위기였다.

림창순이 급히 지시를 내렸다.

"경광등을 켜고, 싸이렌 울리라!"

장갑차 외부에 달린 빨간 경광등이 켜지며 돌아가고, 사이렌 소리가 요란하게 울려 퍼졌다.

장갑차가 광장의 중간쯤에 다다르자 림창순이 다시 한 번 외쳤다.

"이쯤에서 차 세우라!"

장갑차가 멈춰 섰다. 장갑차의 문이 열리고 대테러 요원 복장의 공작원 둘이 내렸다. 그 중 한 명은 다리를 저는 시늉까지 하고 있었다. 그들은 부상을 당한 직원 3명을 차례로 바닥에 내려놓았다. 좀 전 작업 통로에서 실은 부상자들이었다.

"부상을 입은 직원들입니다!"

한 공작원이 양손을 흔들며 소리쳤다.

바리케이드가 걷히며 군 구급차가 다가왔다. 의무병 둘과 운전병 그리고 선탑자인 의무 장교가 구급차에서 내렸다.

두 의무병이 부상자들의 상태를 확인했다. 심각한 수준이었다.

"응급조치를 취해야 할 것 같습니다."

한 의무병이 의무 장교를 올려다보며 말했다.

"아니, 일단 차에 실어."

위험한 현장 상황 때문이었다. 특임여단의 대원들이 내부 진입을 시도하며 본격적인 교전이 벌어지는 중이었다.

이들은 대테러 제복의 공작원 한 명과 함께 서둘러 부상자들을 들것에 실어 군 구급차로 옮겼다.

"아까 한 분도 부상을 입으신 거 같던데······."

의무 장교가 함께 부상자를 나른 대테러 제복의 공작원에게 다리를 저는 동료에 대해 묻는 말이었다. 다리 저는 시늉을 하던 공작원은 이미 장갑차에 올라 탄 상태였다.

"아 예, 그 친구 말고도 차 안에는 부상당한 우리 요원 두 명이 더 있습니다."

"아, 그래요? 응급조치가 필요할 텐데 우리 의무병 한 명을 그쪽으로 보내드릴까요?"

"일단 응급조치는 저희들이 했습니다. 하지만 후속 치료를 속히 받아야 할 듯한데······, 가까운 병원까지만 저희들이 따를까 합니다만."

"아, 그러시겠습니까. 그럼 우릴 따르시지요."

의무 장교가 구급차에 오르자 대테러 요원 복장의 공작원도 장갑차로 돌아갔다.

군 구급차가 사이렌을 울리며 밖으로 향하자 장갑차가 그 뒤를 바짝 쫓았다.

림창순과 공작원들은 결국 포위망을 뚫고 발전소 경내를 벗어나는 데 성공했다. 도로를 내달리며 그들이 내지르는 환호성과 웃음소리가 장갑차 안을 가득 메우고 있었다.

CCTV 보안실을 접수한 성호와 철진

성호와 철진이 찾아간 CCTV 보안실에는 지키는 자가 아무도 없었다. 자가 비상 전원 장치가 작동된 탓에 모니터와 CCTV는 모두 가동되고 있었다. 하지만 정전된 발전동 내부의 모습은 모니터로도 파악하기 어려웠다.

성호와 철진이 부여받은 임무는 제일 먼저 인질을 구출하되 여의치 않을 경우 이는 특임여단 본대에 맡기고 우선 CCTV 보안실부터 확보하라는 지시였다. 이는 아군의 진압 작전이 적에게 노출되는 것을 방지하고 발전동 내부의 상황을 미리 파악하기 위한 조치였다. 하지만 인질 구출에 예기치 못한 많은 시간이 소요되는 바람에 정전이 되기 전 CCTV 보안실의 접수는 물 건너가고 말았다. 따라서 후자의 기대는 사실상 접어야 했다.

모니터 위 CCTV의 위치를 나타내는 팻말에는 메인 출입구 쪽과 폐연료 저장실로 향하는 복도 층만이 어두운 가운데에도 뚜렷한 움직임을 보여주고 있었다.

메인 출입구 쪽의 경우 무수한 레이저 불빛들이 어지러이 쏟아져 들어오고 있었다. 특임여단의 대원들이 본격적으로 내부 진입을 시도 중인 것으로 파악되었다.

놀라운 것은 복도 층인 폐연료 저장실 제2방호돔이었다. 이곳에서는 간간이 손전등 불빛이 보였는데 그 불빛에 비춰진 자들이 입고 있는 것은 분명 방진복이 아닌 북한 군복이었다.

"저기가 우리 대대장님과 전사 동무들인 거 같은데……. 와 저기에 처박혀 있는 기야, 아무 것도 하지 않으면서……."

철진은 자신의 부대원을 찾았다는 기쁨도 잠시, 그곳의 분위기를 살피며 다소 걱정스러운 표정으로 중얼거렸다. 그곳에는 비교적 많은 수의 인원이 자리하고 있음에도 그들의 움직임은 이상스러울 정도로 뜸했다.

"그러게⋯⋯, 일단 우리도 저쪽으로 이동하자. 이곳은 적들이 다시 와도 얻을 게 없을 것 같다. 이 때문에 여길 비운 것 같기도 하고."

성호가 말을 받았다.

남파 공작원들이 중요한 이곳을 비운 것이 자신들을 속히 제거하고 돌아오려는 것이었음을 둘은 알 리가 없었다. 여하튼 둘의 영웅적인 대처와 판단은 작전을 수월하게 이끌고 있었다.

CCTV 보안실을 나온 성호와 철진은 즉시 폐연료 저장실 쪽으로 향했다. 성호와 철진이 본부로부터 부여받은 가장 큰 임무를 수행하기 위해서였다. 그것은 바로 오동길을 비롯해 부대원들을 전향시키는 일이었다. 전향이란 말은 비록 성호에게만 전달된 메시지였지만 최소한 양측의 교전만큼은 막는 임무였다.

성호와 철진은 복도 거의 끝 쪽 폐연료 저장실로 들어가는 방폐문 앞에 도달하기까지 어떠한 저항이나 제지도 받지 않았다. 방폐문을 열려는 순간 그들은 오동길과 부대원들이 지금 어떤 처지에 놓인 건지 충분히 이해하고도 남았다. 방폐문을 여는 양쪽 핸들은 누군가에 의해 굵은 쇠사슬로 엮여져 있었다.

"기래서 기런 거구만."

철진이 쇠사슬을 만지며 중얼거렸다.

"그런 것 같다. 일단 이걸 걷어 내자."

성호는 자신의 소총을 어깨에 걸치고 쇠사슬을 풀기 시작했다. 쇠사슬이 길어 철진도 옆에서 거들었다.

"모두 꼼짝 말라우!"

뒤에서 들려오는 작지만 엄중한 경고 소리에 둘은 머리카락이 곤두서고 말았다. 둘은 얼어붙은 듯 그대로 멈춰 섰다.

"모두 총 내려놓으라우, 이 간나새끼야!"

이들에게 다시 불호령이 떨어졌다.

둘은 총을 내려놓고 두 손을 머리 위로 올렸다.

여기로 향하는 동안 어떠한 저항도 없었던 데다 좀 전 보안실의 모니터상에도 적의 움직임이 없었던 만큼, 다소 긴장을 늦췄던 것이 크나 큰 낭패로 이어지고 말았다.

사실 정전으로 인해 확인이 불가했을 뿐 공작원들은 요소요소에 숨어 마지막 결전을 준비하고 있었다. 이곳 공작원들은 비상 통로에 숨어 성호와 철진이 다가오길 조용히 기다리고 있었다.

지하 작업장과 연결되는 비상 통로는 복도 맨 끝에 위치하고 있었다. 방폐문을 몇 미터 지나면 림창순 일행이 빠져나간 간이 출입구로 통하는 복도가 나오고, 이곳을 지나치면 바로 그 통로가 보였다. 비상 통로에도 방폐문 못지않은 비교적 견고한 문이 하나 달려 있었다. 성호와 철진도 이 비상 통로의 문을 확인했었다. 문이 굳게 닫혀 있어 대수롭지 않게 여긴 것이 결국 화근이 되고 말았다.

자신들에게 바로 총격을 가하지 않은 것만으로도 불행 중 다행이라 생각해야 했다. 곧 있을 카운트다운까지 이곳 상황을 드러내지 않으려는 공작원들의 의도 덕분이었다.

방폐문이 열리자마자 그들은 성호와 철진을 발로 격하게 차 밀어 넣었다.

둘은 볼썽사납게 바닥에 나뒹굴고 말았다.

"야, 리철진! 너, 어드렇게 된 거이네? 여긴 와 온 기야?"

철진을 알아본 오동길의 물음이었다.

"대대장 동무, 모두 무사하셨군요. 다행입네다."

철진이 주저앉은 상태로 울먹이듯 말을 받았다.

"우린 별 일 없으니 걱정 말라. 넌 어디 다친 데는 없는 거이네?"

철진이 일어나지 못하고 주저앉아 있자 걱정이 되어 한 말이었다.

"아, 괜찮습네다."

철진이 멋쩍게 자리를 털고 일어서며 답했다.

"긴데, 여기 남조선 병사는······?"

"아, 우리 전사 동무들 돕기 위해 함께 나선 남조선 병사입네다."

"아, 기래? 이리 나서 주어 고맙소."

"별말씀을, 도움이 되어야 할 텐데······."

성호가 머쓱한 표정으로 말을 받았다.

성호의 눈에 비친 북한 병사들의 모습은 한결같이 불안감에 싸여 있었다. 정작 이들이 불안에 떨고 있는 이유를 알지 못하는 그였지만 자신이 그 불안감을 덜어 주지 못하고 이들과 같은 처지가 된 것이 못내 부끄러웠다. 그저 자신의 존재가 이들의 불안감을 더는 데 조금이라도 도움이 되었으면 하는 바람이었다.

갑자기 북한 병사들로부터 가벼운 탄식과 웅성거림이 들려왔다.

곳곳에 설치된 시한폭탄에서 반딧불만한 불빛들이 일제히 깜박이기 시작했다. 림창순 일행이 시한장치를 작동시킨 것이 분명했다.

"허허, 이거이 마디막인가, 임무도 완수하디 못하고······."

병사들 뒤편에서 최 상사의 자조 섞인 중얼거림이 들려왔다. 그는 바닥에 주저앉은 채 치료를 받고 있었다.

"상사 동무, 어디 다치셨습네까? 다친 곳은 좀 어떻습네까?"

최 상사가 다친 것을 알아차린 철진이 다가가 걱정스레 물었다.

"리철진, 지금 이 상황에 아픈 거이 문제가 되갔네?"

"모두 걱정하디 말라!"

최 상사의 다소 성마른 역정에 오 대대장이 대신하여 병사들에게 전하고자 하는 메시지를 담담하게 외쳤다.

"기렇습네다, 상사 동무. 너무 걱정하디 마시라요. 야, 윤성호! 네가 좀 나서 주어야 되갔어."

철진은 대대장의 말에 호응하며 최 상사를 진정시키고는 성호에게 치료까지 부탁했다.

오동길 대대장이야 천성이 그렇다지만 최 상사는 자신과 비교되는 철진의 담담함에 새삼 놀라워했다.

"대대장 동무, 어케 뭐라도 해 봐야 되는 거이 아닙네까?"

겁에 질린 한 병사가 토해 낸 말이었다. 다소 격에 맞지 않는 소견이라는 것을 조금도 깨닫지 못할 정도로 그는 패닉에 빠져 있었다.

"모두 걱정하디 말라!"

동길의 답변은 크게 다르지 않았다. 그의 태도와 목소리에는 조금의 흔들림도 없었다. 병사들의 눈에 무책임하게 느껴질 정도였다. 상황을 알 길 없는 병사들은 이제 극도의 긴장감을 넘어 거의 체념적 공황 상태에 빠져 들었다. 거기에 남은 시간이 얼마인지조차 알 수 없기에 그들의 공포심은 극에 달했다.

성호 또한 상황을 인식했다. 최 상사의 거부로 그에 대한 치료는 손을 놓은 상태였다. 이런 상황에 치료가 무슨 의미가 있느냐는 최 상사의 체념에 따른 것이었다.

성호는 자신도 모르게 마른 침을 삼켰다. 어느새 다가왔는지 모르게 철진이 곁에 와서는 자신의 한 손을 꼭 쥐고 있었다.

"걱정하디 말라우."

성호는 철진의 담대함에 새삼 놀라며 애써 웃음 띤 얼굴로 고개만 끄덕였다.

철진은 그런 성호에게 재차 안심시켰다.

"걱정하디 말라우, 곧 알게 될 기야."

사실, 병사들은 모르고 있었지만 오동길과 철진이 그런 태도를 보인 데에는 그럴 만한 이유가 있었다. 동길의 눈길이 철진과 마주치자 둘은 이심전심 미소까지 교환했다.

몇 분 전, 림창순과 공작원들

어느 순간, 군 구급차의 뒤를 열심히 쫓던 장갑차 앞으로 도로의 갈림 표지판이 나타났다.

"빠지라!"

림창순의 지시에 공작원이 탄 장갑차는 군 구급차와 다른 길로 들어섰다. 군 구급차는 눈치를 채지 못한 듯 멈춤 없이 자신의 진행 방향으로 계속 나아갔다.

서로 간에 상당한 거리로 이격되자 림창순은 무릎에 놓인 시한폭탄 격발 상자를 열었다. 그는 무슨 예식이라도 치르는 듯 자신의 양

손을 한차례 마주 비비고는 작동 스위치를 켠 후 타이머를 3분으로 세팅했다. 3분 카운트다운이 시작된 것이었다. 시한장치는 무선 통신 중계망과 연계되어 있었다. 당연히 발전소 내에 설치된 폭약에도 신호가 갔을 터였다.

장갑차 내 공작원들의 만면에는 미소가 가득했다. 그도 그럴 것이 목숨을 내놓고 자신들이 수행해야 할 일을 자신들이 처치해야 할 대상들이 알아서 해 준데다 자신들의 목숨까지 살뜰히 보존하게 되었으니 그 기쁨이야 무엇으로 표현할 수 있으랴.

시한장치의 타이머가 1분 내로 접어들며 초를 다퉜다.

타이머가 10초에 이르자 장갑차 내의 모든 공작원들은 이를 따라 카운트다운을 외쳤다.

"십, 구, 팔, 칠……"

공작원들의 카운트다운에 호응하듯 림창순의 호쾌한 웃음소리도 함께 커져 갔다.

드디어 타이머가 0에 이르렀다. 웃음소리는 짧은 비명이 되어 꽝, 하는 무시무시한 폭발음에 묻히고, 장갑차는 도로변에 전복되어 반파된 채 불탔다.

같은 시각, 오동길 부대원

오동길의 부대원이 모여 있는 곳에서는 설치된 각각의 폭약에 붙어 있는 반딧불 만한 표시등이 일시에 꺼지는가 싶더니 약하게 흔들리며 연기만 조금 날 뿐 이내 잠잠해졌다. 폭약 모두가 불발이었다.

부대원들의 신음에 가까운 웅성거림도 이내 가슴을 쓸어내리는 안도의 한숨으로 바뀌었다. 그들은 마치 새로 태어나기라도 한 듯 서로를 부둥켜안으며 기뻐했다. 모든 병사의 눈가엔 이슬이 촉촉했다. 그건 최 상사도 마찬가지였다.

　"대대장 동무, 이거이 어드렇게 된 겁네까?"

　소란스러운 와중에 눈물을 훔치며 최 상사가 입을 열었다.

　동길은 미소만 보일 뿐 말이 없었다.

　철진이 어깨를 으쓱하며 대신 나섰다.

　"상사 동무, 제가 뭐라 했습네까? 걱정하디 말라 하디 않았습네까."

　"야, 이 간나야! 나도 사람인데, 이 와중에 어드렇게 걱정 없이 잠잠할 수 있갔네?"

　최 상사의 말에 모든 병사들은 "기렇습네다."를 외치며 그의 편이 되어 주었다.

　철진은 즉시 장난기가 발동했다.

　"상사 동무, 공화국을 위해 목숨 바티러 온 놈들이 뭐가 그리 두려워 호들갑이냐며 훈계한 거이 엊그제 같은데 말입네다."

　"햐, 저 간나 또 상사 말끄뎅이 잡고 늘어지는 거 보라이. 야, 아니 되갔다. 쟈 좀 벌주라!"

　상사의 장난기 어린 지시에 모든 병사들이 달려들어 철진에게 간지럼을 피웠다. 남한에 침투하여 처음 동굴 비트에 발을 들여놓을 때에 느꼈던 안도감이 모든 병사들에게 다시 한 번 밀려드는 순간이었다.

　성호의 얼굴에도 미소가 한가득했다.

3일 전, 동굴 내부(리철진의 아지트)

철진의 기지로 옆 동굴로 옮겨 온 바로 그날, 오동길은 부대원들과 떨어진 공간에서 홀로 폭약과 격발 상자를 열고 작업에 열중하고 있었다. 격발 상자에는 LED 화면과 복잡한 회로들로 가득했다. 그리고 그것은 교묘하게 이중 구조로 되어 있었다. 회로 장치를 어렵사리 들어내자 안에는 조그마한 공간이 따로 마련되어 있었고, 그곳에는 소음 권총과 짧은 기관단총 한 정씩이 들어 있었다. 그는 기관단총과 권총을 꺼내고 그 공간에 시한폭탄 2개를 조립하여 넣고는 그 위에 회로 장치를 다시 끼워 맞췄다.

"대대장 동무, 지금 뭐 하십네까?"

언제 나타났는지 철진이 쪼그려 앉아 있는 동길의 어깨너머로 고개를 쭉 빼고는 묻고 있었다.

순간 화들짝 놀란 동길은 바닥에 털썩 주저앉고 말았다.

"어어……. 야, 리철진이, 너래 남 놀래키는 재주가 상당하구만!"

동길이 버벅거리며 머쓱하게 말을 받았다.

"죄송합네다. 기거이 아니고 대대장님이 안 보여서리……."

"폭약 시한장치를 점검하고 있었디."

"제가 도울 일은 없습네까?"

"여기 뇌관 제거 작업이나 같이 도우라."

"네에? 알갔습네다만, 이거이를 왜……?"

철진은 이해할 수 없다는 듯 되물었다. 폭약의 뇌관을 제거한다는 것은 불발탄을 만들겠다는 의미였기 때문이다.

"기럴 데가 있어."

동길은 즉답을 피했다. 그러면서도 그는 알 수 없는 말을 남겼다.

"이 시한장치를 사용하는 간나는 저세상을 맛보게 될 기야."

철진은 폭약의 뇌관까지 제거하는 마당에 저승을 맛보게 될 거라는 대대장의 말이 도저히 이해가 되지 않았다. 시한장치에 실제 폭약이 삽입되는 것까지는 보지 못했기 때문이었다.

철진은 대대장의 시범에 따라 뇌관 제거 작업을 도왔다.

"제거한 거와 제거하디 않은 거이 섞이지 않도록 조심하라우."

"예, 알갔습네다."

"기리구 리철진!"

"예, 대대장 동무."

"작전이 끝날 때까디 이건 비밀이야. 누구에게도 얘기하면 안 돼, 알갔네?"

"네, 알갔습네다."

빛이 들어오다

몇 발의 총성이 약하게나마 들려왔다. 그리고 얼마 되지 않아 육중한 방폐문이 열리며 레이저 포인터의 빛줄기가 어지러이 쏟아져 들어왔다. 차림새로 보아 특임여단 대원들이었다. 모두 복면 마스크를 하고 있어 누가 누군지는 알아볼 수 없었다.

성호가 맨 앞에서 머리에 손을 얹고 있었다. 그 뒤로는 오동길 부 대원들 역시 머리에 손을 얹고 항복 의사를 표하고 있었다. 성호와 철진의 요청을 받아들인 결과였다.

한 대원이 성호 곁을 지나며 그의 손을 툭 쳤다.

"성호, 손 내려."

목소리로 보아 알파 팀장이었다.

대원들이 북한 병사들의 무장 해제를 위해 하나둘 성호 곁을 지나쳤다. 성호는 손을 내리고 조용히 그 모습을 지켜보았다. 오동길 대대장이 자신의 권총을 박대규 팀장에게 건네며 몇 마디 주고받고 있었다. 비록 적으로 만났지만 서로 간에는 긴장감을 찾아볼 수 없었다.

바로 그때였다. 누군가 뒤에서 살포시 자신을 안아 주는 이가 있었다. 성호는 굳이 돌아보지 않아도 누구인지 알 수 있었다. 그도 자신을 감싼 그녀의 손등을 힘껏 잡아 주었다.

그녀가 대원들과 함께 하기 위해 손을 풀었다. 때마침 정전이 해제되며 돔 안에는 밝은 빛이 들어왔다.

방폐문 밖에는 차리팀 대원들이 엄중 경계 중이었다. 차리팀은 알파팀과 합동으로 메인 출입구로 진입한 뒤, 성호와 철진이 직원 탈출 작전을 수행하며 격전을 벌였던 직원 탈의실 앞 복도를 통해 이곳으로 진입하였다. 덕분에 공작원들을 손쉽게 제압할 수 있었는데, 방폐문이 열리기 직전에 들렸던 총소리가 바로 그것이었다.

차리팀이 아니었으면 성호와 철진이 당했던 것처럼 알파팀 대원들도 큰 피해를 당할 수 있었던 위기의 순간이었다. 이들 공작원들은 성호와 철진을 사로잡았을 때의 비상 통로가 아닌 림창순 일행이 빠져나간 간이 출입구로 통하는 복도에 숨어 알파팀을 노리고 있었다. 그들은 오동길 부대로부터 빼앗은 RPG-7 대전차 로켓까지 장전하고 알파팀 대원들이 다가오길 기다리던 중이었다.

작업 통로에는 오동길과 성호가 앞서 나란히 걷고 바로 뒤로 철진과 다른 북한 병사가 최성욱 상사의 양어깨를 부축하며 따르고 있었다. 그 뒤로 나머지 북한 병사들이 따르고, 이들의 앞뒤로는 특임여단 대원들이 엄호하고 있었다.

"이보오, 남조선 병사 동무."

동길이 성호를 바라보며 멋쩍게 말을 걸었다.

"예."

"동무한테 물어볼 거이 하나 있어."

"네, 말씀하시지요."

"혹시 얼마 전 판문점에서 남측으로 넘어온 북조선 병사 소식이 없었나 해서리……."

"아하 예, 있었습니다, 며칠 전에. 저와 같은 초급 사병이라는 거 같던데……."

순간 동길의 고개가 돌려지며 통로 먼 천장을 향했다. 그의 눈가에 눈물이 글썽하게 맺힌 모습이 성호에게도 느껴졌다.

동길은 성호를 바라보지 못했다. 그저 고개만 살짝 끄덕이며 혼잣말처럼 중얼거렸다.

"내래 짐작은 했디만……."

성호가 못 알아들었는지 되물었다.

"네? 그런데 그건 왜?"

"아아, 아임메."

동길은 환한 표정으로 낯을 고치고는 대꾸했다.

국가정보원 정보 분석실

양복을 차려입은 대여섯 명의 요원들이 테이블에 둘러앉아 휴대폰 녹음 파일을 듣고 있었다. 황기룡 전 총정치국장과 오동길 대대장이 나눈 대화 내용으로, 물론 오동길이 남한 정보 당국에 넘겨준 파일이었다.

대화 내용을 들으며 정보 분석 요원들은 적이 놀란 표정들이었다.

……

— 하하, 기렇게 생각하십네까? 딱두 하십네다, 총국장 동무. 기러

나저러나 총국장 동무의 뜻을 관철시키기 위해선 쿠데따라도 일으켜야 될 거인데, 지금의 신세가 말이 아니라서리⋯⋯.

— 못할 것도 없다. 내래 그만한 준비도 없이 이 위업을 도모했갔네? 한윤철 무력부장과 림경호 총참모장 동무래 당의 핵 무력 포기에 반대하다 저세상 사람이 되지 않았네? 우리 군부는 절대 핵 무력을 포기하디 않아, 절대로. 알갔네?

— 내래 다시 한 번 말하디만, 공화국의 핵 무력은 공화국과 조선반도의 평화를 지켜내는 것만으로 족하다 생각하오. 또한 이를 위해서라면 기꺼이 포기하는 것도 바람직하갔디요. 총국장 동무, 력사에 돌이킬 수 없는 패악질, 이쯤에서 멈추시디요.

— 야, 오동길이! 기래서 시키디도 않은 울진을 공격한 거이네, 우리 일 죽탕치려구, 이 간나새끼야?

— 약빠른 줄만 알았는데 총국장 동무도 분별력은 조금 있어 보이오. 여튼 마디막으로 내래 한마디만 할 터이니, 총국장 동무는 잘 들으시오. 우리는 절대로 남조선 원전을 공격하디 않을 것이오, 절대로!

— 야, 이 간나새끼야! 야 오동길이, 잘 들으라우. 내래 황기룡이야, 황기룡! 내래 니 까이 꺼 하나 막아선다구 작전을 이행하디 못할 거이 같네? 너희들은 고저 미끼야, 미끼. 알간?

— 아하, 기렇습네까? 기럼 어디 한번 해 보시디요.

⋯⋯.

사랑하는 이들의 만남들

국군통합병원

병실에는 오동길 대대장과 최성욱 상사가 각각의 병상에 누워 링거를 맞고 있었다. 그들은 모두 잠든 듯 움직임이 없었다. 오동길 옆에는 휠체어를 탄 진석이 아버지의 한 손을 꼭 쥐고 있었다. 그도 환자복을 입고 있었다.

병실 벽걸이 TV에서는 인기 아이돌 그룹의 노랫소리가 자그마하게 흘러나오고 있었다. 오동길이 뒤척이자 아들 진석은 얼른 리모컨을 들어 TV를 껐다.

"아바디, 내래 진석이야요. 이제 좀 정신이 드십네까?"

"진석이? 우리 아들 진석이구나!"

아들의 목소리에 눈을 번쩍 뜬 동길은 몸을 일으키려 애썼다.

"기냥 누워 계시라요."

동길은 남한에 침투한 이후로 잠 한숨 제대로 이루지 못했다. 모든 긴장이 풀려서인지 몸살까지 밀려와 밤새 고생해야 했다.

"기래, 넌 좀 어떻네?"

동길이 누운 자세 그대로 몸만 살짝 아들 쪽으로 돌리고는 물었다.

"저는 보시다시피 괜찮습네다. 걱정하디 마시라요."

동길은 감격에 겨운 표정으로 연신 고개를 끄덕였다. 그의 눈가엔 이슬이 촉촉했다.

"아바디와의 약조에 용기 있게 나서 줘 고맙다."

진석은 대답 대신 환한 표정으로 아버지의 손을 꼭 쥐었다.

"대대장 동무, 고맙습네다."

둘의 대화에 잠이 깬 듯 최 상사가 뒤척이며 끼어들었다. 그는 부상을 입은 오른쪽 다리와 왼쪽 어깨에 붕대를 하고 있었다.

"고맙긴? 내가 고맙다, 최 상사, 이렇게 살아남아 줘서."

"대대장 동무의 뜻을 헤아리디 못해 송구했습네다."

"송구고 뭐이고 그때 너, 권총에 총알이라도 한 발 들었음 어찌 할 뻔했네?"

최 상사의 사과에 동길이 뜬금없이 그를 책망했다. 황 국장과의 통화 직후 최 상사가 자괴감에 자신의 머리에 권총을 발사했던 아찔한 순간이 떠올랐기 때문이었다. 지금과 극명하게 대비되는 그때의 상황이 오버랩되었던 것이다.

"뭐 어찌 됐갔습네까, 기냥 튕겨 나갔겠디요."

"튕겨? 뭐이가 튕겨?"

최 상사의 엉뚱한 대답에 오동길이 반문했다.

"뭐이긴 뭡네까, 총알이디. 내 이 단단한 철대가리를 감히 총알 따위가 뚫을 수 있갔습네까? 총알이 먼저 박살 났갔디요."

"아하, 기래?! 기런데 뭐가 무서워 그때 철모 위에다 쏜 거이네?"

"대대장 동무, 뭔 농을 그리 하십네까? 그만 웃기시라요, 웃다 저세상 먼저 가겠습네다."

최 상사가 말하고는 상처에 충격이 온 듯 엄살을 피웠다.

"기래 웃자고 하는 소린데 저세상 먼저 가면 아니 되지. 하디만 기건 내 두 눈으로 똑대기 봤다이."

"아이고, 대대장 동무, 하하."

둘은 철없는 아이들처럼 웃어 댔다. 마치 둘 사이는 격 없는 친구 같았다.

영문을 모르는 진석이지만 둘의 화기애애함에 그의 얼굴에도 절로 웃음꽃이 피어났다.

"아바디 기리구 상사 동무, 방사능 수치는 기준치를 넘어섰디만 위험할 정도는 아니라 합네다. 기리구 내래 네 발이나 맞고도 이렇게 멀쩡하게 살아남았습네다. 한두 발 정도는 남조선 의술이면 내일 당장 뛰어다닙네다. 걱정 붙들어 매시라요."

아들의 말에 고무된 동길이 말을 받았다.

"기래?! 기거이 천만다행이구만. 남조선 의술 덕분에 내래 니 집사람한테 욕은 먹디 않게 생겼어."

"모두 대대장 동무 덕분입네다."

병실 안은 더할 나위 없이 화기애애했다. 이 순간만큼은 모든 근심도 다 잊은 듯했다.

한편, 또 다른 병실에는 성호와 철진이 나란히 침상에 누워 링거를 맞고 있었다.

병실 붙박이 TV에는 인기 아이돌 그룹이 차례로 나와 춤과 노래 솜씨를 뽐내고 있었다. 한 여성 그룹이 나오자 철진은 서둘러 리모컨을 찾아 들고는 볼륨을 크게 높였다.

"아이 야, 소리 좀 낮춰!"

성호가 눈을 반쯤 뜬 채 짜증스러운 표정으로 소리쳤다.

철진이 볼륨을 약간만 낮추고는 대꾸했다.

"광풍쟁이, 눈 좀 떠보라!"

"야, 나 아직 무지 졸려, 너희들 쫓느라 잠 한숨도 못 잤다고."

성호는 모포를 들어 얼굴을 덮고는 귀를 감싸 쥐었다.

얄궂게도 철진은 볼륨을 더욱 높였다.

"햐, 그래 내가 졌다. 제발 저 소리 좀 낮춰."

성호가 잠자기를 포기한 듯 모포를 확 걷어찼다.

철진은 득의양양한 표정으로 볼륨을 낮추고는 입을 열었다.

"야, 광풍쟁이, 넌 뭔 잠이 기케도 많네?"

성호는 그저 머쓱하게 웃기만 했다. 이는 철진한테만 들은 게 아니라서 반박하기도 쑥스러웠다.

성호가 말이 없자 철진은 뭔가 노림수가 있는 듯한 말을 꺼냈다.

"니 잠든 새, 내래 곰곰이 생각해 봤디비."

"뭘?"

"너 그때 폭탄이 터질까 봐 엄청스리 떨더구마이."

"내가? 노노, 전혀!"

성호는 얼굴 앞에 검지까지 곧추세워 흔들며 강하게 부정했다.

"전혀? 아니긴 뭐가 아니네, 내 두 눈으로 똑대기 봤다야."

"야, 나는 특임여단의 특전병이야. 나 하나 죽는 건 결코 두렵지 않아. 단, 내 예쁜 여자 친구를 다시는 못 보게 된다는 거하고 네게 약속한 내 여친을 영영 보여 주지 못하고 가는 게 몹시 슬프고 속상했을 뿐이지."

"햐, 이 간나, 이 광풍쟁이를 어떻게 하면 좋네. 니 애인 더기 있다."

철진이 다소 뿔난 표정으로 TV를 가리키며 말했다.

성호는 깜짝 놀라지 않을 수 없었다. 그건 철진의 놀라운 직관 때문이었다. 그는 헬멧 속 사진이 TV 속 여성 그룹의 멤버라는 것을 정확하게 짚고 있었다. TV에서는 멤버들의 인터뷰나 일상생활을 소개하는 프로그램도 아닌, 말 그대로 뮤직비디오가 방영되고 있었다. 따라서 순간순간 스치듯 지나가는 멤버들의 얼굴을 확인하기란 결코 쉬운 일이 아니다. 게다가 그의 입장에서는 자주 접해 볼 수 있는 성질의 것도 아니었다.

"너 눈썰미 끝내준다."

"야, 나도 저 려성 노래패 좋아했어야."

"아, 그랬구나! 그런데 너, 의외로 남한 물정 많이 아는 것 같다, 궁금하면 얼만지도 알고."

"아, 맞다! 너 그때 오백 원 내라."

철진은 동굴에서의 약속이 생각난 듯 그때처럼 성호를 향해 장난스레 손을 내밀어 흔들었다.

"알았어, 여기 퇴원하면 두 배로 줄게."

"기래, 알갔어."

철진은 기분이 좋은 듯 싱글벙글한 표정으로 말을 이었다.

"내래 정찰총국 소속이라 하디 않았네? 우리는 남파 공작원들로부터 영화며 노래, 련속극 같은 남조선 물건들을 종종 선물로 받디. 그거 보다 걸리면 줄초상이디만, 하하."

"그렇구나!"

성호가 고개를 끄덕이자 철진도 호응하여 가볍게 고개를 끄덕였다.

"기나저나, 윤성호!"

철진이 이내 정색을 하고는 성호를 불렀다.

"어, 왜?"

"내래, 너 같은 광풍쟁이를 믿고 어드렇게 남조선에서 살아갈지 솔
딕히 걱정부터 앞선다야."

"어! 너 남을 거야?"

"기래."

성호가 다소 놀란 표정으로 되물었다.

"진짜?"

"북조선에 가도 날 맞아 주는 이가 없어."

철진은 다소 의기소침한 표정으로 말을 받았다.

"맞아 주는 이가 없다니?"

"내래 혼자야."

"혼자? 왜 혼자야?"

"가족이 없어."

"아아!"

성호는 고개를 끄덕이면서도 순간 아차 싶었다. 그의 말을 알아채
지 못하고 아픈 곳을 계속 찌른 것 같아서였다. 성호는 짧은 한숨
을 내쉬었다.

철진은 생각에 잠긴 듯 약간의 뜸을 들이다 말이 이어 나갔다.

"기래서 군대에 일찍 들었구. 내래 의지하는 분두 우리 대대장 동
무뿐이야."

좀처럼 남들에게 자신에 대해 얘기하지 않는 철진이었다. 심지어

몇 년을 함께한 부대원들조차 철진이 고아라는 사실을 아는 이가 없을 정도였다. 다소 내성적인 성격의 철진은 자신의 비밀을 성호에게 털어 놓으며 쑥스러움을 느꼈다.

철진은 화제를 바꾸고 싶었다.

"내래 남조선에 대해 들은 거이 하나 있어."

"뭘?"

철진은 환하게 낯빛을 고치고는 마치 신이 난 사람처럼 말을 이었다.

"남조선 대학에 가면 세련미 넘치구 교양 높은 에미나이들이 많다고 들었어, 기리티 않네?"

철진의 뜻밖의 질문에 성호는 가벼운 웃음으로 대신했다.

어느새 철진은 의기소침한 표정이 되어 있었다. 성호는 그런 그의 표정 변화가 재밌기도 하고 한편으론 귀엽다는 생각도 들었다. 그의 표정 변화만큼이나 앞으로 그가 맞닥뜨릴 남한에서의 삶이 몹시도 생경스럽고 두려울 터였다. 성호는 그런 그를 친형제처럼 지내며 보살피리라 마음먹었다.

"기런데…… 남조선에서는 아무리 공부를 잘해도 돈이 없으면 대학에 들 수 없다고 들었어. 공화국에서는 다 면비교육이거든. 내래 돈 한 푼 없는데……, 기러면 여기 대학은 어려운 거이디?"

성호는 그가 의기소침해진 이유를 알 것 같았다.

"너 여기 남기로 했잖아? 그러면 우리 정부에서 정착금도 나올 거고. 네가 공부만 잘해 봐라, 장학금 받으면서 다니지."

"기래? 성호 너는 똘똘하니까니 장학금 많이 받겠구만, 기리티? 내래 너를 딱 보는 순간 야, 이 간나 엄청 똘똘하게 생겼구만, 하고 느졌드랬어."

"나 솔직히 공부 못해."

"기러면, 장학금도 못 받는 거이네?"

철진의 호기심이 자못 어디까지일지 궁금했다. 성호는 그런 그에게 장난기가 발동했다.

"받지."

"공부도 못한다며 어떻게 장학금을 받는다는 거이네?"

"FM 장학금이라는 게 있어."

"에프엠 장학금? 기거이 공부 못해도 받는 장학금이네?"

"응, 파더 머더 장학금이라고 공부 못하는 애들은 거의 다 이거 받고 다녀."

"우아, 기럼 남조선에서도 면비교육이 잘 이루어지고 있는 거구마이! 내래 비록 교양은 짧디만 너와 담화해 본 바로 지금까디 위에서 배운 거이 다는 아니라는 생각이야."

성호는 철진의 순진무구함에 웃음이 터져 나오면서도 한편으론 미안한 마음도 들었다. 사소한 농담이 나중에 큰 상처가 될 수도 있기에 성호는 장난을 자제하기로 마음먹었었다. 그럼에도 이 순간만큼은 남한에 대해 조금의 부정적 이미지도 심어 주고 싶지 않은 것이 성호의 마음이었다.

"그럴 거야. 그리고 너무 걱정 마, 앞으로 찬찬히 배우며 적응하면 돼, 내가 곁에서 도와줄 거고."

기껏 생각해서 말해 줬는데 철진으로부터는 가타부타 말이 없었다. 성호의 눈길은 자연스레 철진의 병상 쪽으로 옮겨졌다. 그의 얼굴엔 뭐에 홀린 듯 화색이 돌며 입을 다물지 못하고 있었다. 언제 들어왔는지 철진의 병상 발치에는 섹시한 간호사 한 명이 서 있었다. 그녀는 육감적인 포즈로 조그마한 약병에서 수액을 뽑고 있었다. 오 대대장과 마찬가지로 감기 몸살 기운이 있는 철진에게 주사를 놔주러 온 것이었다.

"간호 선생 동무, 당근입네다."

철진은 상체를 반쯤 일으켜 간호사를 올려다보며 6, 70년대 영화에서나 들을 법한 아주 근엄하고도 부드러운 목소리로 말을 걸었다.

"네?"

간호사는 무슨 말인지 못 알아들었다는 듯, 하던 일을 멈추고 잠깐 고개를 숙여 그를 향해 되물었다.

"진심으로 말하디만, 당근입네다."

철진은 자신의 마음을 전하고 그녀를 이해시키려 재차 목소리를 깔아 근엄하게 속삭였다. 어디에서 그런 용기가 발동한 건지 그저 놀라울 뿐이었다.

야속하게도 그녀로부터는 어떠한 응답도, 반응도 없었다.

철진은 나름의 마음을 전할 필살기를 쓰기로 했다. 그는 베개 밑에 손을 넣어 무언가를 찾기 시작했다. 이윽고 초코파이 하나를 찾아낸 철진은 그녀에게 수줍게 내밀었다. 초코파이는 동굴에서 불침번을 설 때 오 대대장이 건네 준 바로 그것이었다. 아껴 먹으려다 지금까지 보관하게 된 것으로, 오랜 기간 주머니에 있어서인지 봉지부터 꾸깃꾸깃 뭉개져 있었다.

간호사가 퉁명스럽게 쏘아붙였다.

"됐어요! 장난 그만하시고 자리에 엎드려 엉덩이나 까세요."

철진이 떨떠름히 엎드려 엉덩이를 까자 간호사는 꾹 눌러 주사를 놓고는 엉덩이를 한 대 찰싹 때렸다.

"아야! 살살 하시라요, 당근 간호 선생 동무."

철진의 넘치는 관심과 애교에도 간호사는 뒤도 안 돌아보고 병실 문을 나가버렸다. 야속할 정도였다.

철진이 엎드린 채로 성호 쪽을 바라보며 쏘아붙이듯 불렀다.

"야, 광풍쟁이!"

"아, 왜 또?"

"남조선 당근 에미나이들은 다 이렇게 까칠한 거이네?"

터져 나오는 웃음을 참지 못한 성호가 입을 가리며 겨우 대꾸했다.

"크크크, 당근."

웃음의 의미를 알지 못하는 철진은 그저 멍하니 성호를 바라볼 뿐이었다.

바로 그때, 노크 소리와 함께 병실 문이 열렸다.

송이와 정 하사가 꽃과 먹을 것을 바리바리 싸들고 들어서고 있었다. 송이 하사는 예쁘게 화장도 하고 있었다.

성호가 상체를 벌떡 일으키며 거수경례를 올렸다.

"단결!"

송이가 자신의 흉금을 격정적으로 토로했다.

"야, 윤성호! 너 퇴원하면 각오해, 이 나쁜 자식! 너 증발되고 나서 난 평생 과부로 살게 되는 거 아닌지……."

그녀는 끝내 말을 잇지 못했다. 비록 짧은 반농담조의 말이긴 했지만 그 속에 자리한 솔직담백한 그녀의 감정을 성호는 충분히 느낄 수 있었다.

"정말입니까? 이젠 걱정하지 마시지 말입니다."

첫 운을 뗀 성호는 이번에는 자세까지 고쳐 허리를 곧게 세우고는 우렁찬 목소리로 말을 이어 나갔다.

"저 윤성호는 살아 있는 한송이 하사님을 평생 위하고 지키며 살아갈 것을 대한민국 특임여단의 명예를 걸고 맹세합니다, 단결!"

성호는 이번 작전이 마무리되면 그녀에게 자신의 마음을 전하고, 그녀의 진심이 어디까지인지 확인해 보리라 마음먹었었다. 앞으로 그런 기회가 주어질지 모르지만 지금 어렵사리 이런 농담이라도 주고받을 수 있어 다행이라는 생각도 들었다. 언제나 그렇듯 이 순간 그녀에 대해 한없는 애정을 느끼지만 그때 뿐이라는 것을 알기에 성호의 마음 한구석은 여전히 헛헛했다.

그런데 이번만큼은 뭔가 달라 보였다. 성호가 자신만만하게 자신의 마음을 전하며 거수경례를 올리자 그녀의 커다란 눈망울에선 눈물이 주체하지 못하고 흘러내렸다. 그런 자신의 모습이 부끄러웠는지 송이는 두 손으로 얼굴을 감싼 채 곧장 병실 문을 뛰쳐나갔다.

"너 사라지던 날 밤, 한송이 하사님 눈물로 널 찾아다녔다. 팀장님이 위험하다며 날이 밝으면 찾아보자고 했지만 울며불며 자신 혼자만이라도 찾아보겠다고 고집을 피우는 바람에 우리 팀 모두 밤새 계곡을 훑어야 했다. 부대 복귀하면 넌 이제 죽었어."

정 하사가 성호의 사고가 있던 날 밤 부대 상황을 설명해 주었다.

"부럽다, 윤성호."

정 하사는 자신의 솔직한 심정을 전하며 갈무리했다.

"고맙습니다, 정 하사님."

송이가 병실에 들어서는 순간부터 그녀의 눈가엔 이슬이 맺혀 있었다. 성호도 그걸 눈치채고 있었다. 성호는 그런 그녀의 모습이 죽은 줄 알았던 동료의 살아 있음에 대한 단순한 기쁨의 표현으로 생각했었다.

정 하사의 이야기를 듣고 성호는 그녀의 속 깊은 마음을 헤아릴 수 있었다. 그때 숙소에서 보인 그녀의 모습은 진심이었음을, 그녀가 자신의 군 생활을 위해 애써 거리를 두고 있었음을, 그러면서도 종종 지금처럼 농담을 빌려 그녀 자신의 애정을 확인시키고 있었음을……

가만히 이 상황을 지켜보던 철진이 끼어들었다.

"우와, 한송이?! 너희 부대 하사님이네?"

성호가 고개를 끄덕이자 그가 말을 이었다.

"이름도 기렇구, 미모도 완전 당근이구마이! 야, 윤성호, 나 아무래도 여기 남으면 너희 특임려단부터 들어야 되갔어."

"좋지."

병실은 더없이 화기애애했다.

어찌 보면 남북한 젊은 청춘들의 생경한 만남이었지만 성호와 철진만큼은 이미 통일이 되어 있었다.

에필로그

①

발전동의 작업 통로

작업 통로에는 헬멧에 손을 얹은 성호를 철진이 뒤에서 총을 겨누며 나아가고 있었다. 몸을 살짝 돌려 철진을 바라본 성호는 웃음이 나오는 걸 억지로 참아야 했다. 대간첩 대책 본부로부터 작전 명령을 부여받고 나오며 그가 한 말이 생각났기 때문이다. 당시 철진은 동굴 수색 중 최 상사가 자신의 발뒤꿈치를 놓치지 말고 잘 따라오라며 보였던 액션을 떠올리고는 성호에게 그대로 써먹었던 것이다. 함께 작전에 나서 준 성호가 고마웠던 모양이다.

"성호, 너래 내 말 똑대기 들으라."

"뭘?"

"작전에 들어가면 니는 고저 내 발뒤끄트머리 놓티디 말고 졸졸, 어? 졸졸 잘 붙어 따라오라이, 알갔네?"

"야, 내가 너를 쫓는 게 아니라 네가 내 발뒤꿈치 쫓고 있는데?"

"야, 똑바로 하라, 간나들 눈치 까갔다."

대간첩 대책 본부에서 철진은 자수와 함께 전향 의사도 밝혔다. 우리 정보 당국은 그로부터 얻은 정보를 바탕으로 고리 원전에 대해 보다 빠른 대응을 할 수 있었지만 원전은 이미 공작원들에게 장악된 상태였다. 이에 대책 본부에서는 깊은 고민에 빠지게 되었다. 그것은 오 대대장의 부대와 아군 간의 교전을 어떻게 막을 것인가 하는 문제였다. 자연스럽게 이 문제는 철진을 원전에 들여보낼 것인가 하는 문제로 귀결되었다. 최선의 방법이긴 했으나 인권의 문제와도 맞닿은 사안이어서 쉬운 결정은 아니었다.

　결국 철진은 대책 본부와 정보 당국의 설명을 듣고 흔쾌히 작전을 수락함으로써 문제는 깔끔히 해결될 수 있었다. 이 소식을 들은 성호도 함께 참여할 것을 제안하여 지금의 작전이 전개된 것이다.

　이들이 침투하기 바로 전, 초소형 드론을 통해 내부를 탐색한 결과 작업 통로 쪽과 간이 출입구에는 지키는 자가 아무도 없었다. 이곳을 침투 장소로 택한 건 이 때문이었다. 물론 이곳을 지키던 자들은 오동길 부대원에 의해 제거된 상태였다.

　탈의실 안으로 들어간 성호와 철진은 그곳을 지키던 공작원 네 명을 처치하는 데 성공한다. 하지만 이 과정에서 세 명의 직원이 마지막으로 발악하듯 갈겨 대는 공작원의 총에 부상을 입고 말았다.

　성호는 즉시 이들에 대해 응급조치를 취했다. 성호가 가장 부상이 심한 직원을 돌볼 때였다.

　"네 그 총 좀 빌리자."

　어느새 다가왔는지 철진이 곁에서 권총 지갑을 가리키고 있었다. 탈의실의 인질범들을 제압하는 데 결정적인 역할을 한 총이었다. 성호가 포로인 척 손을 헬멧에 얹고 있을 때, 그의 목뒤 옷깃 속에는 이 권총이 장전되어 숨겨져 있었다. 이 총으로 성호는 방심한 인질범 셋을 손쉽게 처리할 수 있었다. 물론 나머지 한 명은 철진의 몫이었다.

"권총은 왜?"

"쓸 데가 있어."

성호가 권총을 건네자 철진이 장전을 하여 자신의 허리춤에 숨기고는 출입문 쪽으로 나아가 이상한 행동을 반복했다. 언뜻 보아 문밖으로 튕겨져 나가려는 시늉 같았다.

"너 문은 안 지키고 뭐 하는 거냐?"

성호가 퉁명스럽게 물었다.

"죽은 척하고 있다가 다가오는 놈들 때려잡으려고."

성호는 즉시 그의 의도를 알아차렸다. 그는 문밖으로 튕겨져 나가 죽은 척하고 있다가 다가오는 적을 일시에 제압하려는 생각이었다. 성호는 철진의 놀라운 꾀에 박수를 보내고 싶을 정도였다.

적이 언제 얼마의 규모로 다가올지 모르는 폐쇄된 공간에서 무작정 기다리기보다는 이 방법이 한번 해 볼 만한 작전임에 틀림이 없었다. 적의 제압은 물론 인질 보호에도 훨씬 유리했다. 적이 속아만 준다면 말이다.

생각이 여기에 미치자 성호가 급히 소리쳤다.

"야, 잠깐!"

"왜? 시간 없어."

성호는 대답 대신 사살된 공작원들 시신이 있는 쪽으로 다가갔다.

그는 공작원 시신에서 흘러내린 피를 두 손에 잔뜩 묻히고는 철진에게로 향했다. 부상자 치료를 위해 그의 양손은 수술용 위생 장갑이 끼워진 상태였다.

"야야야! 간나, 뭐 하는 기야?"

성호가 다짜고짜로 피 묻은 장갑을 철진의 얼굴에 문지르려 하자 철진이 기겁을 하며 피했다.

"너를 위한 거야. 너 죽은 척하다 그대로 골로 갈까 봐."

"야, 기래두 기건 아니다."

"그러면 음……, 이렇게라도 해라."

"……"

성호는 다시 공작원 시신이 모여 있는 곳으로 가 대테러 제복의 공작원 시체를 철진에게로 힘겹게 끌고 갔다. 시신에서는 여전히 많은 피가 흘러나오고 있어 시신 끌린 핏자국이 바닥에 선명했다.

"이 간나는 뭐 하게?"

"얘도 함께 데리고 나가."

철진도 성호의 의도를 알아차렸다. 그는 오만상을 찌푸리며 공작원 시신을 끌어안고는 문밖으로 튕겨져 나가는 시도를 재개했다. 그럴 듯하게 보여야 될 텐데, 혼자가 아닌 둘이다 보니 두세 차례의 시도에도 영 미덥지 않은 듯했다.

"야, 뭐하네?"

철진이 지켜만 보고 있는 성호에게 짜증을 냈다.

"아, 왜?"

"보면 모르네? 손 좀 보태라."

"아하!"

성호는 미소를 머금은 채 천천히 다가가는가 싶더니 군홧발로 사정없이 철진의 허리를 밀쳐 버렸다. 공작원 시체와 철진은 보기 좋게 복도에 튕겨져 나가떨어졌다.

성호가 문밖으로 얼굴만 살짝 디밀어 상태를 확인하고는 조그마한 소리로 외쳤다.

"파이팅!"

"아이 간나새끼, 살살 좀 하디……"

철진이 온갖 인상을 찌푸리며 대꾸했다.

한 달 후, 남한에서는 특종 보도 하나가 전해졌다. 뉴스 첫머리에는 해외의 믿을 만한 소식통을 통해 확인된 바라며 이를 소개했다.

"단독 보도입니다.

남북한 교류 협력의 확대와 북핵 폐기를 위한 남북미 간 대화가 진전되고 있는 가운데 얼마 전 북한에서는 쿠데타가 일어났던 것으로 밝혀졌습니다. 북한 당국에 의해 사전 적발되어 진압된 것으로 알려졌는데요, 쿠데타를 일으킨 세력은 북한 군부로 전해지고는 있으나 그 구체적인 부대와 규모, 핵심 인물에 대해서는 알려지지 않은 가운데, 서방의 또 다른 소식통에 의하면 이번 쿠데타 음모 적발에 남한 정보 당국의 보이지 않는 역할이 있었다고 합니다. 하지만 아직까지 우리 정부 당국에서는 이에 대한 공식적인 사실 관계나 논평을 내놓고 있지 않은데요, 익명을 요구한 정부의 한 고위 정보 관계자의 말에 의하면 우리 측 정보 당국이 간접적인 역할을 한 것으로 알고 있다고 ……."

　오동길 대대장의 휴대폰 녹음 파일을 분석한 우리 정보 당국은 사태의 위중함을 인식하고 북한의 수뇌부에 이 사실을 전했다. 그에 따라 북한 당국은 군부는 말할 것도 없고 당정에 이르기까지 대대적인 조사를 비밀리에 실시하였고, 비교적 이른 시일 내에 쿠데타 세력을 적발하기에 이른다.

❸

판문점 공동경비구역, 남측 평화의 집

　판문점 남측 평화의 집은 얼마 전 남북한 정상의 역사적인 만남이 이루어졌던 곳이기도 하다.

　2층의 넓은 홀에는 남북한 고위급 인사들이 서로 악수를 교환하며 인사를 나누고 있었다. 오동길 대대장을 비롯한 그의 부대원들의 모습도 보였다. 그들은 따로 한쪽에 도열해 있었다. 회복이 덜 된 최성욱 상사와 김준협 중사는 휠체어를 탄 채로 역시 부대원들과 함께하고 있었다. 그들의 목에는 모두 예쁜 꽃으로 엮어진 꽃목걸이가 걸려 있었고 오동길과 리철진을 제외한 모든 부대원들 옆에는 커다란 쇼핑백도 하나씩 놓여 있었다. 꽃목걸이는 북측에서 준비한 것이었지만 쇼핑백은 남한 측이 이들 부대원에게 제공하는 조그마한 선물이었다.

보통은 이 자리에 시끌벅적해야 할 내외신 기자의 모습은 보이지 않았다. 다만 남북 양측으로부터 동원된 듯한 몇 명만이 홀 안의 분위기를 담기 위해 방송 카메라와 사진기를 들고 분주히 오갈 뿐이었다. 남북한 고위급이 대거 회동한 자리임에 비춰 격에 맞지 않는 것임은 분명했다.

남한 측 인사들과 악수를 나눈 북측 인사들이 약속이라도 한듯 오동길 부대원이 서 있는 자리 옆으로 가 나란히 도열해 섰다.

이 자리는 이번 남한 원전 탈취 공작 때 숨진 북한 측 시신을 인계하는 자리였다. 울진 원전을 공격하다 숨진 김철환 소좌를 비롯해 특임여단과 교전 중 숨진 오동길 부대원들, 그리고 남한에서 공작원으로 암약하다 이번에 숨진 이들까지도 모두 포함되었다. 정부는 인도적 차원에서 이들 모두를 북한으로 보내 주기로 결정한다. 이들 시신은 총 50여 구에 달했다.

식이 개시되고, 연주 없이 국군 의장대가 하얀 천으로 싸인 관을 홀에 들여와 열을 맞춰 내려놓았다. 국군 의장대가 물러나자 북한 측 인사들과 오동길 부대원들이 조의를 표했다. 오동길을 비롯해 부대원들의 눈가엔 눈물이 가득했다. 철진은 연신 눈물을 훔치느라 자세까지 흐트러질 정도였다.

곧이어 제복을 차려입은 북한 측 의전 병사들이 열을 맞춰 들어섰다. 관 좌우에 세 명씩 짝을 이뤄 선 병사들은 구령에 맞춰 관을 일제히 들고는 차례로 밖으로 향했다.

관이 모두 나간 뒤, 북측 요인들이 남측 인사들이 서 있는 쪽으로 다가와 다시 악수를 청했다. 이어 수행원들과 함께 움직이기 시작했다. 부대원들도 따라 움직였다. 최 상사와 김 중사는 같은 부대원들이 휠체어를 밀어 주고 있었다. 오직 오동길과 철진만이 움직임 없이 자리를 지키고 있었다.

이별의 순간이었다.

최성욱 상사를 비롯한 부대원들은 북측 수행원들의 뒤를 따르며 힐끔힐끔 오동길 대대장과 철진을 뒤돌아보았다. 애써 슬픈 감정을 억누른 모습들이었다. 철진만이 이별이 아쉬운 어린아이처럼 그들을 향해 마구 손을 흔들어 댔다. 그의 눈엔 눈물이 그렁그렁했다. 하지만 어느 누구도 철진을 향해 손을 흔들어 주는 이는 없었다. 다만 휠체어에 탄 최성욱 상사만이 보일 듯 말 듯 휠체어 의자 팔걸이에 얹은 손을 살짝 들어 흔든 것이 전부였다.

동길은 우리 정보 당국에 휴대폰 통화 녹음 파일을 건네며 전향 의사도 함께 밝혔다. 그리고 이번 시신 인도식에서 남한 당국자로부터 전해 들은 바를 실천하는 중이었다. 그것은 인도식이 끝나고 북측 인사들이 돌아갈 때 그들을 따르지 않으면 된다는 것이었다.

부대원들과 함께 움직이던 북측 고위급 인사들과 수행원들이 홀 문 앞에 거의 다다랐을 무렵이었다. 그들이 가던 걸음을 멈추고 갑작스레 돌아섰다. 고위급 인사 몇이 수행원들과 함께 홀 중앙에 덩그러니 남아 있는 오동길과 철진에게로 걸음을 옮기기 시작했다.

뜻밖의 돌발 상황이었다. 오동길은 말할 것도 없고 홀 안에 함께하고 있던 남한 측 인사들도 당황하기는 매한가지였다. 남측 인사들도 서둘러 오동길 쪽으로 자리를 옮겼다.

북측 인사 중 이번 시신 인도식의 수석대표 격인 차해성 당 조직지도부 부장이 오동길 앞에 다가섰다. 수행원 한 명이 조그만 상자에서 무언가를 꺼내 그에게 건넸다. 다름 아닌 훈장이었다.

"함께했으면 좋았을 텐데 말이야. 위원장 동지께서 수여하는 공화국 최고 훈장이야. 위원장 동지께서 자네를 각별히 치하하라 하셨디."

"영광입네다."

오동길은 습관처럼 격하게 부동자세까지 취하며 대꾸했다.

차해성 부장이 악수를 청하며 말을 이었다.

"오 대대장, 우리 공화국과 조선반도의 평화를 위해 정말 큰일을 해줬어. 공화국과 위원장 동지를 대신해 고맙다는 말을 전하는 바이네."

"고맙습네다."

차해성 부장이 옆에 있는 철진에게로 옮겨 악수를 청하는 사이 함께 자리한 북한 조평통 위원장이 오동길에게로 다가섰다. 그의 손에도 조그마한 상자 하나가 들려 있었다. 그곳에서 꺼낸 것은 고급 시계였다. 그가 오동길의 손목에 시계를 채워 주며 악수를 청했다.

"수고했소, 오동길 상좌."

"고맙습네다."

기다리고 있던 군 고위 관계자들이 차례로 다가와 악수를 청했다.

"자네 부대원들은 걱정하디 말라우. 공화국에서 영웅 대접을 받을 기야."

그 중 한 고위급 인사가 전한 말이었다. 순간 동길의 두 눈에는 눈물이 핑 돌았다. 듣던 중 가장 반가운 말이었다.

"고맙습네다, 정말 고맙습네다."

동길은 이제야 마음의 부담이 조금은 덜어지는 느낌이었다.

고급 시계는 철진에게도 주어졌다. 평생 처음 차 보는 손목시계였다. 그의 입꼬리는 귀에 걸려 있었다.

어느새 주위에는 최 상사를 비롯한 자신의 부대원들이 몰려와 도열해 있었다.

"부대 차렷! 대대장님께 대하여, 경례!"

최 상사의 구령에 맞춰 모든 부대원들이 거수경례를 올렸다.

"대대장 동무, 대대장 동무와 함께할 수 있어 행복했습네다. 통일 조국에서 다시 모실 수 있길 고대하갔습네다."

최 상사가 거수경례를 올리며 울먹이듯 말했다.

"모두 건강하게 잘 지내구, 통일 조국에서 다시 보자. 내래 너희 같은 충직한 부하들과 함께할 수 있어서 무한히 영광이었어."

말을 마친 동길이 마지막 답례를 올렸다. 그는 도열한 부대원들을 한 명 한 명씩 안아 주었다. 그의 눈가에는 이미 눈시울이 촉촉이 젖어 있었다. 동길을 따라 철진도 부대원 한 명 한 명과 포옹을 했다. 참았던 눈물을 쏟아 내며 그들 모두의 얼굴엔 눈물 콧물이 범벅되어 있었다.

이번 시신 인도식에 북측에서는 차해성 당 조직지도부 부장을 수석으로 북한 조평통 위원장과 인민군 고위 장성들이 참석했고, 남측에서는 통일부 장관을 수석으로 청와대 국가안보실 관계자와 합참 관계자들이 함께했다.

이들은 이틀 전에 은밀히 만나 이 문제에 대해 사전 논의했다. 이 자리에서 북한 측은 이번 원전 탈취 공작으로 인해 입은 남한 측의 인적, 물적 피해에 대해 전액 보상하기로 합의했다. 단, 자신들의 경제 사정을 고려하여 남한 정부가 선 처리하고 후에 자신들이 현물 등으로 상환하는 것으로 마무리 지었다. 이에 대한 반대급부로 남한에서는 병사들의 자유의사를 존중해 줄 것을 북측에 요구하였고, 북측이 이를 수용함에 따라 오동길 대대장과 리철진의 남한행은 큰 무리 없이 마무리될 수 있었다.

나아가 남북한 당국자들은 이번 사건이 한반도를 넘어 국제 사회에 미칠 파장을 염려하여 북한 군부에 의한 남한 원전 탈취 공작이 아닌 단순한 우발적 충돌로 축소하기에 이른다. 무엇보다 그동안 북핵의 평화적 해결과 한반도의 안정적 관리를 위해 노력해 온 남북미 간의 동력을 잃지 않기 위한 부득이한 조치였다.

이번 남한에서의 북한군 소요 사태는 1996년 강릉에 침투한 북한 잠수정 사건 때처럼 북한 병사들이 좌초한 북한 잠수정을 버리고 도주하는 과정에서 발생한 단순한 우발적 충돌 사고로, 공식 브리핑을 통해 국내외에 발표되었다. 다만 그때의 사건과 다른 것은 북한 잠수정이 의도적으로 한국 영해를 침범한 것이 아닌, 북한 영해에서 기관 고장을 일으킨 잠수정이 해류에 밀려 한국 영해로 흘러들어 온 불가항력의 사건으로 공표한 점이었다. 결국 남북한 당국은 북한에서 발생한 군부 쿠데타와 남한의 잠수정 사건이 조금의 연관성도 없는 별개의 사건으로 은폐함으로써 남한 사회는 물론 국제 사회의 우려도 어느 정도 불식시키는 데 성공한다.

감사의 글

우선 너무도 늦게 둔 늦둥이 아들로 인해 고생만 하신 노모께 이 책을 바친다. 못난 아들을 위해 하루도 빠짐없이 새벽 기도를 올리신 분이다. 본 소설을 쓰게 된 계기도 뜻하지 않은 사고로 입원하게 된 노모를 간병하며 늦은 밤 조금씩 쓴 것이 이제 한 권의 책으로 엮게 되었다. 거동이 예전처럼 자유롭진 못하지만 위기의 순간을 잘 이겨내신 노모께 감사하며, 함께해 주신 주님과 성모님께 그저 감사할 따름이다.

정희, 휘남 두 누님과 조카 창민, 승오, 은혜에게도 이 지면을 통해 감사를 드린다. 언제나 곁에서 응원해 준 천사 같은 동생 명호와 출간에 도움을 준 대학 후배 운호에게도 고맙다는 인사를 하지 않을 수 없다.

그리고 어려운 순간을 함께하며 불편함을 참아준 종일, 우현, 오진, 준호, 성민, 문환, 승수, 은상, 광진, 기범에게도 고맙다는 말을 전한다. 특히 서울 동부의 정채광, 박준식 두 주임님께 감사하지 않을 수 없다. 그 분들의 따뜻한 관심이 없었다면 본 소설은 세상에 나오기 어려웠을 것이다. 분노와 절망의 순간, 이 두 분으로 인해 마음의 평화와 힐링까지 얻게 되었다. 두 분과 가정에 건강과 행복 그리고 평화가 언제나 함께하길 빈다.

살다 보면 세상은 자신의 의지나 기대와는 전혀 다른 양상의 일들을 겪게 된다. 그리고 그것들이 불편부당하고 정의롭게 처리되지 않는 경우도 종종 경험하게 된다. 하지만 나는 믿는다. 아니, 믿고 싶다. 올바른 방향으로 나아가려는 사회적 시스템을 그 누가 막아선다 해도 결국에는 정의롭고 합리적인 방향으로 나아갈 수밖에 없다는 사실을……

다시는 악마가 천사를 규정하는 일이 없어야겠다.